Simone Meier · Die Entflammten

SIMONE MEIER

DIE ENT FLAMM TEN

ROMAN

KEIN & ABER

Ebenfalls von Simone Meier:

Fleisch

Kuss

Reiz

1. Auflage Januar 2024
2. Auflage Januar 2024
3. Auflage März 2024

Für die freundliche Unterstützung dankt:
Die Autorin der UBS Kulturstiftung
Der Verlag dem Ressort Literatur der Stadt Zürich

Covergestaltung: Maurice Ettlin
Satz: Dörlemann Satz, Lemförde
Druck und Bindung: GGP Media GmbH, Pößneck
ISBN 978-3-0369-5029-7
Auch als eBook erhältlich

www.keinundaber.ch

für dj

GEFUNDENE FIGUREN

Johanna van Gogh-Bonger (1862–1925), genannt Jo

Theo van Gogh (1857–1891), Kunsthändler, Johannas Mann

Vincent van Gogh (1853–1890), Maler, Johannas Schwager

Andries Bonger (1861–1936), genannt Dries, Versicherungskaufmann, Johannas ältester Bruder

Willem Adriaan Bonger (1876–1940), Kriminologe, Johannas jüngster Bruder

Vincent Willem van Gogh (1890–1978), Ingenieur, Johannas Sohn

Theo van Gogh (1920–1945), Student und Widerstandskämpfer, Johannas Enkel

Johan Cohen Gosschalk (1873–1912), Jurist und Maler, Johannas zweiter Mann

Isaac Israëls (1865–1934), Maler, Johannas Liebhaber

Eduard Stumpff (1865–1951), Medizinstudent, Johannas erste Liebe

Elisabeth van Gogh (1859–1936), genannt Lies, Schwester von Vincent und Theo

Elizabeth Gostwyche Gard (1840–1939), genannt Miss Gard, Betreiberin einer Pension in London

Paul Cassirer (1871–1926), Kunsthändler und Verleger in Berlin

Mata Hari (1876–1917), Tänzerin und Spionin

Agostina Segatori (1841–1910), Modell, Wirtin, Geliebte von Vincent van Gogh

Gabrielle Berlatier (geboren 1869 oder 1870), genannt Rachel, Empfängerin von Vincent van Goghs Ohr

Taminah, Wakiem, Soekia und Sariem, javanische Tänzerinnen an der Weltausstellung 1889

Marie Geneviève van Goethem (geboren 1865), Tänzerin, Modell von Degas

ALL DIES IST MÖGLICHERWEISE GENAU SO GESCHEHEN

Ich war eine faule Frau. Wenn sich Arbeit vor mir aufzutürmen drohte, begegnete ich ihr mit äußeren Vorzügen und innerer Leere. Die Vorzüge lenkten den Gegner ab. Die Leere verhinderte ein schlechtes Gewissen. Beides führte zuverlässig dazu, dass sich die Arbeit verflüchtigte. Doch dann wurde alles anders.

Es war Sommer, und ich fuhr zu meinem Vater ans Meer. Er trank und träumte in seiner Hängematte von einem verpassten Leben als großer Schriftsteller. Das Meer war wie erwartet ereignislos. Es hätte ein angenehm banaler italienischer Sommer werden können, ein Sommer wie in einem Film, mit Flirts und Vespas und langen Beinen unter kurzen Kleidern. Wenn ich nicht diese seltsame Unruhe mitgebracht hätte. Seit Wochen hatte sich in mir etwas eingenistet und besetzte mich. Seit Wochen knallte in mir die Liebe mit aller Härte auf den Tod, es entstanden gleißende Sternbilder aus Geschichten, und ich wusste, dass ich eine davon festhalten musste. Die Geschichte von Jo. Von einer Frau aus einem anderen Jahrhundert. Einer Frau, die eine kurze Liebe mit gewaltigen Folgen erlebt und einen Mann zum Genie gemacht hatte. In Fachkreisen ist sie bekannt, doch

Fachkreise sind winzig, nicht größer als der Ring, den ein Regentropfen auf der Meeresoberfläche hinterlässt. Ich hatte bis vor ein paar Wochen noch nie von ihr gehört, ich hatte mich zufälligerweise über ihr Leben gebeugt, im Vorbeigehen, dachte ich, doch sie stellte sich mir mit aller Selbstverständlichkeit in den Weg und blieb dort stehen. So lange, bis ich Ja zu Jo sagte. Ich verliebte mich mit ihr in ihre tragischen, exzentrischen Männer. Ich verliebte mich auch in ihren kleinen Bruder, der Detektiv werden wollte, in das Mädchen Rachel, das beinahe seinen Arm verlor und ein Ohr geschenkt kriegte, und in andere Mädchen, auf deren kindlichen Körpern sich die Fantasien einer ganzen Großstadt austobten. Sie alle entfalteten ein Leben, wurden zu wundervollen und wütenden Parasiten, und zum ersten Mal erwachte in mir die Lust, etwas zu schaffen. Geradezu ein Hunger. Ich setzte mich hin und schrieb, denn das ist in unserer Familie das Naheliegendste. Ich schickte meiner Schwester ein paar Skizzen, und meine Schwester verriet mich an meinen Vater. Hilf ihr, forderte sie von ihm, doch ich warne dich, sie schreibt auch über uns, sie schreibt über Familien, die Liebe und die Kunst. Jetzt habe ich Angst, sagte Vater. Es gibt keine Ausrede, sagte meine Schwester, du hast uns zwanzig Jahre lang nicht geholfen, du hilfst ihr jetzt. Und so blieb ich noch eine Weile bei ihm. Es wurde mein Entzug vom ziellosen Leben. Wie jeder Entzug war er erbarmungslos.

Es wurde Herbst, und mein Vater war nicht zufrieden mit mir. Es wurde Winter, und mein Vater verlor allmählich die Geduld. Manchmal klammerte ich mich vor Erschöpfung zitternd an die Tischkante, einmal fiel ich fiebernd vom Stuhl und schlug mir die Stirn blutig. Fahr endlich nach Hause, sagte Vater, ich will meinen Frieden wieder. Er kochte Kaffee, er fütterte mich, er ließ mich allein. Er kam zurück und las, was ich geschrieben hatte. Das muss geschmeidiger werden, sagte er, das ist zu schlicht, zu schlecht, befreie dich, lass los. Lass mich in Ruhe, sagte ich. Wäre das eine Mahlzeit, sagte er, du würdest sie nicht essen wollen, du würdest andauernd auf Sand und Knochensplitter beißen. Wir kämpften. Ich hasste ihn. Ich brauchte ihn. Doch als der Winter auf seinem Tiefpunkt war, als es in Vaters Haus am Meer nicht mehr auszuhalten war vor salzig klammer Kälte, als die kleine Elektroheizung mit einem Zischen und dem Gestank von verbrannten Kabeln aufgab, als die Fliesen der Terrasse vor dem Haus bläulich durch eine dünne Schneeschicht schimmerten, da war Vater endlich mit mir zufrieden.

Jetzt ist wieder Sommer. Vater und ich sitzen auf einer Bühne, neben uns steht der Veranstalter, vor uns sitzen die wenigen, die Vater noch nicht vergessen haben, und andere, die jünger sind und attraktiver. Ich greife zum Mikrofon, ich habe in den letzten Wochen ein erotisches Verhältnis zu Mikrofonen entwickelt, es ist, als würde ich alle küssen, die vor mir da waren. Bitte, schenken Sie mir nach der Lesung nichts, wende ich mich an den Veranstalter, nichts Praktisches, nichts Hübsches, nichts lustig Gemeintes, auf dem sich irgendein Motiv des Genies befindet. Wenn ich noch einmal den Sternenhimmel aus Legosteinen oder eine Schürze mit Sonnenblumen erhalte, übergebe ich mich. Das Publikum lacht. Sie haben meine Tochter gehört, sagt mein Vater, und ich kann ihnen versichern, sie kann sich äußerst unappetitlich übergeben, niemand weiß das besser als ich. Das Publikum lacht lauter. Es ist neugierig, es will naturgemäß viel Familiäres wissen, wie ich den Schriftsteller-Vater als kleines Kind erlebt habe, ob ich mich als seine Erbin begreife, wieso er nie ein zweites Buch geschrieben hat, und wie lange sich einer in seinem Fall eigentlich Schriftsteller nennen darf. Wenn es nach mir ginge, für immer, sage ich, stehe auf, beuge mich über die erste kahle Stelle auf Vaters Hinterkopf und drücke einen Kuss darauf. Sein Haar riecht nach Meer, seine Haut nach Whisky. Ich schlage mein Buch auf und beginne. All dies ist möglicherweise genau so geschehen.

JO ENTSCHEIDET SICH

Jo weiß, dass sie Theo nie lieben wird. Jo weiß, dass sie nie mehr ohne Theo leben will. Dazwischen liegen siebzehn Monate, in denen Theo nichts anderes getan hat, als Jo seine Liebe zu erklären. Sie beginnen im Juli 1887 in Amsterdam und enden im Dezember 1888 in Paris. Der Juli und der alles entscheidende Dezember sind ungewöhnlich mild, es liegt eine meteorologische Gelassenheit über der Welt, als würde sie sich überhaupt nicht für die Geschichte von Jo und Theo interessieren, als besäße sie keinerlei stürmische, heiße oder anderweitig dramatische Anschmiegsamkeit an diese unerwartet folgenreiche Liebe. Zum Glück bleibt Theo in dieser Zeit der sturste Verliebte zwischen Paris und Amsterdam. Zum Glück erholt sich Jo in dieser Zeit von der Liebe zu einem anderen.

Der andere heißt Eduard, studiert Medizin und ist jünger als Jo. Sie haben sich vor Jahren kennengelernt, am Rand der Kindheit noch, doch plötzlich gewinnt ihre Freundschaft an Innigkeit und an Tragik, plötzlich geschehen Dinge, die ihnen die letzte spätpubertäre Unbekümmertheit austreiben. Plötzlich stirbt Eduards kleine, eben noch überaus lebhafte Schwester, und

Jo steht neben ihm am offenen Sarg, der Tod hat alle überrascht, es ist eine Zumutung, wie schnell und jung viele Menschen sterben, denkt Jo, Tuberkulose, Syphilis, Herzversagen, ein Schuss. Vor den Augen der Trauergemeinde verwelken die Blumen im Sarg schneller als das sorgfältig präparierte Gesicht der Toten, und Jo glaubt, in Eduards Augen nicht nur Tränen, sondern auch ein wissenschaftliches Interesse an seiner Schwester zu entdecken, an der jungen Leiche, nur Lunge und Herz kurz und heftig von der Krankheit befallen, die anderen Organe intakt, kaum Schatten unter den geschlossenen Augen. Jo drückt ihre Lippen auf die Leichenstirn, sie fühlt sich kühl und trocken an, wie eine Zeitung, die im Winter auf der Straße verkauft wird. Und plötzlich tanzen Jo und Eduard am Studentenball seiner Fakultät miteinander, alles ist sentimental, und schon beim ersten Walzer wird deutlich, dass diese beiden das beste Paar auf dem Parkett sind, dass da etwas auf ideale Weise miteinander verschmilzt. Es ist nicht Jos erster Ball und Eduard nicht ihre erste Schwärmerei. Sie ist eine entspannte Empfängerin von allerlei Vergnügen und Heiratsanträgen, sie glaubt nicht an die Einmaligkeit, auch nicht an die Einmaligkeit der Liebe, doch als Eduard sie kurz vor Mitternacht fragt, ob er sie nach Hause begleiten dürfe und auf dem Weg die Melodie ihres Walzers summt, weiß Jo, dass dies eine Liebe ist. Die beiden sehen sich oft, gehen spazieren, legen sich nebeneinander ins Gras, halten sich an den Händen, manchmal nimmt er ihr Handgelenk und zeigt ihr, wo das Mondbein auf das Kahnbein trifft, und bringt eine Ader, die durch ihre Haut schimmert, zum Verschwinden, indem er seinen Daumen darauf presst. Manchmal hebt er sie hoch und trägt sie ein Stück weit, als wäre sie seine Frau. Seine Familie ist sich sicher, dass er Jo einen Antrag machen wird.

Sie küssen sich nie, obwohl Jo gerne küsst. Eine der Frauen, bei denen sie gewohnt hat, eine Miss Gard in London, hat ihr das Küssen beigebracht. Wenn Jo an sie denkt, sieht sie Miss Gard in einem silbergrauen Kleid vor sich, in der einen Hand eine Zigarette, in der anderen ein Buch, die Lippen rot geschminkt, die Brille, die sie nur ungern aufsetzt, an einer Goldkette. Sie ist eine Frau ohne Mann, ist belesen, beliebt und schön nach Art der Rothaarigen und betreibt eine Pension, in der Jo während ihrer beiden Studienmonate in London wohnt. Gemeinsam gehen sie ins Theater, Sarah Bernhardt gastiert in London, Jo ist ganz aufgeregt, sie weiß alles über die Bernhardt, denn die Bernhardt erzählt den Magazinen und Zeitungen nichts lieber als ihre eigene Geschichte, dass ihre Mutter eine Kurtisane gewesen sei und sie selbst etliche Einträge im großen Pariser Kurtisanenregister stehen habe. Mademoiselle Sarah B. empfing Monsieur Gauthier, Mademoiselle Sarah B. empfing Monsieur Ducasse, stehe da, äußerst respektvoll, bewundernd beinahe, als hätte sie Hof gehalten, und die Geldbeträge, die sie von ihren Bewunderern erhalten habe, seien exorbitant gewesen. Jo kennt ein Foto der fünfzehnjährigen Sarah, viel Haut, viel Haar, ein erwachsenes, wissendes Gesicht, der Blick kühl und fordernd, eine interessante Erscheinung. Doch dann sitzt Jo neben Miss Gard im Theater und sieht vor sich eine schöne Frau in schönen Kleidern, die so spektakulär und exaltiert spielt, dass es Jo beinahe peinlich ist. Weißt du, wen sie wirklich liebt, flüstert Miss Gard in der Pause, und die Pupillen ihrer Augen vergrößern sich dabei zu einer endlosen, sternenlosen Nacht, sie liebt keinen Mann, sie liebt eine französische Malerin, ein Leben lang und über den Tod hinaus, soll sie gesagt haben, und jeder Mann sei nichts als eine Beilage. Als sie nach dem Theater in der Pension am Kamin sitzen, als sich Miss Gard über Jo beugt und mit einer silbernen Zange ein Stück Gebäck neben Jos Tee legt, kommen sich ihre Gesichter entgegen, und Jo küsst Miss Gard auf den Mund. Und Miss Gard küsst Jo. Dreimal küssen sie sich, wie Jo überglücklich in ihrem Tagebuch vermerkt. Miss Gard nimmt Jo mit in die Kirche, zu Debattierclubs, wo Miss Gard als einzige Frau die Erlaubnis hat mitzureden, oder zum Dreiradfahren an die Themse. Und während Jo Tag für Tag in London in der British Library sitzt und sich auf ein Examen in englischer Literaturgeschichte vorbereitet, verbringt sie zu viele Stunden damit, mit dem übersteigerten Empfinden einer Zwanzigjährigen über Miss Gards Lippen nachzudenken.

Jo ist nicht zurückhaltend, wenn es um ihre Liebe zu Eduard geht, jedenfalls nicht ihren Schwestern und ihrer Brieffreundin Lies gegenüber. Lies mahnt sie zur Vorsicht, sie hat selbst einen wie Eduard geliebt, doch schließlich hat er sie abgewiesen, nein, nicht abgewiesen, er hat die Liebe bloß welken lassen, bis sie keine mehr war. Sie erzählt Jo von ihrem jungen Kummer von damals, aber auch von der Begeisterung darüber, dass es den Mann, den sie liebte, überhaupt gab. Jeder Gedanke an ihn habe sie elektrisiert, sie habe ein Jahr lang kaum geschlafen, zwei Stunden hätten ihr gereicht, sie hätte übermenschlich viel Kraft besessen. Ja, antwortet Jo, so ähnlich sei das bei ihr wohl auch, und das Verrückte sei doch, dass man diese Kraft nicht kanalisieren und in etwas anderes verwandeln könne, in Kunst zum Beispiel, in Gedichte, einen Roman oder eine Klaviersonate. In irgendwas, das bliebe und damit der eigenen Aussichtslosigkeit einen Sinn gäbe. Ein guter Gedanke, schreibt Lies zurück, kannst du Eduard nicht einfach als deine Muse betrachten? So wie Künstler jede Frau, in die sie auf komplizierte Weise verliebt sind, zu ihrer Muse machen?

Lies kennt sich mit Künstlern aus, sie hat zwei Brüder, die beide in Paris leben, der eine ist Kunsthändler, der andere Künstler. Der eine heißt Theo, der andere Vincent. Der Kunsthändler Theo finanziert den Künstler Vincent, und Vincent zahlt es seinem Bruder in Bildern zurück. Auch Jo hat einen Bruder, der in Paris lebt, er heißt Andries, alle nennen ihn Dries, und Dries und Theo sind Freunde. Die beiden jungen Männer sind zwei Holländer in Paris, sie haben sich vor Jahren im holländischen Club kennengelernt, es ist ein Club wie jeder andere, für Herren, mit Alkohol, Raucherwaren,

Zeitungen und Kartenspiel. Dries ist Bibliothekar im Club, wobei dies eine Übertreibung ist, es gibt hier kaum Bücher oder Zeitschriften, nur ein paar wenige über die holländische Seefahrt und den Handel mit exklusiven Kolonialwaren. Seine Hauptbeschäftigung besteht darin, dass er als Tabaksachverständiger einer holländischen Handelsgesellschaft Zigarren aus Surabaya oder Batavia mitbringt und auf Wunsch Kaffee und Tee für die Gattinnen der Clubmitglieder. Es geht das Gerücht, dass die asiatischen Dependancen seiner Handelsgesellschaft ihr Geld nicht nur mit Waren, sondern auch mit Glücksspielen machen würden, bei denen schon ganze Schiffsladungen von Juwelen, Kunstschätzen, Raubkatzen und gelegentlich auch eine Geliebte den Besitzer gewechselt hätten, und obwohl Dries nie in Asien war, strahlt er für Theo eine Weltläufigkeit aus, die ungemein anziehend ist. Theo ist vier Jahre älter als Dries, wirkt aber jünger, denn Dries ist seine spätere, jeden Widerspruch unterbindende Stattlichkeit bereits jetzt anzusehen. Im Gegensatz zu Theo, dem Kunsthändler, wird sein Arbeitsalltag ebenfalls von einem Gespür für schöne Dinge bestimmt, aber nicht für Dinge, zu deren Wertschätzung eine intellektuelle Auseinandersetzung notwendig ist. Für Rum, Zigarren, Kaffee und Tee brauchen die Leute bloß einen Gaumen und eine Nase, und die hat so gut wie jeder, sagt Dries.

Er wiederum ist fasziniert von dem empfindsamen Ästheten Theo, der jeden der neuen, wilden Künstler von Paris kennt und versteht, dessen Freunde oft unerträglich anstrengend, fordernd, polemisch, aber immer interessant sind, der seinen Geist jeden Tag von Neuem streckt und dehnt und voller Neugier alles aufnimmt, was die Großstadt ihm an Inspiration anbietet. So einen Mann hat er sich immer für seine Lieblingsschwester Jo vorgestellt, einen außergewöhnlichen, aber nicht zu außergewöhnlich. Dries ist froh, dass Theo kein Künstler ist, sondern am Ende eben doch auch ein Geschäftsmann. Er erzählt Theo von Jo, der ehrgeizigen jungen Englischlehrerin, die bereits die dritte Weiterbildung abgeschlossen und sogar in London studiert hat, und lässt ihn ihre Briefe mitlesen. Die beiden beschließen, dass in Jo eine Schriftstellerin steckt, und noch bevor Theo Jo zum ersten Mal trifft, weiß er, dass sie die Richtige ist. Es ist ein Gefühl, und es ist ihr Gesicht auf dem schwarz-weißen Bild, das ihm Dries allzu gerne schenkt, eines der Porträts, die Jo Jahr für Jahr beim gleichen Fotografen anfertigen lässt und mit denen sie nie zufrieden ist. Es sind ihr Blick und ihr Mund, die Theo fesseln, beide scheinen auf eine kindliche Art unfertig zu sein, so, als könne sie sich nicht entscheiden, welche Perspektive auf die Welt und welche Worte denn am zutreffendsten wären. Er erkennt darin ein Suchen, das ihm selbst nicht fremd ist und das auch seine Künstlerfreunde immerzu umtreibt. Wäre ich ein Maler, denkt er sich, könnte ich genau dieses zarte Möglichkeitsdenken in Jos Gesicht, das mit den Jahren einem Wirklichkeitsdenken weichen wird, für immer einfangen. Wäre ich ein Maler, so müsste es eine Lust sein, immer und immer wieder mit einem Pinsel den Landschaften ihres Profils, ihrer Schultern, ihrer Brust entlangzufahren.

Es ist kein Zufall, dass Jo und Theo sich zum ersten Mal in einem Museum begegnen, es ist die Idee von Dries, denn ein Museum ist gewissermaßen Theos natürliches Umfeld. Dries denkt sich, dass Theo seine Schwester dort mühelos beeindrucken wird mit seinem Wissen über die Kunst. Zudem betrachtet er es als seine Pflicht, den Freund wenigstens für einen Tag aufzuheitern, denn der sitzt trauernd und schwermütig bei seiner Familie in einem holländischen Pfarrhaus, der Vater ist plötzlich gestorben, tags zuvor schrieb er noch vergnügte Briefe an seine Kinder, am nächsten Morgen war er tot. Es ist im August 1885, der Sommer ist heiß, eine träge Zufriedenheit liegt über dem Land, in der Stadt reißen sich alle um die Eisverkäufer, Pfirsich ist der Gout der Saison. Es ist eine gute Zeit, sich zu verlieben, beschließt Dries, und lädt seine Schwester und Theo zu einem Ausflug nach Amsterdam ein. Am Freitagabend gehen sie essen, doch Jo hat nur Augen für ihren Bruder und das Eis zum Dessert, welches sie an *Anna Karenina* erinnert. Sie wird nie vergessen, wie die unglückliche Anna, die ihren Gatten, ihren Geliebten und ihr Kind verloren hat, auf dem Weg zum Bahnhof zwei Jungen sieht, die von Mücken und Fliegen verdrecktes Fruchteis kaufen. Wir alle wollen etwas Süßes, das gut schmeckt, und wenn es kein Konfekt sein kann, eben schmutziges Eis, denkt Anna, dann wirft sie sich vor den Zug. Annas Leben hat jede Süße verloren, jetzt ist da nur noch Schmutz, denkt Jo, und ihr Blick fällt für ein paar Sekunden mit äußerster Teilnahmslosigkeit auf Theo, der trübsinnig über einem Teller mit Fleisch und Kartoffeln sitzt. Am nächsten Tag besuchen die drei das neue Rjiksmuseum, Dries drängt Theo, einen kleinen Vortrag über Rembrandts *Nachtwache* zu halten, ein Bild voller freudig nervöser Männer, die bei Dunkelheit losziehen, eine Waffe ist gezückt, ein kleines Mädchen fürchtet sich, gut möglich, dass es Tote geben wird, vielleicht müssen sie eine ganze Stadt verteidigen, die Hoffnung auf einen Kampf ist greifbar, das Licht dramatisch gesetzt. Theo redet und blüht dabei auf, doch Jo hat sich bereits davongemacht, ist zu den kleineren Bildern gegangen, zu einer Abfolge von häuslichen Szenen. Sie findet Frauen wie in Puppenstuben eingesperrt, sie wischen den Boden, musizieren oder lesen einen Brief, sind in sich gekehrt und nachdenklich, eingesperrte kleine Vögel, die höchstens noch in einem engen Hinterhofgarten Zuflucht finden können, doch hinter dem Rosenbusch steht schon die nächste Mauer. Im Gegensatz zu Rembrandt geht das Licht hier nicht in die Tiefe, die Welt dieser Frauen ist flach, ist eine Scheibe, denkt Jo und verspricht sich selbst, alles zu geben, dass ihre Welt nicht genauso flach wird.

Wieder in Paris muss Dries sich eingestehen, dass der Ausflug nur ein einseitiger Erfolg gewesen ist. Theo ist hingerissen von Jo, das steht fest, er hat sich jede Sekunde mit ihr eingeprägt, was sie sagte, wie sie lachte, was sie aß, wie das Licht durch die bunten Fenster im Museum auf ihr Haar fiel. Sie hat ihn bereits am Morgen nach dem Museumsbesuch vergessen. Wenigstens hat seine Anwesenheit sie nicht gestört, das kann Dries immerhin feststellen, aber eine Leidenschaft lässt sich daraus nicht entfachen. Ich fürchte, sagt Dries, wir brauchen eine Frau, eine, die mit dem feinen Besteck der romantischen Überzeugungskraft zu operieren vermag, kennst du eine, die klug ist und der du vertraust? Natürlich, sagt Theo, die mittlere meiner drei Schwestern. Und so bearbeitet Theo seine Schwester Lies, sie soll sich Jo als Brieffreundin anbieten und Jo mit Theo derart vorteilhaft vertraut machen, dass diese gar nicht anders kann, als sich ihrerseits in Theo zu verlieben. Ein kindischer Plan, doch weil Lies eine liebende Schwester ist, willigt sie ein. Jo freut sich, als Lies ihr bald nach dem ersten, für sie zufälligen Treffen mit Theo einen Brief schreibt, denn Lies ist wie Jo eine virtuose Briefeschreiberin, ist bei aller Liebenswürdigkeit ironisch, fasst ihren Alltag im Haushalt eines Rechtsanwalts in beißenden kleinen Episoden zusammen und legt viel Besonnenheit in die Betrachtungen von Literatur und Musik. Sie hält die Besessenheit ihres Bruders für die kleine Johanna Bonger, die er erst ein einziges Mal gesehen hat, für eine reichlich unerwachsene Laune und merkt bald erleichtert, dass Jo keinerlei Interesse für Theo zeigt, worauf dieser umgehend aus ihrer Korrespondenz entfernt wird. Die beiden Frauen unterhalten sich lieber über alles andere und über Jos Elend mit Eduard.

Zwei ganze Jahre lang richtet Lies nichts für ihren Bruder aus. Dann hat Theo genug. An einem Freitag Ende Juli 1887 reist er von Paris nach Amsterdam, gut zehn Stunden dauert die Reise, er könnte in dieser Zeit ein ganzes Buch lesen, doch er ist viel zu nervös, starrt auf die Buchstaben und versucht ihrer Anordnung einen Sinn abzugewinnen, starrt auf seine Hände und weiß nicht, ob es wirklich seine sind, starrt aus dem Fenster und fragt sich, ob er in den richtigen Zug gestiegen ist. Sein bester Freund Dries unterstützt ihn. Sein Lieblingsbruder Vincent unterstützt ihn. Beide Männer haben ihn zu dieser Reise überredet Der Samstag ist ein weitgehend bewölkter Tag, die Aufregung bringt ihn nicht wie befürchtet ins Schwitzen. Er klopft an die Tür von Jos Eltern, jetzt steht ein Dienstmädchen vor ihm und fragt ihn nach seinem Anliegen, jetzt sagt er ihr, dass er das Fräulein Johanna Bonger zu sprechen wünsche, wenn sie denn zu Hause sei. Ja, sagt das Dienstmädchen, er habe Glück, das Fräulein sei ganz zufälligerweise zu Besuch gekommen, ob er sich ein paar Minuten in der Bibliothek gedulden möge. Jetzt wartet er zwischen Büchern, strengen und gepolsterten Stühlen, Stickrahmen, Zeitungen, Blumen, Teegeschirr, einem angebissenen Apfel, einem Globus und einem Klavier, es ist ein viel benutztes Zimmer in einem Haus voller Leute, und jetzt hört er Jos verwunderte Stimme und ihren bestimmten und doch federleichten Schritt, dessen Takt seit zwei Jahren seine Erinnerungen an den gemeinsamen Museumsbesuch begleitet. Kurz zweifelt er, kurz fragt er sich, ob sich Dries und Vincent einen Scherz erlaubt haben, als sie ihn auf die Reise schickten. Jo trägt ein hellblaues Kleid, zupft an ihren Ärmeln, schließt die Knöpfe über den Handgelenken, er deutet dies als Geste der Abwehr, sie ist überrascht, will wissen, wie es Dries geht und wie es ihm, Theo, in den letzten zwei Jahren ergangen ist, macht geschickte Konversation, er lässt sich darauf ein, es entspannt ihn ein wenig, doch er fragt sich, ob Jo tatsächlich anwesend ist. Sie ist es nicht. Ist bei Eduard, am Abend will sie mit ihm rudern gehen, sie verbringen verstörend innige Tage, Eduard spielt Geige für Jo, Eduard bringt ihr Rosen, Eduard liest ihr Lieblingsbuch *Middlemarch*, obwohl das Buch von einer Frau geschrieben wurde, sein Opfer ist spürbar. Ach, sagt er, ich halte das schon aus, schließlich kommt ein Arzt drin vor, aber sei ehrlich, würdest du nach dieser Lektüre noch heiraten wollen? Küssen mag er sie noch immer nicht, sie versucht, darüber nicht zu verzweifeln, doch es fällt ihr mit jedem Tag schwerer. Sie betrachtet den Besucher, sie hört ihm zu, doch ihr Nachfragen, ihre Antworten sind mechanisch, fast kann sie in seinen Worten keinen Sinn erkennen, als er plötzlich nicht mehr über Paris, Dries und die Kunst spricht, sondern über sich und sie. Er sei, sagt er und wird dabei ganz ernst und klar, zum Schluss gekommen, dass er sein Leben mit ihr verbringen möchte, dass er bereit sei, sein ganzes Glück in ihre Hände zu legen. Er schildert ihr eine mögliche Zukunft so, dass sie weiß, ja, genau diese Zukunft hat sie sich auch immer erträumt, eine Zukunft inmitten von anregenden und kreativen Menschen, die einander leidenschaftlich zugetan sind, eine Zukunft in Paris. Ob sie sich vorstellen könne, Ja zu sagen, fragt er sie, ob sie frei sei oder ob sie einen anderen liebe. Sie schaut ihn an und fühlt nichts. Sie sagt Nein. Doch vor lauter Verblüffung vergisst sie, ihm seine Liebe zu verbieten, und erlaubt ihm, ihr zu schreiben. Er wird damit am nächsten Tag beginnen. Er wird sich siebzehn Monate lang die Seele aus dem Leib schreiben, um Jo zu gewinnen.

In diesen siebzehn Monaten gewöhnt sich Jo allmählich an Theos Nähe in seinen unablässigen Briefen, auch wenn er ein Spinner ist und lange nicht so schön wie Eduard. Allerdings auch nicht hässlich. Theo hat rotblonde Haare, ein fein geschnittenes Gesicht mit hoher Stirn und Schnurrbart, die hellen blauen Augen sitzen nicht gerade, sondern fallen zu den Seiten hin leicht ab, als möchten sie fliehen, was ihm einen melancholisch staunenden Ausdruck verleiht. Seine Nase ist die schmalste, geradeste Nase, die Jo je gesehen hat, und bei zu viel Sonne wechselt er die Straßenseite auf der Suche nach Schatten, das weiß sie von Lies. Sie selbst vergleicht sich neben ihm mit einer starken jungen Bäuerin und hält sich zudem für größer als Theo, was nicht stimmt. Jo findet nichts an sich schön, ihr Kiefer ist zu breit, ihre Nase sitzt wie ein kleiner Ball mitten im Gesicht, ihre Augen sind zu klein, mit ihrem dunklen Haar weiß sie wie immer nichts anzufangen, weshalb sie sich Stirnfransen geschnitten hat, die sich im Nebel kräuseln. Unvorteilhaft, wie Jo findet. Reizend, wie Theo findet.

Theo sieht ein offenes, hellgesichtiges Wesen mit einer schnellen Beobachtungsgabe vor sich, eine Frau, deren Gedanken so selbstbestimmt sind wie ihre Lebensweise, eine Unabhängige. In ihren Briefen finden sie mühelos zueinander. Er weiß nicht, wie es um Jos Gefühle steht, aber ihr Geist ist ein riesiges offenes Tor zu den erstaunlichsten Gebäuden und Gärten. Sie spinnt seine Anregungen voller Übermut weiter. Bald wollen der Pfarrerssohn und die Tochter des Chefredakteurs eines Schifffahrtsmagazins gemeinsam alles abschaffen, was einengt, Religion, Geld und Eigentum. Sie sind und denken jung, sie stürmen in Gedanken an Orte vorwärts, die ihrer eigenen vorsichtigen Realität nicht entsprechen, aber die gemeinsame Kühnheit beflügelt sie. Immer stellen sie alles in Frage, besonders sich selbst, es ist ein Spiel, denn jeder Selbstzweifel ist dazu da, um vom Gegenüber entkräftet zu werden.

Jo hält Theos Liebe für einen Irrtum, der allein seiner Fantasie entsprungen sein kann, denn mehr als ein paar Stunden hatten sie vor zwei Jahren in Amsterdam nicht miteinander verbracht. Sie wagt sich nicht auszumalen, wie die Fantasterei in seinem Kopf und Herzen zustande gekommen ist. Was Theo und Dries schon über sie geredet haben. Wie viel Alkohol und Nostalgie in den Pariser Nächten der beiden Männer im Spiel gewesen sein muss, wenn sie sich über Zuhause unterhielten. Über ihre vielen Schwestern, die komplizierten, die unglücklichen und die einfachen, unter die Jo fallen dürfte. Und über Annie. Die Frau, die Dries heiraten will. Gewiss wäre Theo nicht auf die Idee gekommen, um Jo zu freien, wenn Dries nicht so stur in Annie verliebt wäre. Annie, die Enttäuschung. Niemand in Jos Familie mag Annie. Außer Dries. Seit der Bruder in Paris ist, zerspringt Jo fast vor Sehnsucht und vor Eifersucht auf Annie, sie kann dagegen nichts tun, sieht, wie Dries ihr entgleitet, wie er weniger Zeit findet für sie, wie seine Briefe kürzer und seltener werden, wie ihr seine Zuneigung und sein Wissen entzogen werden, denn das ist das Wichtigste an ihm, dass er ihr Kanal zur männlichen Welt des Wissens ist. Einiges kann sie sich selbst aneignen, Sprachen, Literatur, das steht ihr offen, da gibt es auch Frauen, die anerkannt und wegweisend sind und die bedeutendsten Romane ihrer Zeit geschrieben haben, gerade in England. Die Romane sind schlau und unterhalten Jo, sie legen den Kern ihrer Existenz bloß, das Warten eines Mädchens auf einen existenzsichernden Mann, den es lieben will, aber nicht immer kann. Gelegentlich verliebt es sich zuerst auch in den Besitz des Mannes, denn der ist für ihre Zukunft oft wichtiger als der Mann selbst, meist manifestiert er sich in Form eines Hauses, aber nicht etwa durch ein Stadthaus oder eine Mietswohnung. Nein, in den Romanen handelt es sich um ein Herrenhaus, und je größer das Haus ist, desto größer wird schließlich die Liebe. Wie ein Mensch ist das Haus vielschichtig, hat eine Psyche und eine Psychologie und oft einen Ort, an dem sich etwas Unheimliches,

Verdrängtes befindet, zum Beispiel eine irre gewordene frühere Ehefrau. Jo sieht Dries in so einem Haus vor sich, und oben auf dem Dachboden befindet sich die weggesperrte Annie, das blöde, glatte goldene Haar, auf das sie so stolz ist, verfilzt, die klaren, leicht stechenden Augen trüb geworden. Zwei, drei Stockwerke weiter unten würden Jo und Dries mit seiner kleinen Tochter, deren einziger Fehler ihre Mutter wäre, in einem Bibliothekssaal sitzen. Jo hat derartige Bibliotheken in London gesehen, die Lederrücken der Bücher sind rot oder braun und mit viel Gold geprägt, man kann sich auf fahrbaren Leitern an den höher gelegenen Buchreihen entlangbewegen, die Räume schimmern warm. Dort würden sie zu dritt sitzen, Jo würde ihre kleine Nichte unterrichten, und Dries würde Jo unterrichten, denn das war die Grundlage ihrer Beziehung. Dank Freunden wie Theo ist sein Kunstverständnis seiner Zeit voraus, dank seiner Anstellung bei einer Handelsgesellschaft kennt er die weltumspannenden, historisch wie politisch oft aufregenden Wege der Waren. Wege, die mit fremden Ländern, deren Kulturen, Schiffen, Eisenbahnen und Geldflüssen zu tun haben und weit über die eingeschränkten Lebenswelten der Frauen in Jos Romanen, und damit auch weit über ihre eigene Lebenswelt, hinausreichen.

Sie fragt sich bei der Lektüre von Theos Briefen, ob er eine ähnlich große Liebe zu seinem älteren Bruder verspürt, zum Maler, der in Südfrankreich lebt und um den er sich seit seinem ersten Brief an sie große Sorgen macht, weil er zu viel trinkt und nichts isst und sich zu sehr in seine Kunst hineinsteigert und immerzu ein Fieber malt, gleichgültig, ob sein Motiv eine Zypresse oder Sonnenblumen oder sein kleines gelbes Zimmer ist, und dann wieder so lange mit einem sonnenverbrannten Kopf und Halluzinationen durch die kleine Stadt Arles irrt, bis er in einer Anstalt zur Ruhe kommen muss. Jo versteht das Fieber, es erinnert sie an ihre Geschichte mit Eduard. Manchmal muss man sich an eine Idee klammern und sich mit ihr in einen Abgrund stürzen und durch einen tosenden, siedenden Strudel aus lauten Farben und Tönen fallen, und erst, wenn alles grau und leise wird, weiß man, dass man an einem Ende angekommen ist. An einem unguten, ausgebluteten Ende. Aber an einem Ende. So kennt sie das, und so stellt sie sich die Verfassung von Theos Bruder vor.

Trotzdem mag sie die gegenseitige Abhängigkeit der Brüder nicht gutheißen, Vincent scheint alles an Theo zu verschlingen, Theos Aufmerksamkeit, Theos Güte, Theos Geld. Zurück kommt Kunst, die sich nicht verkaufen lässt. Dries hat ihr davon erzählt, es klang nicht, als ob ihr Vincents Kunst gefallen würde, Dries beschrieb sie als grobschlächtig und getrieben, doch er sagte auch, sie müsse sich von Theo einweihen lassen. Vincents Kunst zu verstehen, hieße, sich auf einen Kult einzulassen, und Theo sei der Hohepriester dieses Kults. Sie müsse sich keine Sorgen um Theos geistige Gesundheit machen, sagt er, der Kult um Vincent verlange keine Opfer, nur das des Künstlers Vincent van Gogh selbst. Mit etwas Glück handle es sich dabei vielleicht nur um einen Spleen, wie er in Vincents Kreisen üblich sei, und nach seiner südfranzösischen Phase, die zugegebenermaßen höchst intensiv sei, würde er sich wieder beruhigen und damit auch seinem Bruder einen größeren Seelenfrieden erlauben als jetzt.

Etwas beunruhigt Jo besonders: Bevor Vincent nach Südfrankreich zog, wohnte er mit Theo zusammen. Dries beschreibt ihr die Wohnung der Brüder als Höllenloch, überall lehnten Bilder von Vincent zum Trocknen gegen Wände, Schränke und Stühle, das Parkett sehe aus wie in einem Atelier, überhaupt befände sich das Atelier in der Wohnung selbst, im hintersten Zimmer, fertige Bilder stapelten sich unter dem Sofa und unter den Betten, die Möbel seien fleckig von den vielen Flaschen und Gläsern, aus denen Vincents Malerfreunde nächtelang getrunken hätten, die Tapeten seien grau geworden vom Rauch ihrer Zigaretten, kein Stück Geschirr sei noch ganz, sagt Dries, das wilde Gerede der Männer hätte nicht nur in seine Ohren und sonst so klaren Gedanken, sondern auch in die Vorhänge und Teppiche Löcher gefressen, es sei hier wohl eine Kunstdämmerung im Gang, möglicherweise eine der größten, nachhaltigsten, aber dazu fehlten ihm, Dries, noch viele Nächte an Einsichten. Mittendrin wüte Vincent, der sich wochenlang nicht wasche, und dessen Gestank bereits im Treppenhaus hinge wie eine faulige Wolke. Der Ekel über Vincent mache sich nicht nur im Haus, sondern auch in der Straße breit, die Prostituierten hätten ihre Plätze vor dem Haus verlassen, und eine Rattenfamilie hätte sie ersetzt. Gut, das mit den Frauen und den Ratten hatte Dries ihr nicht so geschildert, das hatte sie sich dazu erfunden, aber die Hygienefeindlichkeit von Theos Bruder beunruhigt sie mehr, als sie zugeben mag, sie wäre so gerne ein Freigeist, aber sie ist am Ende eben doch nur ein Freigeist im Korsett. So, wie Dries kein Teil der Pariser Kunstszene ist, sondern bloß ihr Zuschauer.

Seit Theo wieder allein lebt, träumt er von einer Zukunft mit Jo, nicht nur nachts, dann besonders, aber auch, als er in seiner Galerie einem reichen Mann zwei Bilder verkauft, mit denen dieser seine Gattin beschenken will. Er stellt sich vor, wie ein Zuhause von Jo und ihm aussehen könnte, nicht riesig, nicht luxuriös, aber voller Kunst, die nichts anderes will, als das Grau der Welt in Licht und Farben aufzulösen. Er hat Lies davon erzählt, hat sie gefragt, ob er Jo zumuten könne, mit Vincents Bildern zu leben, und sie hat gesagt, natürlich, aber unter keinen Umständen mit den frühen, den holländischen und belgischen, den Bildern von hungrigen Bauern und ausgezehrten Bergarbeitern in den dunklen Farben alter Meister, die seien zu niederschmetternd. Nur mit den neuen, den südfranzösischen, den flimmernden Landschaften, das seien Bilder mit der Kraft explodierender Sterne und fröhlicher kleiner Sonnen. Wie Theo hofft Lies, dass die schier unfassbare Freude, die für sie in Vincents neuen Bildern liegt, auch sein Gemüt erfassen würde, aber sie zweifeln daran, denn die

Attacken des Bruders gegen sich selbst werden immer gewalttätiger. Die Auflösung einer Blume, eines Menschen, eines Ackers in tausend Pinselstriche, die Zersetzung von Sicherheit und Stabilität, richtet sich auch gegen ihn selbst. Er hat seinen Geschwistern geschrieben, dass er das Gewicht und die Größe seines Kopfes nicht mehr ertrage, dass er in den Spiegel schaue und die Riesenhaftigkeit dieses fremdartigen Gestirns jedes Gefühl für Proportionen sprengen würde, dass es ihm eine Qual sei, ein Selbstporträt zu malen.

Lies hofft, selbst einmal einen Menschen zu finden, der sich so bedingungslos um sie kümmert wie Theo sich um Vincent. Und wie sie sich um Vincent. Und wie ihre Eltern sich um Vincent. Alles gilt immer Vincent. Jede Sorge. Alles Geld, was man entbehren kann. Vincent darf wild und gefährlich leben und tun, was er will, darf ausfällig werden und zusammenbrechen, während sie sich zusammenreißen muss. Lies muss mit ihrer Schuld leben und hat fast niemanden, mit dem sie reden kann, der ihr tagelang zuhört, sie tröstet und versteht, so wie Lies Jo in der einigermaßen langweiligen Geschichte mit Eduard unterstützt. Sie möchte mit ihrer Mutter darüber reden, aber die Mutter sagt, die Sache sei jetzt doch für alle Seiten günstig erledigt, es lohne sich nicht, noch einen Gedanken daran zu verschwenden, lieber solle sie vorwärtsschauen, und gesellschaftsfähig sei das Thema nun wirklich nicht. Denn Lies ist Mutter. Oder Mutter gewesen. Für neun Monate war sie eine werdende

Mutter und danach für wenige Stunden eine wirkliche Mutter, dann war die Sache erledigt, und jetzt ist sie wieder eine ledige, kinderlose Frau, eine, die offiziell gar nie Mutter geworden ist.

Die Geschichte von Lies ist eine von Tausenden, Lies ist die Gesellschafterin einer kranken Frau, Lies liebt den Mann dieser Frau und er sie, es konnte gar nicht anders kommen. Die beiden verbringen viele Stunden am Bett der Kranken und noch mehr Stunden zu zweit im Salon, wenn die Kranke endlich unter Morphium eingeschlafen ist. Der Mann ist Rechtsanwalt und erzählt Lies, wie er seine Frau vor vielen Jahren kennengelernt hat, wie er sie Sonntag für Sonntag in der Kirchenbank beobachtet und darauf gewartet hat, dass sie sich umschauen und ihm ihren Blick oder wenigstens ihr Profil zuwenden würde. Und als sie ihn endlich wahrgenommen habe, da sei ihm gewesen, als würde er zum ersten Mal in seinem Leben in die Freiheit blicken. Lies hört ihm zu, sie verliebt sich in seine Hände, seine schweren Augen, seine Liebe. Und er sieht die jüngere Frau vor sich, deren graues glänzendes Kleid im Lampenschein aus Quecksilber zu bestehen scheint, so wie alles an ihr trotz ihrer Behutsamkeit im Umgang mit der Kranken voll von quecksilbrigem Leben ist, und ihm ist, als würde die letzte Kraft seiner Frau in diese jüngere Person überfließen. Und so wird Lies schwanger, in einem Zimmer, das über dem der dahinsiechenden Gattin liegt. Sobald sie tot ist, sagt der Geliebte, will er Lies heiraten, aber jetzt müssen die Dinge in Ordnung zu Ende gehen, jetzt müsse eine Lösung gefunden werden. Bei aller Verzweiflung ist Lies nicht verzweifelt genug, um das kleine Leben abzutreiben, schließlich ist sie eine Pfarrerstochter, sie kann sich nicht noch mehr versündigen. Sie setzt sich mit dem Geliebten in den Zug, es ist ihre erste gemeinsame Reise, sie wollen zur Geburt nach England reisen und das Kind zur Adoption freigeben. Von unterwegs schreibt Lies Briefe an ihre Familie, sie nennt ihr Kind im Bauch nicht Kind, sie schreibt, sie habe in einem Korb einen kleinen gelbgrün gefiederten Kanarienvogel dabei, und die größte Mühe, ihn vor den Mitreisenden zu verbergen, immerzu wolle er singen, seinen Kopf aus dem Korb strecken und aus dem Fenster schauen, und sie würde ihn keine Sekunde aus den Augen lassen, er sei bei ihr, wenn sie reise, esse, schlafe. Die Angelegenheit ist zu delikat, man weiß nie, wer in ihrer großen neugierigen Verwandtschaft die Briefe lesen wird. Nur ihre Mutter und die beiden Schwestern wissen Bescheid, und ihnen wird sie mitteilen, dass der Kanarienvogel England nicht erreicht habe, dass es ihm bereits in der Normandie gelungen sei, den Korb zu verlassen und davonzufliegen. Denn bereits in der Normandie muss Lies entbunden werden, und sie händigt ihr Kind der jungen Besitzerin eines kleinen Lebensmittelgeschäfts aus, drängt es ihr geradezu auf, dieses Kind, diese kleine Schande, die nie hätte geschehen sollen. Der Rechtsanwalt wird der französischen Adoptivmutter bis zur Volljährigkeit seiner Tochter Geld schicken, einen weiteren Kontakt gibt es nicht. Keiner ihrer drei Brüder, kein Onkel, kein einziger Mann aus ihrer Familie ist eingeweiht. Nach der Geburt schläft Lies nicht mehr mit ihrem Liebhaber, so lange nicht, bis er Witwer geworden ist und sie endlich zu seiner Gattin macht.

Jo ist jetzt fünfundzwanzig Jahre alt und hat noch nie mit einem Mann geschlafen. Dabei weiß sie alles über die Liebe, sie hat so viele Romane gelesen, doch statt mit Eduard Liebe zu machen, reden die beiden über die Liebe in den Romanen, und das bringt keine Linderung. Eduard will sich nicht für sie entscheiden und wird sich nicht für sie entscheiden, das wird ihr mit jedem Tag deutlicher, aber alles an ihr hat sich mit einem derartigen Fieber für ihn entschieden, dass sie verbrennt und immer schwächer wird und schmaler. Am ersten Morgen ihrer neuen Anstellung als Englischlehrerin in einem Mädcheninternat scheint ihr Bett sie einzusaugen, sie schafft es kaum, zum Frühstück ihren Kaffee zu trinken, ohne wieder einzunicken, und als sie um halb acht endlich im Unterrichtssaal vor den Mädchen steht, wird ihr schwindlig. My name is Miss Johanna Bonger, I grew up in Amsterdam and studied in London, I am your new English teacher, today we will read a poem by John Keats. What do you know about John Keats? He died very young, sagt eins der Mädchen. Yes, he died very young indeed, sagt Jo, how old was he, when he died? Fünfundzwanzig, sagt das Mädchen. Der Rest des Tages fühlt sich an, als würde ihr jemand, nein, nicht jemand, Eduard, einen in Chloroform getränkten Wattebausch unter die Nase halten. Immer wieder reißt sie das Fenster auf. Der nächste Tag wird nicht besser. Der übernächste auch nicht. Nach wenigen Wochen packt sie ihre beiden Koffer, verabschiedet sich von den Mädchen und den anderen Erzieherinnen, verspricht, so bald wie möglich wieder zurückzukehren. Als sie schließlich zur Kur fährt, fühlt sie sich wie ein Stück Kohle, dessen letzte Glut kurz vor dem Erlöschen ist. Es ist, als ob ihr Blut von Eduard ausgetrunken und mit Wasser ersetzt worden wäre.

Nach Monaten in Seebädern und bei Verwandten, nach Monaten ohne Arbeit, aber voller Spaziergänge, wächst in Jo endlich eine Wut auf Eduard heran. Darüber, dass er sie so lange so eng an sich gebunden hat. Darüber, dass er sich nicht zu ihr bekannt hat. Sie geht mit anderen Männern aus. Sie will Eduard töten. Sie entwickelt eine Faszination für Kraft und Stärke, besichtigt eine Fabrik, in der dampfbetriebene Monster Eisen bearbeiten, sieht, wie glühendes Metall zwischen Walzen gepresst und geschnitten wird und dann als lange, feurige Schlangen vor ihr liegt. Sieht Berge von neuen Nägeln und Schrauben und Teile, aus denen Lokomotiven zusammengesetzt werden. Sie ist erschüttert vom Nutzen für die Allgemeinheit, den die schlecht bezahlten Arbeiter Tag für Tag unter Einsatz ihrer Gesundheit herstellen, und ist überwältigt von ihrer eigenen Nutzlosigkeit. Ich bin nichts, ich bin niemand, ich habe keinem Menschen etwas Gutes getan, denkt sie. Und weiß genau, dass einer ihr so viel Gutes tun möchte wie kein anderer. Theo. Wenn sie seine Briefe liest, fühlt sie sich in ihrem ganzen Sturm um Eduard beruhigt, das flammende Inferno in ihr erlischt für die Dauer der Lektüre, da ist einer, der sie liebt und sich Sorgen macht um sie, und Dries sagt, Theo sei der beste Mann von ganz Paris, und in Paris gäbe es nun wirklich kluge, kreative und anderweitig interessante Männer zur Genüge. Natürlich hat sie Eduard von Theo erzählt, sie haben sich über den hoffnungslosen Schwärmer lustig gemacht. Eduard, der irgendwann einmal Oberarzt werden will, hat den Bilderverkäufer, wie er Theo nennt, verspottet, hat die ersten Funken von Zuneigung in Jo für Theo im Redeschwall seiner Verachtung erstickt. Und Jo hat geglaubt, er täte das aus Eifersucht, dabei war es reiner Zeitvertreib gewesen. Das erkennt sie jetzt und hat Angst, es könnte zu spät sein. Dries ist von ihrer Idee, nach Paris zu kommen, nur vorsichtig begeistert, er ist inzwischen mit Annie verheiratet, und die beiden verstehen sich nicht. Er scheut sich davor, seiner Schwester die Wahrheit seines Ehealltags zuzumuten, doch was er ihr mitteilt, ist überdeutlich. Es sei gefährlich, hinter Annies Rücken über sie zu schreiben, die Läufe seines Schreibtischs seien mit Seife bearbeitet, damit sich die Schubladen lautlos öffnen ließen, und manchmal beuge sie sich ebenso lautlos über seine Schulter und lese mit, sie habe auch eine Art zu gehen, ohne dass ein einziger Parkettriemen unter ihren Schritten knarren würde. Jo sieht den Dachboden mit der weggesperrten Annie vor sich und beglückwünscht sich zu ihrer Menschenkenntnis, die sie nur bei Eduard im Stich gelassen hat.

Es ist November 1888 und damit sechzehn Monate nach Theos erstem Heiratsantrag, als sie Eduard ein letztes Mal verflucht und endlich den Zug nach Paris besteigt. Sie hat sich entschieden, aber sie kann sich nicht vorstellen, wie es sein wird, wenn Theo vor ihr steht. Ob sie ihn dann genauso küssen will wie Eduard. Ob Theo immer noch denken wird, was er in Amsterdam im Museum über sie dachte, dass sie nicht die erste Frau ist, mit der er sich eine Zukunft wünscht, aber die erste, mit der er sich diese so heftig und bedingungslos und mit der Gewissheit eines ganzen Lebens wünscht.

Der Winter in Paris ist erstaunlich mild, in den Buchhandlungen liegt die neue illustrierte Gesamtausgabe von Victor Hugo in elf Bänden, Lebertranöl wird als das große Allheilmittel angepriesen, ein paar Schriftsteller haben einen Essayband über die Französische Revolution verfasst, die sie nach hundert Jahren als gescheitert betrachten, in den Grand Magasins du Printemps findet eine vorweihnachtliche Spielzeugausstellung statt, deren große Attraktion ein dampfbetriebenes Karussell ist, und Jo ist enttäuscht. Sie hat sich vorgestellt, dass Theo gleich am Abend ihrer Ankunft bei Dries und Annie mit am Tisch sitzen würde, doch die beiden besten Freunde haben sich in den Monaten von Dries' Ehekrise auseinandergelebt. Jo muss handeln. Sie geht spazieren, wofür Dries viel Verständnis hat, auch er möchte nicht den ganzen Tag mit Annie in der Wohnung verbringen.

Jo geht nicht ziellos spazieren, in immer engeren Kreisen nähert sie sich Theos Galerie am Boulevard Montmartre. Er arbeitet dort nicht gerne, er fühlt sich ausgebeutet, und für seine jungen wilden Künstler hat man ihm die kleinste Wand im niedrigen Zwischengeschoss überlassen, aber er braucht Paris, das Geld und also diese Anstellung, die ihm ermöglicht, seinen Bruder Vincent zu finanzieren. Und endlich, als sie nach ein paar Wochen nicht mehr das Gefühl hat, dass ihr das unangenehm eng geschneiderte blaue Kleid beim ersten Atemzug in Theos Gegenwart zerspringen müsse und dass ihr Gesicht über dem Kragen aus goldbraunem Biberfell rot wie eine Mohnblume aufleuchten würde, passt sie ihn ab. Geht geschäftig am Eingang der Galerie vorbei, als Theo diese zum Mittagessen verlässt. Tut so, als studiere sie den Aushang einer Zahnarztpraxis, als sehe sie ihn nicht, nestelt an den Knöpfen ihrer Handschuhe und fällt dabei dem Überraschten beinahe in die Arme. Theo ist fassungslos, vor ihm steht die Frau, auf die er seit Jahren seine ganzen Träume projiziert. Mit einem letzten Blick in genau dieses Gesicht möchte er nachts einschlafen, mit einem ersten jeden Morgen erwachen. Ihr hat er seine schönsten Briefe geschrieben, für sie hat er jedem seiner Tage mindestens eine Stunde abgerungen, hat sie für Jo verbracht und mit Jo. Das wenige, was sie ihm geantwortet hat, die vorsichtige, scheue Zunahme an Vertrautheit, hat in ihm eine Hoffnung aufkeimen lassen, die an guten Tagen wärmer und reicher in ihm wuchs, die sich ausbreitete, und an schlechten Tagen verkümmerte wie dürres Gras, das vom kleinsten Funken in Brand gesteckt wird und verkohlt. Und jetzt steht sie vor ihm, und ein Glühen steigt in ihr Gesicht, lässt erst ihren Mund aufleuchten, dann ihre Nasenspitze, ihre Wangen. Am liebsten würde er ihre Lippen, die sie leicht geöffnet hat, als möchte sie etwas sagen, küssen und jede weitere Rötung dazu, aber noch weiß er gar nicht, wieso sie vor ihm steht, er kann sich nicht vorstellen, dass es eine leise Idee von Liebe sein könnte, die Jo dazu bewegt hat, genau jetzt genau hier zu stehen. Vor Monaten machte Dries eine Andeutung, dass Jo sich erholen müsse, bei Bekannten am Meer, die salzige Luft und das Geräusch der Wellen seien reinigend für den Organismus und die Seele. Und dass sie plane, im Winter nach Paris zu kommen. Was für ein schöner Zufall, sagt sie jetzt, und ihre Stimme klingt fröhlich und gefasst, kein bisschen errötet wie ihr Gesicht, sie legt den Kopf leicht schief, ihre Wange berührt den kleinen Pelzkragen, und Theo möchte zu gerne dieser Kragen sein. Ihre dunklen Augen glänzen, übrigens bin ich schon seit dem Frühstück unterwegs, Dries zeigt mir nichts, ich muss Paris ganz allein erforschen, und jetzt habe ich solchen Hunger, dass ich beinahe in Ohnmacht falle. Dann gehts uns gleich, sagt Theo, magst du mich begleiten? Er bietet ihr seinen Arm an, ihre kleine Hand hat einen selbstbewussten Griff, sie gehen nebeneinander her, schauen sich immer wieder an, prüfen, ob sie beide wirklich da sind an diesem blauen, sonnigen, kühlen, aber nicht kalten Mittag in Paris, plaudern über das Zerwürfnis zwischen Dries und Theo, doch da ist im Grunde gar keins, bloß die übliche mit einer Ehe verbundene Entfremdung von zwei Freunden. Jo verspricht, die beiden wieder zusammenzubringen, Theo willigt ein, es ist ein guter Einstieg, sie haben jetzt einen gemeinsamen Plan, auf den sie immer wieder zurückkommen könnten, wenn ihnen beim Essen der Gesprächsstoff ausgehen sollte, doch das tut er nicht. Theo führt sie zu einer kleinen Brasserie, sie setzt sich ihm gegenüber, auf der Karte stehen eine Bouillon, ein Pot-au-feu mit undefinierbaren, weiß durchzogenen Fleischstücken und soufflierte Kartoffeln, eine ausgezeichnete Wahl, sagt der Kellner, als ob sie überhaupt eine hätten. Es ist der Tag, an dem das Wählen ein Ende hat, an dem auch Jo endlich ihre Wahl getroffen hat, sie ist sich sicher, seit sie Theo aus der Galerie hat kommen sehen, sie wusste, ja, dieser Mann war die Antwort auf alles, was sie sich schon immer über die Liebe gefragt hatte. Es lag plötzlich etwas zwischen ihnen, ein Flimmern, eine Hitze, die sie ergriff, und jetzt sitzt sie da, und seine hellen blauen Augen versinken in ihren dunklen, sie wollen über alles reden, was sie jemals beschäftigt hat, doch sie können die Zeit nicht anhalten. Noch nicht, sagt Theo, wer weiß, wie weit uns die Technologie eines Tages noch bringen wird, vielleicht wäre es uns in einem späteren Jahrhundert möglich, aus dieser einen Stunde einen Tag zu machen? Das wäre schön, sagt Jo, das wäre wirklich sehr schön. Sie essen beide nichts, obwohl sie doch so hungrig waren und obwohl ihnen der Kellner mehrfach versichert, dass sie wirklich eine ausgezeichnete Wahl getroffen hätten, sie trinken Wein und ertrinken ineinander und möchten sich doch nur eines sagen. Jo legt ihre Hand auf den Tisch, legt sie wie ein kleines Flehen zwischen die Weinflasche und den Brotkorb, und Theo nimmt ihre kleine Hand in seine Hände. Jetzt bin ich in Sicherheit, denkt Jo, endlich bin ich in Sicherheit.

Nach wenigen Tagen wagt Theo seinen zweiten Heiratsantrag und Jo ihr erstes Ja. Am 21. Dezember 1888 schreibt Theo seiner Mutter, dass er der glücklichste und zugleich unglücklichste Mann der Welt sei, weil er nicht wisse, ob er Jo jemals genügen könne. Am gleichen Tag bitten die beiden Jos Vater in einem anderen Brief um die Erlaubnis, einander heiraten zu dürfen. Am 24. Dezember wird Theo von besorgten Ärzten nach Arles gerufen und muss seine Verlobte in Paris zurücklassen. Vincent ist es gelungen, mit einem Messer seinen allzu großen, schweren Kopf um ein Ohr zu erleichtern.

GINA UND DER ZIEMLICH GUTE IDIOT

Regen, der ins Meer fällt, ist sinnlos. Und schön. Ein angelaufener Silberhimmel verschmilzt mit einer bleigrauen See. Der Horizont ist unsichtbar. Tropfen treffen auf Wellen. Und mittendrin ich. Es gibt nichts Besseres, als bei Regen zu schwimmen. Das Meer ist leer. Ich bin mit den Fischen, ich bin die Gischt. Am Strand wäscht der süße Regen das Salz aus meinem Gesicht. Ich setze mich auf den nassen Sand, mein Haar ist so lang, dass es hinter mir zu Boden fällt und Nester für die winzigen Sandkrabben bildet. Ich lege den Kopf in den Nacken, öffne den Mund und trinke den Himmel. So lange, bis ich ihn ausgetrunken habe und nachts wieder die Sterne zählen kann.

Ich bin Gina. Ich bin bei meinem Vater am Meer. Mein Vater rechnet. Auch das ist sinnlos. Und nicht schön. Er rechnet seit Jahren. Nicht in Geld, in Buchseiten. Er hat das schon getan, als er noch zu Hause lebte und ich ein Kind war. Er fing damit an, als er seinen zweiten Roman beginnen sollte. Er ist ihm bis heute nicht gelungen. Vater ist Schriftsteller. Und das hat ihn schließlich ans Meer getrieben. Weg von Frau und Kindern. In den vielen Jahren ohne uns hat er an die zwanzig bis dreißig neue Anfänge geschrieben, sie alle sind etwa 40 000 Anschläge lang geworden, diese Zahl hat Vater internalisiert, die schafft er in ein paar Wochen. Eine Buchseite zählt 1800 Anschläge, wenn sie locker gesetzt ist, und weniger, wenn Dialoge und Abschnitte den Text strukturieren, 40 000 sind also auf jeden Fall mehr als zwanzig gedruckte Seiten, und zwanzig Seiten, seufzt Vater, sind wirklich ein respektabler Anfang, es gibt viele, die sind mit Kurzgeschichten von dieser Länge erfolgreich geworden, aber das Kurze liegt mir nicht, ich bin für die große Form geboren, gut, nicht für die ganz große, nicht für das mehrbändige Epos, das nun wirklich nicht, wo läge denn da der Sinn, wenn die meisten Kritiker heute sagen, dass sie keine Bücher mehr lesen, die länger als 250 Seiten sind?

Während dieser 40 000 initialen Anschläge glaubt er, eine Idee zu haben, die ihn weiterträgt, aber wenn er sich dann endlich zurücklehnt und sich überlegt, welcher Agentin, welchem Lektor, welchem überhaupt noch entfernt mit ihm bekannten Verlagsmenschen er diesen Anfang jetzt schicken könnte, überfällt ihn eine Lähmung, die so absolut ist, dass er sich erst mal eine Woche lang in die Hängematte vor seinem Haus am Meer legen muss. In dieser Woche hängen auch seine Gedanken durch, er trinkt, und seine Fantasie fällt ins Koma. Er weiß, dass auch aus diesem Anfang nichts wird, und er kennt niemanden mehr, der wirklich Einfluss hätte. Ihm fehlen die Kontakte, die bei seinem ersten Roman, der als Erfolg galt, noch so selbstverständlich waren. Obwohl er damit nie den bescheidenen Vorschuss, mit dem ihn der Verlag entschädigt hatte, einspielte.

Damals hatte seine Rechenneurose eingesetzt. Nicht beim Schreiben, darauf hatte er sie erst noch übertragen müssen, aber mit den halbjährlichen Verlagsabrechnungen, die ihm immer vor Augen führten, wie minimal sein vermeintlicher Erfolg in der kapitalistischen Wirklichkeit ausfiel. Viele dieser Abrechungsdepressionen habe ich nicht erlebt, vielleicht sechs oder sieben, dann stand meine Mutter auf, nahm mich und meine Schwester an der Hand, und wir zogen zu Oma. Zur Anwaltswitwe, deren Wohnung so groß war, dass ich auf dem Parkett Fünfzigmeterlauf üben konnte, ohne mich zwischendurch von einer Wand abstoßen zu müssen.

Vater druckt jeden seiner gescheiterten neuen Romananfänge aus und legt sie ab, jeden in einer Mappe, mit dem Datum seiner kurzen kreativen Phase versehen. Die Mappen hat er aufeinandergelegt, doch obwohl sie aus extra dickem Pappkarton sind, ist der Stapel übersichtlich hoch. Er ersetzt kein Buch, er ist bloß der Beweis, dass Vater tatsächlich gearbeitet hat. Oder dass er ernsthaft versucht hat zu arbeiten. Wenn er betrunken ist oder im Dunkeln zur Toilette geht, bemüht er sich, den Stapel von seinem sicheren Platz auf einem Beistelltischchen neben dem Schreibtisch zu stoßen. Seit ich bei ihm bin, hat er das schon zwei Mal gemacht. Beim ersten Mal waren wir beide betrunken. Ich kam vom Einkauf, hatte ein Stück Schwertfisch, Auberginen und Zucchini besorgt, wir wollten alles auf den Grill legen, doch dazu kam es nicht, denn als ich die Treppe runter zum Häuschen ging, sah ich Vater schon in der Hängematte liegen, neben ihm eins der schweren Whiskygläser, es war leer. Ey, Hemingway, sagte ich, krieg ich auch ein Glas? Klar, sagte er, in der Küche über der Spüle. Ich holte uns Eis und mir eins der geschliffenen Kristallgläser, die meine Eltern von Oma zur Hochzeit geschenkt bekommen hatten. Oma hatte genaue Vorstellungen davon, was ein Haushalt hermachen sollte, und huldigte einer großbürgerlichen Prachtentfaltung, obwohl sie nicht aus einer entsprechenden Familie kam, sondern ihren ganzen Wohlstand erheiratet hatte. In ihrer riesigen Wohnung mit der Jugendstilstuckatur an der Decke und den Erkern mit den Buntglasfenstern standen zwei Vitrinen, die mit Gläsern in allen möglichen Größen gefüllt waren. Oma erzählte mir zu jedem Glas eine Geschichte, etwa zu den zarten mit geätzten Blumenranken verzierten Champagnerschalen, dass sie den Brüsten der Königin Marie-Antoinette nachempfunden waren. Leider gingen einige der Brust-Gläser zu Bruch, als ich Radschlagen übte und mit hoher Geschwindigkeit mit einer Vitrine kollidierte. Mutter hatte die Gläser gehasst, aber für Vater hatten sie zu seinem Bild des Schriftstellers dazugehört, er ließ sich immer mit einem Whiskyglas und einer Zigarette in der eleganten Hand fotografieren. Für den Fall, dass mein Roman bald als Klassiker gilt und Oma mich endlich ernst nimmt, sagte er und lachte nicht. Weder er noch die Feuilletons setzten seinen Träumen damals irgendeine Grenze. Bloß die

Verkaufszahlen. Aber was zählten die schon, wenn einer Avantgarde war? Vater hatte viele Ausreden.

Wir tranken also Whisky aus alten Gläsern, schauten aufs Meer, redeten von früher. Vater wollte wissen, wie es Mutter ging. Ich habe sie noch nie so glücklich gesehen, sagte ich, und ich sagte es gern, sie ist jetzt zu ihrem Weinbauern gezogen, die beiden leben auf seinem Gut mit Sicht auf den See. Das freut mich, sagte er, das hat sie verdient, ich habe nie verstanden, was sie an einem Idioten wie mir gefunden hat. Du warst ein ziemlich guter Idiot, sagte ich, aber ihr aktueller Idiot ist leider besser. Wir beschlossen, dass wir keine Lust hatten, uns um den Kohlegrill zu kümmern und im Rauch zu stehen. Den frischen Schwertfisch konnten wir auch in dünne Scheiben geschnitten roh essen, und Gemüse war überschätzt. Als wir ein paar Stunden nach Sonnenuntergang genug Sterne gezählt und Erinnerungen erzählt hatten und Vater mich gezwungen hatte, ihn so anschaulich wie möglich mit Mutters Glück zu quälen und ihm die eine oder andere Absolution für frühere Vergehen zu erteilen, gingen wir zurück ins Häuschen. Beim Aufstehen bemerkte ich, wie die Sterne im Schwarz zu schwimmen begannen, doch Vater schien stabil. Er wankte nicht, als er den bunten Fliesenboden betrat, es lag sogar eine sonderbare Zielstrebigkeit in seinem Gang, er näherte sich seinem Schreibtisch, und erst, als er davorstand, stolperte er oder spielte ein Stolpern, wie mir später klar wurde, stieß mit dem Fuß gegen das Beistelltischchen mit den Manuskripten, knickte erschrocken ein und bugsierte mit dem Knie sämtliche Mappen zu Boden. Dann ließ er sich auf alle viere nieder und machte sich an den Blättern zu schaffen. Ich kniete mich zu ihm, wieso hast du die Mappen nicht mit den Gummibändern geschlossen, fragte ich, und er schaute mich verständnislos an, so, als würde ich seine Spielregeln nicht begreifen.

Beim zweiten Mal sagte ich nichts mehr, kniete mich bloß dazu und tat, was er auch tat: Ich büschelte die Seiten, hielt ab und zu inne und las einen Satz. Nicht laut natürlich. Ich war auch nicht so ergriffen wie Vater, aber ich muss zugeben, der Idiot kann schön schreiben. Nicht so, dass man zu atmen aufhört und denkt, wow, ein Genie, welche Auszeichnung, ihn zum Vater zu haben und aus seiner unnachahmlichen Substanz entstanden zu sein. Vater ist eher ein stiller Meister, einer, der auch am heißesten Tag am Meer über das Sterben von Klängen im Nebel schreibt. Und darüber, wie eine geheimnisvolle Frau in einem brombeerfarbenen Kleid den Nebel lichtet. Brombeerfarben ist wichtig. Violett oder lila wäre schon zu laut. Immer lichten Frauen bei Vater irgendwas, nur nichts Wesentliches, zum Beispiel einen Anker.

Als meine Eltern sich kennenlernten, war Vater noch kein Schriftsteller. Er hatte Biologie studiert und arbeitete für eine internationale Umweltschutzorganisation. Reiste viel und nicht nur mit dem Zug, was damals selbst in einer Umweltschutzorganisation noch kein Widerspruch war. Organisierte Protestmärsche, redete an Tagungen und baute an den Wochenenden mit Schulkindern kleine Zäune entlang der Schnellstraße, die in der Nähe von Froschlaichgebieten lag. Die Zäune retteten Frösche, die auf ihren Laichmärschen die Straße überqueren wollten. Eines Tages, als er gerade zwischen Protestmarsch und Laichmarsch Luft holte und in Gedanken schon bei den Amphibien war, die er einsammeln und in Sicherheit bringen musste, als seine Hände schon wieder den klebrigen Schleim der Frösche und Kröten spürten, da begegnete ihm vor der Buchhandlung in Uninähe eine Studentin der Anglistik in einem langen, vornehm geschnittenen brombeerfarbenen Mantel. Falsch, sagte Mutter, der Mantel war violett und von H&M und hatte sieben verschiedene Knöpfe, weil ich immer wieder einen verloren hatte, aber ja, er stand mir. Sie hatte eine große Masse von honigblondem Haar, von meinem Haar, vogelnestartig auf dem Kopf festgesteckt, hatte riesige vergissmeinnichtblaue Augen und einen so kleinen Mund, dass sich mein Vater fragte, ob sie damit wirklich sprechen könne. Ist was, fragte der kleine Mund, als Vater nicht mehr aufhören konnte, sie anzustarren. Nein, pardon, sagte Vater, es ist bloß das Buch in deiner Hand, ich kenn das. Du kennst George Eliot, ich dachte, Männer lesen so was nicht, sagte der kleine Mund, und dann tranken sie zusammen einen Kaffee neben der Buchhandlung, und alles Weitere wurde zu meiner Familiengeschichte.

Es war die Ironie ihrer jungen Liebe, dass die Anglistikstudentin den Froschschützer in die Welt der Literatur einweihte. Dass sie ihm zeigte, wie absorbierend

Lesen sein und wie Schreiben zum Rausch werden kann. Denn Mutter hatte durchaus Ambitionen, sie wusste bloß nicht, wohin damit und wählte die sicherste Möglichkeit, die ihr Studium zu bieten hatte, nämlich das Lehramt. Oma hatte andere Vorstellungen für ihre Tochter, auch wenn Anglistik sicher nicht falsch war, als Einstieg in diplomatische Dienste zum Beispiel. Oma sah Mutter mindestens in Genf, in einer dieser großen Organisationen, die sich um den Weltfrieden kümmern. Oder in Asien, in einer weißen Kolonialvilla mit Bediensteten, und mittendrin Oma selbst, die wie eine Königin auf einer Veranda in einem Korbsessel ihre Gin Tonics trinken würde. Das Einzige, was Vater für Oma valabel machte, war neben seinem grundsätzlich soliden Einkommen seine Schönheit, die der meiner Mutter in nichts nachstand. Vater hatte damals volles blondes Haar, das ihm auf die Schultern fiel, ein kantiges und zugleich sehr klug wirkendes Gesicht, schieferfarbene Augen und einen Mund, der gut und gerne fünfmal so groß war wie der von Mutter. Alles an ihm schien sie andauernd zu verschlingen, seine Blicke, seine Küsse, seine Umarmungen. Ich habe von meinen Eltern das Beste geerbt. Ich bin eine dieser Frauen, nach der sich alle umdrehen und bereuen, dass sie ihr nicht jeden Sommer lang das Salz von der Haut lecken können. Ich bin schön. Ohne Übertreibung.

Doch zurück zu meinen Eltern. Als die reizende Gymnasiallehrerin, die von allen verehrt wurde, und der engagierte Umweltaktivist ihre erste gemeinsame

Altstadt-Wohnung nach vielen Monaten endlich eingerichtet hatten, als auf ihrem Balkon die Kapuzinerkresse orange, gelb und rot zu leuchten begann, als in ihrem Weinkeller die von Oma gestifteten Kisten mit Champagner und gutem Wein allmählich zur Neige gingen und die ersten Kristallgläser in der Spülmaschine blind geworden waren, weil Vater nicht wusste, dass man Kochtöpfe nicht mit Gläsern zusammen waschen durfte, und Mutter ihm dies nicht sagte, weil sie die Gläser hasste, kam es zu zwei alles erschütternden Ereignissen. Vater hatte seine Amphibien zu diesem Zeitpunkt aufgegeben. Erstens, weil ihm Mutter lieber war als die Tiere. Zweitens, weil er auf Mutters Anregung hin angefangen hatte zu schreiben. Es war noch nicht viel, es war erst eine scheue Skizze, eine literarische Aneignung ihrer ersten Begegnung. Die beiden hatten Freude an dem Experiment, Mutter machte ihm Vorschläge, wie er die realen Geschehnisse verfremden könne. Mal versuchte er es expressionistisch, das war zu wild, mal impressionistisch, das war besser, mal wurde aus der Buchhandlung ein Wald und aus George Elliots Buch ein Hund, schließlich kehrte er wieder zur Wahrheit zurück. Er arbeitete hart, seine Sprache veränderte sich, wurde zunehmend transparenter und knapper, erhielt Kraft und Klang. Mutter war begeistert. Vater bewarb sich mit dem Manuskript um Stipendien und gewann auf Anhieb zwei. Gut, sagte er, jetzt bin ich also ein Schriftsteller, ich sollte mir eine Auszeit nehmen und ein Buch schreiben, das erwartet man doch von einem Schriftsteller. Nimm dir Zeit, sagte

Mutter, ich verdiene genug für uns beide. Das war das erste Ereignis. Das zweite war, dass meine Mutter wenig später schwanger wurde.

Ich war kein nettes Baby. Ich war laut und anstrengend und offensichtlich mit dem Plan zur Welt gekommen, meinen Vater und die Literatur wieder zu entzweien. Denn Mutter musste arbeiten. Vater musste mich hüten, füttern, wickeln, beschwichtigen, zur Vernunft zwingen und daneben selbst arbeiten. Aber eben nicht so richtig. Von mir aus gesehen spielte Vater den ganzen Tag mit einem einzigen Spielzeug, und das war zudem besonders langweilig. Ich wollte irgendwo draufschlagen, was Lärm machte, irgendwas aus Holz oder Metall, ich wollte kleine Dinge in große Dinge stecken und dazu schreien, ich wollte unsere langweiligen weißen Wände mit bunten Filzstiften bemalen und dazu noch lauter schreien, und immer hielt mich Vater davon ab und kehrte zu diesem Ding zurück, das keinen Lärm machte, dessen Tasten nur leise klickten und auf dem überhaupt nichts passierte, außer, dass sich auf einer weißen Fläche eine endlose Schlange aus kleinen schwarzen Zeichen bildete. Dazu zuckte das linke Bein meines Vaters, und sein Fuß klopfte einen eigensinnigen Takt auf den Boden, der für einen Herzschlag zu schnell und für das Klicken der Tasten zu langsam war, es war eine Dissonanz, die mich noch nervöser machte, als ich es von Natur aus schon war. Ich gab mir deshalb äußerste Mühe, ihn von seiner gewiss unendlich deprimierenden Tätigkeit zu befreien, doch es war das Einzige, was Vater gerne tat. Außer rauchen, Kaffee trinken und sich auf Mutter freuen. Letzteres hatten wir gemeinsam. Mit Mutter wurde die Wohnung zu einem Wirbelsturm aus Worten, Lachen, Musik und verrückten Dingen, die sie für mich auf weiße Blätter zeichnete. Einen Drachen mit drei Prinzessinnenköpfen. Ein geflügeltes Einhorn mit Löwentatzen. Blaue Bäume unter einem gelben Himmel, die Sonne flammend pink. Mutters Fantasie war ein Fest. Die meines Vaters beschäftigte sich lieber mit der exakten Grauschattierung von Nebel. Mutter war glücklich mit mir und ich mit ihr. Mit Vater war das komplizierter. Er war zwar ein liebender Vater, aber vor allem ein leidender. Meine Störaktionen rissen ihn aus seiner Konzentration und an jedem einzelnen seiner Nervenenden. Manchmal riss ich auch so lange an seinem zuckenden Bein, bis er mit mir in eine besondere Hölle ging, den Spielplatz. Ich war zu klein, um zu schaukeln oder zu klettern, aber ich konnte überall draufschlagen, und am liebsten kauerte ich mich in die Pfütze unter der lustigen Wasserpumpe und spielte Frosch. Was nicht mein Fehler war. Zu seinem Abschied vom Schutzzaunbau hatte mein Vater von den Schulkindern unzählige Frösche erhalten, aus Stoff, aus Porzellan, aus Holz, und damit identifizierte ich mich nun. Es war nicht so, dass Vater auf dem Spielplatz die Liebe der anderen Mütter entgegenschlug. In ihren Augen war er kein fortschrittlicher Hausmann, dafür fehlte es ihm allzu deutlich an Einsatz. In ihren Augen war er auch kein Schriftsteller, sondern ein arbeitsscheuer Mann, der sich auf Kosten seiner Frau und seiner verwahrlosten, im nassen Dreck herumrobbenden, lauthals quakenden Tochter selbst verwirklichte. Als meine Schwester zur Welt kam und sich alles noch einmal wiederholte, entschuldigte ich mich für meine Rücksichtslosigkeit. Doch als ich mit ihm allein war, glaubte ich, ihn vor der Langeweile mit seinem einzigen Spielzeug retten zu müssen. Vielleicht hätte ich mich mehr anstrengen sollen. Vielleicht wären er, Mutter und wir dann länger zusammen und glücklich gewesen.

Am Tag vor meinem zweiten Geburtstag hatte Vater geschafft, was nur Mutter und die Jurys von der Literaturförderung ihm zutrauten: Er schickte ein fertiges Buchmanuskript an elf Verlage. Zehn der Umschläge kamen zurück, schließlich klingelte das Telefon, und eine Lektorin wollte ihn sprechen. Mutter mochte sie nicht. Sie war groß, laut, trug eine Mähne, die in allen möglichen Rottönen gefärbt war, hatte das Gesicht eines teuren Pferdes und rauchte Kette. Vater war ihr ergeben. Der Verlag war nicht besonders groß, Vaters Vorschuss auch nicht. Ich muss ganz ehrlich sein, sagte die Lektorin, dein Buch ist toll, aber wenn du eine junge Frau wärst, wäre das kein Nachteil, überhaupt nicht, so eine wie deine Frau zum Beispiel, allein der Pressefotos wegen würde über das Buch geschrieben, schneide dir bitte auf keinen Fall die Haare, und kannst du dir Fotos in einem, sagen wir mal, etwas transparenteren weißen Hemd vorstellen? Nein, sagte Vater, der am liebsten ausgeleierte schwarze Rollkragenpullis trug. Ein halbes

Jahr später erschien *Nebel*, ein Roman über den sanften Brutalismus der Liebe, über eine schemenhaft bleibende, schöne Frau, die kaum redet, gerne in was Wässriges verschwindet, Meer, Schnee oder eben Nebel. Nur weniges kann sie davon abhalten, sich auszuziehen, denn es wäre ein Jammer, der Welt immer neue Beschreibungen ihres Körpers vorzuenthalten. Natürlich richtet sie so ganz ohne Anstrengungen einen Mann zugrunde, der wiederum verblüffend meinem Vater ähnelt, Schriftsteller ist, einen Sportwagen fährt und vom Leben auf einer abgelegenen Insel träumt. Immer wieder sucht sie ihn heim, im Gegensatz zum Schriftsteller altert sie nicht, denn natürlich ist sie keine reale Frau, sondern eine Fantasie. Als sein Wahn überhandnimmt, rast er in seinem Sportwagen in den Tod. Von Umweltschutz oder anderen gegenwartspolitischen Beschwerden ist nirgendwo die Rede, doch die großen Bögen des 20. Jahrhunderts legen ihre Schatten über den Text, der Zweite Weltkrieg, der Kalte Krieg, Vietnam. Das also war es, was mein Vater aus der ersten Begegnung mit meiner Mutter vor einer kleinen Buchhandlung in der Altstadt herausdestilliert hatte. Die rotmähnige Lektorin hatte einen Klappentext verfasst, den sofort jede Buchhändlerin auswendig lernte. Nebel sei ein Anagramm von Leben, hieß es da, die Elemente, die Frau, die Sexualität seien eins, rätselhaft, allumarmend, todbringend, Krieg und Lieben, dem Autor sei auf knappstem Raum und unter meisterhafter Verdichtung der Sprache Ewiggültiges mit einem epischen Anspruch gelungen.

Das war vor 22 Jahren. Vaters Buch und Vater eroberten die Kulturteile und die Literaturhäuser. Die Leute standen vor seinen Lesungen zwar nicht Schlange, aber sie kamen, nicht alle von ihnen waren grauhaarig, und sie stellten ihm Fragen. Wie es gewesen sei, ein atmosphärisch derart schönes, inhaltlich packendes, sinnliches und überhaupt betörendes Buch zu schreiben und daneben auch noch eine kleine Tochter zu betreuen. Kein anderer Mann im Literaturbetrieb sei ihnen bekannt, der so was geschafft, geschweige denn sich überhaupt dazu bereit erklärt hätte, schon allein dafür gebühre ihm Dank. Ach, sagte Vater und strich sich eine Locke aus der Stirn, danken sie meiner Frau, sie hat uns alle ernährt, sie hat mir ermöglicht, einen Traum zu verwirklichen, da war es doch das Mindeste, dass ich mich um Gina kümmere. Natürlich war es nicht immer einfach, wem sage ich das, Babybrei und eine Computertastatur vertragen sich nicht gut, und Windeln zu wechseln kann die Inspiration gelegentlich ganz schön beschädigen, aber wenn ich es mir richtig überlege, war es genau das Kreatürliche, das Unausweichliche und Unberechenbare, was mich am meisten angeregt hat. Ich wage zu behaupten, dass *Nebel* nur wegen Gina seinen glühenden Kern hat, jede volle Windel, jeder Sabberfleck auf meinem Hemd, jede Kinderträne brachten mich ihm näher, Gina war mein kleiner Vulkan, jederzeit ausbruchsbereit, danke, süße Gina. Wenn er Bücher signierte, legte er ein Foto von mir neben sich auf den Tisch, ich trug darauf ein hellblaues Kleid mit aufgestickten Marienkäferchen und eine rote Schleife, die mir Oma ins Haar gebunden hatte. Die Schleife hatte ich nur für das Foto getragen, ich hasste sie, lieber wäre mir gewesen, wenn Vater mich im nassen Sand unter der Wasserpumpe abgelichtet hätte, da hatte ich Spaß, da war ich, genau wie die Frau in *Nebel*, in meinem wässrigen Element, mit dem einzigen, aber maßgebenden Unterschied, dass sich die Frau niemals dreckig gemacht oder gequakt hätte. Natürlich wollten alle das Foto sehen, und wenn sie sich entzückt darüber beugten, mussten sie auch gleich noch ein Buch kaufen, es war unausweichlich, und Vater signierte nicht einfach mit seinem Namen, sondern zusätzlich mit *von Herzen – Ginas Papa*. Wieso heiße ich eigentlich Gina, fragte ich meine Eltern einmal, sie schauten sich verliebt an, und Mutter sagte, weil wir dich auf unserer Hochzeitsreise mit größter Wahrscheinlichkeit in einem Häuschen in der Toskana gezeugt haben, es hieß Casa Gina.

Ein Jahr lang ging das so. Vater traumwandelte von Auftritt zu Auftritt, reiste ins deutschsprachige Ausland, übernachtete in Mittelklassehotels und bescheidenen Pensionen, während ich Oma zur Last fiel oder sie mir, denn Oma hatte keinerlei Verständnis für Gina unter der Wasserpumpe. Manchmal begleitete Mutter ihn, dann verbrachten sie ein ganzes Wochenende auswärts, und Mutter lernte schnell, dass am Ende jeder Lesung, zuhinterst in der Schlange vor dem Büchertisch dieses eine geheimnisvolle, hübsche Mädchen auf Vater wartete, dieses eine Groupie, nie das gleiche, immer ein anderes, aber typähnlich, ein Mädchen wie eine flackernde

Kerze, das sich gerne mit der Frau in Vaters Buch verwechselte, ein Geschöpf, wie Mutter es nannte. Man muss Vater zugutehalten, dass er den Geschöpfen keine Beachtung schenkte, die über ein Glas Wein hinausgegangen wäre, er nahm seinen neuen Beruf so ernst wie seine Ehe, Episoden mit Geschöpfen hätten das eine möglicherweise befruchtet, aber das andere gefährdet, und Vater wusste genau, dass er nicht ohne meine Mutter sein konnte, auch wenn sie wieder schwanger war und er beim Schreiben seines neuen Buches zwei Töchter betreuen müsste. Das Jahr von *Nebel* ging zur Neige, die Sitzreihen an den Lesungen lichteten sich, die Geschöpfe waren längst weitergezogen, zum nächsten Debütanten und zum neuen Fräuleinwunder, alle, die Vater hatten erleben wollen, hatten es getan und sich ihr *von Herzen – Ginas Papa* abgeholt. Die Buchhandlungen brauchten Platz für Neues und schickten viele Exemplare an den Verlag zurück, die Lektorin schüttelte den Kopf, selten hatte ein Buch so viel Lob erhalten und so wenig verkauft, sie bereute den Vorschuss, nicht einmal die Klassensätze, die ein paar eifrige Deutschlehrer noch bestellten, konnten die Bilanz verbessern. Am Tag bevor meine Schwester zur Welt kam, teilte ihm eine Veranstalterin mit, dass die geplante Lesung leider ausfallen müsse, im Vorverkauf seien nicht einmal wenige, sondern gar keine Karten weggegangen. Ich habe Vater noch nie so niedergeschmettert erlebt, es war, als habe ein Laster sämtliche Frösche und Kröten eines Laichmarsches zu Brei gefahren.

Vater war anerkannt. Und Vater war erfolglos. Trotzdem war er jetzt der Schriftsteller. Und als solcher fühlte er eine Berufung, eine Verpflichtung, einen Drang. Nicht zuletzt, weil ihm sein Agent dies so eingeredet hatte. Der Agent hatte sich ungefragt eines Tages an ihn gehängt, und Vater wagte nicht, ihn abzuschütteln. Der Agent war ein Erzfeind der Lektorin, besaß ein beeindruckendes Büro in Berlin Charlottenburg, war ein unermüdlicher Partygänger und Netzwerker. Vater war sich nicht so sicher, wie viel er wirklich von Literatur verstand, aber der Agent fand *Nebel* heiß, sehr heiß, er sei sich sicher, sagte er, dass man das alles viel größer verkaufen könne, er sehe den Sportwagen aus dem Roman ganz plastisch in Vaters Garage stehen, er müsse bloß noch so einen Roman schreiben, vielleicht noch eine Spur schärfer, die Frau könne doch jetzt ein Callgirl sein und ruhig auch ein bisschen Amazone, vielleicht auch etwas in Richtung Raubtier, aber was wisse er schon, er sei ja kein Künstler, sagte der Agent, er sei bloß Liebhaber und Vermittler. Mutter hielt ihn für einen Schwätzer und Scharlatan. Vater auch. Aber er hasste die Idee, eine mögliche Chance zu verpassen. Er schrieb weiter. Jetzt mit meiner kleinen Schwester als Störfaktor, während ich mich in ein vernünftiges, angenehmes und sauberes Kind verwandelte. Meine Interessen änderten sich ebenfalls, und Oma betete mich jetzt an. Ich versuchte nicht mehr, unsere weißen Wände mit Filzstift zu bearbeiten, sondern zeichnete still vor mich hin auf Papier. Was sich hinter meinem Gekritzel verbarg, wusste lange

Zeit über nur ich allein. Es waren Drachen, die Vaters Lieblingsspielzeug fraßen, Störche, die Frösche fraßen, und Menschen mit Verbänden. Vielen und blutigen Verbänden. Darunter befanden sich Bisswunden oder amputierte Körperteile. Ich liebte Verbände, auch meine Puppe war einzig und allein dazu da, um verletzt auf einem Stuhl zu sitzen und von mir regelmäßig mit rotem Filzstift bemalte Verbände gewechselt zu kriegen.

Schuld daran war ein Buch von Oma. Es lag auf dem Tisch neben ihrem Sofa, und das Einzige, was mich daran interessierte, war seine Größe. Es war mindestens halb so groß und halb so schwer wie ich. Doch ich bezwang es, und bald lagen das Buch und ich auf dem Sofa. Ich blätterte mich durch ein buntes, langweiliges Universum. Immer wieder blühende Bäume, Sonnenblumen, Blütenzweige. Menschen bei der Feldarbeit. Schlanke Bäume und gedrungene Bäume. Landschaften. Mal ein Gesicht. Und dann das Bild, das mich fesselte: Ein Mann mit einem Verband um den ganzen Kopf. Da musste was passiert sein. Wieso trägt der Mann einen Verband, fragte ich Oma. Weil er sich ein Ohr abgeschnitten hat, sagte Oma. Ehrlich? Und wie? Mit einer Schere? Nein, mit einem Messer, sagte Oma bestimmt, und dann hat er das Ohr genommen und einem Mädchen gebracht, das er damit beeindrucken wollte. Wie klein war denn das Mädchen, so wie ich, wollte ich wissen. Das weiß ich nicht, sagte Oma, schon möglich. Und wieso? Wieso was? Wieso hat er das getan? Weil er unglücklich war. Wie unglücklich? Sehr. So wie Vater? Ähnlich, sagte

Oma, die Vater noch immer nicht ausstehen konnte. Ist der Mann echt? Ich war noch nicht fertig. Ja, echt, aber tot. Wieso? Weil er sich erschossen hat, sagte Oma. Und wer hat das Bild gemalt? Er selbst. Aha, und wieso? Keine Ahnung. Andere Bilder in Omas Büchern, die mir gefielen, zeigten einen Mann, der eine Windel trug und am ganzen Leib von Pfeilen durchbohrt war. Und einen Mann mit einer Windel, der an ein Kreuz genagelt war und dem das Blut aus Händen und Füßen tropfte. Wieso tragen sie Windeln, fragte ich. Das sind keine Windeln, das sind Unterhosen, das hat man früher so getragen, sagte Oma, aber schau mal, findest du diese blonden Engel mit ihren Flügeln und langen Kleidern nicht viel schöner? Nein.

Ich ging heim und hatte Fragen: Wenn der Mann, der laut Oma meinem Vater ähnlich war, sich sein Ohr abgeschnitten und sich erschossen hatte, was war dann von meinem Vater zu erwarten? Wann würde er sich ein Ohr abschneiden, um mich und meine Schwester zu beeindrucken? Und wie ließ sich das verhindern? Wie konnte ich ihm helfen? Ich musste Zeichen setzen und begann, Menschen mit Verbänden zu zeichnen und meine Puppe zu verbinden. Doch erst, als ich mich mit einem blutig gemalten Verband an Vaters zuckendem Bein zu schaffen machte, wurde er darauf aufmerksam. Er schaute sich im Zimmer um, sah die Zeichnungen, ein verbundenes Heizungsrohr, die Puppe und sein Bein. Was spielst denn du, etwa Krieg, fragte er. Nein, sagte ich, ich spiele den Mann mit dem abgeschnittenen

Ohr, Oma sagt, er war wie du! Vater fiel vor Lachen fast vom Stuhl. Als Mutter nach Hause kam, sagte er, Baby, Gina hat erzählt, dass deine Mutter mich mit van Gogh vergleicht, hält sie mich jetzt etwa für ein Genie? Oder bloß für wahnsinnig? Meine Eltern lachten, bis ihnen die Tränen kamen.

Es war einer der letzten unbeschwerten Momente unserer Familie. Denn danach setzte sich Vater ans zweite Buch. Oder an seine Anfänge. Er war jetzt unsicher. Er machte alles, was der Agent ihm einflüsterte und wusste, dass es nicht gut war. Der Agent ließ ihn fallen. Vaters unbeholfene Versuche, *Nebel* neu zu schreiben, aber jetzt mit mehr physischem Zugriff und Gefahr statt Geheimnis, stießen bei keinem Verlag auf Gegenliebe. Gut, sagte die Lektorin, nun sind wir zwei endlich wieder allein. Mach dich an die Arbeit. Und bleib dir treu. Das tat Vater. Er schrieb das gleiche Buch noch einmal. Einfach ohne Schwung. Wenn Mutter abends nach Hause kam und fragte, wie sein Tag gewesen war, sagte er, ich habe heute bloß 3000 Anschläge geschafft, das sind kaum zwei Buchseiten. Oder: Heute Morgen habe ich was geschrieben, das fand ich richtig gut, doch dann hatte Gina Durchfall, weil sie einen halben Filzstift ausgesogen hatte, und als ich mich nach einer Notwäsche und dem Schaumigrühren einer Banane wieder dransetzte, merkte ich, dass das nichts taugt, ich habe alles wieder gelöscht und alles von gestern auch. Jetzt bin ich 5500 Anschläge im Rückstand. In welchem Rückstand denn, wollte Mutter wissen. Im Rückstand halt, sagte Vater, ich schreibe quasi rückwärts, bald habe ich unter null Anschläge und bewege mich auf eine neue Definition von Versagen zu. Mutter küsste ihn auf die Stirn und strich ihm dazu übers Haar, es war eine Abfertigungsgeste, wie meine Schwester und ich sie zu gut kannten, sie signalisierte, dass Mutter keine Geduld für Vaters Selbstbezichtigung hatte und sich Dringlicherem zuwenden musste, meinem Durchfall oder den Mückenstichen, die meine Schwester auf ihren Beinen sorgfältig mit schwarzem Kugelschreiber umrahmt hatte und die sie mit der Schicksalsergebenheit einer Pestkranken allen zeigte. Du schaffst das schon, sagte Mutter, woher willst du das wissen, sagte Vater, vielleicht bin ich als Schriftsteller einfach ein Irrtum. Er war jetzt oft müde und traurig, er hörte auf zu rauchen und setzte ein paar Kilos an, brütete stundenlang über den Verlagsabrechnungen, telefonierte mit der Lektorin, beschimpfte sie, wurde unaufmerksam und träge, selbst das Zucken seines Beins verlangsamte sich, und als ich das nächste Mal Durchfall von einem ausgesogenen Filzstift hatte, sagte er bloß, leg deine verschissene Hose in die Badewanne und lass mich damit in Ruhe. Mutter hörte auf, sich abends nach seinen Fortschritten, die immer nur Rückschritte waren, zu erkundigen, und als Vater ihr nach drei Monaten ganze vier Seiten zu lesen gab, legte sich ihre Stirn in immer tiefere Falten. Das ist nicht gut, sagte sie, das ist richtig schlecht. Vater sackte in sich zusammen und weinte. Oma und Mutter besorgten ihm einen Therapeuten. Der sagte ihm, dass die Last mit den

Kindern für einen kreativen Geist ganz einfach zu viel sei, dass er dringend eine Auszeit brauche, Distanz, dass er mal wieder egoistisch sein und zu sich selbst schauen müsse. Wir auch, sagte Mutter und packte unsere Koffer. Wir zogen zu Oma und ließen Vater zurück. Für Oma begann die schlimmste Zeit ihres Lebens, wie sie uns immer wieder sagte. Für uns war es auch nicht viel besser. Wir zählten auf den Therapeuten. Er erreichte, dass Vater ans Meer zog.

Ich besuche ihn nicht zum ersten Mal am Meer. Aber ich wohne zum ersten Mal wieder mit ihm zusammen, seit er ausgewandert ist. Als ich zehn war, reisten Oma, Mutter, meine Schwester und ich ans Meer und wohnten in einem Grand Hotel, weil Oma das so wollte und auch bezahlte. Über unseren Betten hingen, wie über den meisten Hotelbetten der Welt, Bilder des Holländers. Oma machte mich darauf aufmerksam. Auf den blühenden Mandelzweig über meinem und den Olivenbaum über dem Bett meiner Schwester. Meinst du, in irgendeinem der vielen Zimmer hängt das Bild mit dem Kopfverband, fragte ich Oma. Sicher nicht, sagte sie. Wieso? Weil du der einzige Mensch bist, der darunter gut schlafen könnte. Ja, das stimmt, ich würde ausgezeichnet schlafen, sagte ich, und stellte mir einen blutigen Traum vor, in dem sich der Künstler sein Ohr mit einem halb stumpfen Messer absäbeln und danach einer erschrockenen jungen Frau in den Schoß legen würde. Und wieso hängt der überall, fragte ich weiter. Weil er beliebt ist und berühmt und der teuerste Maler der Welt. Aha, sagte ich, also ganz anders als Vater. Genau, ganz anders als Vater, sagte Oma, aber tragischerweise hat er das nicht mehr erlebt.

Das Grand Hotel hatte surrende, glänzende Ventilatoren über den Betten, große Fernseher in den Zimmern, einen Pool im Garten, eine glitzernde Bar, der wir uns nicht nähern durften, weil dort laut Oma gefährliche Männer von der Mafia saßen und Mädchen wie uns in den Vatikan verkaufen wollten, einen Ballsaal, verspiegelte Flure und ein Restaurant, in dem alle Kinder außer wir Vater und Mutter hatten. Wenn ich jetzt in meinem Bett liege und aus dem Fenster schaue, sehe ich die weiße Fassade und die grün gestreiften bauchigen Markisen über den Balkonen und wäre gerne dort. Denn bei Vater ist es entsetzlich eng. Als ich das Häuschen, das abgelegen auf einem Landvorsprung westlich der Stadt liegt und von außen mehr Hütte oder Schuppen ist als Häuschen, zum ersten Mal gesehen habe, dachte ich, Vater sei jetzt ein Penner. Das stimmt natürlich nicht. Vater ist der einzige Schriftsteller im Umkreis von hundert Kilometern, der einzig lebende jedenfalls, und wird dringend gebraucht. Sein Italienisch ist inzwischen beinahe so gut wie das der Einheimischen, den Rest erledigt ein Übersetzungsprogramm. Vater entwirft für die Einheimischen Liebesbriefe, Nachrufe, Reden für die Eröffnung eines neuen Einkaufszentrums, die Enthüllung eines restaurierten Brunnens oder die Übergabe eines Preises. Er bietet Crashkurse in Gastronomie-Italienisch für deutschsprachige Touristen an und unterrichtet an der Volkshochschule gelegentlich deutsche Lyrik. Manchmal wird er ans Gymnasium eingeladen, um den Kindern aus dem Leben eines Schriftstellers zu erzählen. Wie viele Bücher haben Sie schon veröffentlicht, wollen die Kinder als Erstes wissen. Eines, sagt Vater, und verfällt sofort wieder in eine tagelange Depression, die ihn unweigerlich in seine Hängematte und zur Whiskyflasche treibt. Wieso sagst du nicht wenigstens zwei, frage ich ihn, ist denn die Übersetzung von *Nebel* nicht auch ein Buch? *Nebel* wurde nämlich übersetzt. Nach fünf Jahren. Auf Griechisch, eine Sprache, die niemand in unserer Familie versteht. Als ich älter war, entzifferte ich ein paar der Buchstaben, die wir im Mathematikunterricht brauchten, abgesehen davon war das Buch noch wertloser für uns als *Nebel* selbst, und niemandem ist bekannt, ob in Griechenland jemals ein Exemplar davon verkauft wurde.

Vaters Häuschen ist an einen Felsen geklebt, ein paar in Stein gehauene Tritte führen auf den Vorsprung, auf dem es steht, es ist genau 31 Quadratmeter groß, besteht aus einem Raum, der Küche, Wohnzimmer und Essnische in einem ist, zwei winzigen Schlafzimmern, von denen eines mit einem Doppelbett ausgefüllt ist, einer Toilette und einer Dusche auf dem engen Flur. Die Toilettentür kollidiert mit der Schlafzimmertür, im Gästezimmer wächst neben einem schmalen Einzelbett ein Felszacken ins Zimmer und versperrt beinahe die Sicht aus dem kleinen Fenster. Sorgen bereitet mir die

Flurdusche, ich will nicht, dass mein Vater mich nackt sieht, egal wie intensiv sein Kontakt mit meinen Ausscheidungen früher war und wie sehr ihn meine diversen vulkanischen Tätigkeiten inspiriert haben mögen, und ich will meinen Vater auch nicht nackt sehen. Meine Ausweichmanöver sind sportlich, aber ich habe wenig Lust, dem Stück Fleisch, das mich gezeugt hat, zu begegnen. Nichts knallt einem die Sterblichkeit so sehr ins Gesicht wie die Nacktheit alternder Eltern. Vater mit Badehose in der Hängematte reicht völlig. Aber ich bin selbst schuld, ich konnte seinem seit Jahren geäußerten Angebot eines Gästezimmers nicht mehr widerstehen. Ich dachte, das wird schon gut gehen, dieses Mal geht es gut. Ich hatte Sehnsucht, nicht unbedingt nach Vater, vor allem nach dem Meer. Außerdem hatte ich kein Geld, und ich scheute mich davor, schon wieder bei Oma zu schnorren. Und da sind wir jetzt. Ich und Jo und Vater. An einem Ort, der für jedes Geheimnis zu klein ist.

DER KLEINE BRUDER

An welchem Tag sich Vincent denn sein Ohr abgeschnitten habe, will Jos kleiner Bruder wissen. Jo überlegt. Am 23. Dezember 1888. Dem Tag vor Heiligabend. An einem Sonntag. Natürlich, sagt der kleine Bruder, der Willem heißt, zwölf Jahre alt ist und sich für alles Kriminalistische interessiert. Willem liest Zeitungen, beobachtet Menschen, sammelt Daten und legt sich die Dinge zurecht. Die Wände seines Kinderzimmers sind mit Zeitungsartikeln über Verbrechen und Polizeimeldungen tapeziert, Mutter hat sie schon mehrfach entfernen lassen, aber Willem ist jedes Mal in Tränen ausgebrochen. Die Beschäftigung mit den Verbrechen scheint sich nicht auf sein Gemüt auszuwirken, er hat weder Albträume noch Gewaltfantasien.

Ausgerechnet das zehnte Kind der Bongers, das Letzte, so hat es die Mutter geschworen, ist das intelligenteste, das neugierigste, seine Zeugnisse sind die besten, und Vater hat versprochen, dieses letzte Kind als erstes und damit einziges aus der ganzen Familie auf die Universität zu schicken, falls seine Leistungen nicht abnehmen. Alle sind stolz auf Willem, doch der Vater hat den anderen Geschwistern verboten, ihn zu verwöhnen, er solle sich nichts einbilden. Trotzdem hat ihm Jo in Paris ein Geschenk gekauft, ein Modell jenes Turmes aus Eisen, der gerade für die kommende Weltausstellung gebaut wird und über den ganz Paris spricht. Der Turm fasziniert Jo maßlos, sie muss an ihren Besuch in der Eisengießerei denken, fragt sich, wo die Tausende von Einzelteilen gegossen werden und wie es einer schafft, das höchste Bauwerk der Welt zu entwerfen und darüber nicht wahnsinnig zu werden. Sie versucht, sich in den Kopf jenes Ingenieurs namens Eiffel hineinzuversetzen, sich vorzustellen, wie er den Turm komponierte, Strebe für Strebe, mit all den Pfeilern, Trägern und Kragen zu einem Ganzen zusammenfügte, ästhetisch, aber auch physikalisch, das ist es doch, was Architektur ausmacht. Ganze zwanzig Jahre lang soll das filigrane Wunder stehenbleiben. Im November und Dezember hat sie die Baustelle besucht, der Turm ist in dieser Zeit kaum gewachsen, nur wenige Meter, aber sein Ende war dennoch abzusehen. Die Verjüngung zum Himmel hin war radikal, als würde aus vier massiven Elefantenfüßen der pfeilförmige Leib einer Libelle geboren. Im März soll der Turm fertig gebaut werden, bis jetzt ist kein einziger Unfall passiert, es sei ein Wunder, sagen die Pariserinnen und Pariser, noch nie habe es eine derart vorzüglich geleitete Baustelle in ihrer Stadt gegeben. Jo weiß noch nicht, ob ihr der Turm gefällt, für gewöhnlich haben Stahlkonstruktionen wie die seine einen größeren Zweck, verbinden zwei Ufer, bilden Brücken, werden von Eisenbahnen befahren, doch der Turm ist nichts als ein Zeichen, das ganz für sich alleinsteht. Es ist ein Stück menschlicher Ingenieurskunst, das sich über alles erhebt, was der Mensch je gebaut hat, und damit Hybris, schiere Überheblichkeit. Aber ist nicht jede Kunst überheblich? Jedenfalls im Moment ihrer Produktion, wenn noch nicht abzusehen ist, ob sie überhaupt ein Publikum finden wird? Jo hat früher keinen Gedanken daran verschwendet, aber sie hat Kunst auch nie im Moment ihres Entstehens erlebt, sondern immer nur als ein Werk, das es in die Öffentlichkeit geschafft hat. Doch jetzt, da sie eine Van Gogh wird, jetzt, da sie Theos Verlobte ist, verändert sich die Bedeutung von Kunst für sie. Kunst ist nicht nur das Werk, Kunst ist auch der Prozess ihres Entstehens, all das Leben, das die Dichterin oder der Maler investiert, die Tage, Monate, Jahre, die Unsicherheit, ob all die Arbeit irgendwann zu Brot werden wird. Theo mag den Turm nicht, aber aus anderen Gründen, nicht weil ihn als Pfarrerssohn die Überheblichkeit stört, sondern weil bereits jetzt absehbar ist, dass Vincent van Gogh, den Theo für den größten Künstler von allen hält, quasi für den Eiffelturm unter den Künstlern, nicht an der Weltausstellung gezeigt werden wird. Den Miniaturturm für ihren kleinen Bruder hat Jo ohne Theos Wissen gekauft.

Willem ist begeistert über Jos Geschenk, natürlich weiß er auch über den Eiffelturm alles, was es bis dahin zu wissen gibt, er wird aus über 18 000 einzelnen Teilen zusammengesetzt und wird mit seinen 324 Metern jedes andere Bauwerk der Welt mühelos überragen. Er umarmt seine Schwester und stößt ihr dabei beinahe die Turmspitze in den Bauch, zum Glück ist da Jos Korsett, ein Kleidungsstück wie eine Ritterrüstung, denkt Willem und beneidet Jo darum. Er hat sich auch schon heimlich eines ihrer mit Fischbein verstärkten Korsetts umgelegt und hätte gerne gewusst, ob man damit vor Kugeln sicher wäre. Jo betrachtet ihren Bruder, Willem ist kein süßes Kind, wie bei allen Bongers ist auch sein Kiefer eine Spur zu breit, er ist die exakte Miniaturausgabe von Dries, zwischen den beiden Brüdern liegen fünfzehn Jahre. An guten Tagen sehen die Bonger-Kinder trotzig aus, an schlechten gleichen sie wütenden kleinen Stieren. Jo würde gerne ihr eigenes trotziges Gesicht in Theos Armen zur Ruhe legen, doch Theo ist in Paris und sie wieder zu Hause in Amsterdam, dort, wo Theo sie vor eineinhalb Jahren mit seinem ersten Heiratsantrag überfiel und sie einfach nichts für ihn spürte. Heute spürt sie kaum noch etwas außer ihm.

Willem stellt Jos Türmchen auf seinen Lieblingsplatz im Kinderzimmer, auf ein Regalbrett vor der Wand mit den gesammelten Berichten über die dunkle Seite der Welt. Neben dem Turm liegen ein paar Muscheln, ein versteinertes Schneckenhaus und der winzige weiße Totenschädel von Willems Lieblingshasen. Auf die Artikel an der Wand hat er kleine Zeichen gemalt, eins für jeden Wochentag, eins für die Arten der Verbrechen, und dabei ist ihm aufgefallen, dass die meisten Verbrechen ausgerechnet an Sonntagen geschehen. Am

Tag der Ruhe, der Besinnung. Wieso das so ist, kann er sich lange Zeit über nicht zusammenreimen, doch dann nimmt er seinen Mut, der seine Körpergröße bei Weitem übertrifft, zusammen, betritt auf dem Heimweg von der Schule einen Polizeiposten, setzt sich auf dem Flur zu den Wartenden, den Bestohlenen, den Verprügelten und den Prostituierten, hört ihren Gesprächen zu, lernt in der einen Stunde mehr über Amsterdam und das Leben als je zuvor. Die Erwachsenen wollen ihn vorlassen, sie befürchten das Schlimmste, sie denken, das Kind müsse vielleicht einen Mord melden, vielleicht habe der Vater die Mutter zu Tode geschlagen oder ein Einbrecher den Vater, aber Willem sagt, nein, das Warten mache ihm nichts aus, und er habe auch bloß eine einzige Frage, sie sollen sich nicht weiter um ihn kümmern. Als er an der Reihe ist, stellt er sich vor den Schalter und sagt, guten Tag, darf ich Sie etwas fragen? Der Polizeibeamte hört die Kinderstimme, doch er sieht nur einen braunen Haarschopf, stößt das Faltgitter vor seinem Schalter weiter auf, beugt sich hindurch, schaut auf Willem hinunter, lacht und sagt, nur zu! Willem erklärt ihm die Sache mit den Verbrechen, die sich an Sonntagen häufen und dass er nicht versteht, wieso, und der Polizist sagt, säuft sich dein Vater etwa am Sonntag nicht das Hirn aus dem Kopf wie die anderen? Dann hast du ein glückliches Zuhause! Willem beginnt, das Verhalten von Menschen in Gaststätten zu beobachten. Wenn er wochentags aus der Schule kommt. Wenn die Familie Bonger sonntags ihre Spaziergänge macht und diese bei schönem Wetter gern in einem Biergarten beschließt. Unter der Woche trinken viele. Am Sonntag trinken alle. Auch seine Eltern. Und seine ältesten Geschwister. Wein zum Mittagessen, Sherry oder Brandy zum Kaffee, danach bricht die Familie zu einem Spaziergang auf, spätestens nach zwei Stunden sind alle Bongers durstig und suchen ein Gartenlokal auf, wo die Erwachsenen kühles Bier trinken. Seine Familie gerät dabei nie aus der Fassung, andere schon, zuerst werden sie fröhlich, dann ausgelassen und immer lauter, und irgendwann bricht die Stimmung, die Frisuren der Frauen lösen sich auf, die Männer beleidigen sich gegenseitig, das Handgemenge ist nie weit, und einer muss immer mit einer blutenden Wunde zum Arzt. Und deshalb, schließt Willem seine Betrachtungen über den Zusammenhang von sonntäglicher Trunkenheit und Gewalt gegenüber Jo, erstaunt es mich nicht, dass sich dein zukünftiger Schwager Vincent an einem Sonntag sein Ohr abgeschnitten hat. Er trinkt doch, oder?

Ja, Vincent trinkt. Und Vincent stinkt. Theo hat Jo erzählt, dass der geniale Bruder über seiner Malerei wie immer alles vergisst, Zeit, Hitze, Hygiene, Essen. Und dass es in Arles Kinder gibt, die mit Steinen nach ihm werfen und ihn verspotten. Dass einige ihn den *Idioten von Arles* nennen. Jo weiß, wie weh dies Theo tut, und deshalb tut es ihr auch weh. Ohne Theo als Filter könnte sie wohl nicht viel für Vincent empfinden, vielleicht bloß Ekel.

Sie würde gerne von ihrem kleinen Bruder Willem

wissen, wieso er Vincent in einem seiner kriminalistischen Zusammenhänge sieht. Ob ein Vergehen gegen sich selbst für ihn so viel zählt wie ein Verbrechen gegen Leib, Leben, Besitz von Fremden. Möglicherweise schon. Und wenn ja, wo würde Willem da das Strafmaß ansetzen? Sie kann es sich ausmalen, wie es war in Arles am Sonntag, dem 23. Dezember 1888, dem Tag vor den Weihnachtstagen, als alle ihr Monatsgehalt bereits ausbezahlt, als viele von ihnen obendrein noch Weihnachtsgeld bekommen hatten und Vincent gerade den Brief mit dem Monatsgeld von Theo erhalten hatte. Und dann war da dieser Tag vor den Familienfeierlichkeiten, auf die sich Jo freute, die viele andere aber fürchteten, weil zwischen den Geschenken und den Gängen zu vieles aufzubrechen drohte, Missgunst, Enttäuschung, der reine Neid. Sie sah Vincent durch die uralte Stadt gehen, der Tag lag seit dem Morgen im Dämmerlicht, die Helligkeit des Südens hatte sich vor der Kälte geflüchtet, die Farben, die Vincent brauchte, mochten auf Wochen hinaus erloschen sein. Aus allen Wirtshäusern quollen Leute und den Leuten voran Licht, Lärm und Rauch, und der Irrsinn, den Vincent sonst beim Malen bändigen konnte, verformte sich in den taumelnden Gassen zu jenem Fieber, das ihn Monster sehen ließ, und sein größtes Monster war er sich selbst. Willem hat recht, es wäre wahrscheinlich nicht so weit gekommen, wenn jener Tag kein Sonntag gewesen wäre. Theo hat ihr geschrieben, dass Vincent sich überlegt, für eine Weile in eine Anstalt zu gehen und sich behandeln zu lassen. Das also wäre das Gegenstück zum Gefängnis, denkt sie, mit dem sich Vincent, der Täter, der sich gegen sich selbst vergangen hat, auch noch selbst bestraft.

Theo hat Angst, Vincent zu verlieren. Der große Bruder fällt von einem Wahnsinn in den nächsten, und Theo ist nicht da, um ihn vor sich selbst zu schützen. Je größer Vincents Kunst wird, desto mehr verliert er sich selbst, all seine Kraft, all sein Lebenswille fließt in seine Bilder, er malt so schnell, als würde er den nächsten Tag nicht mehr erleben. Seine Fantasien über den Süden sind wie die verzweifelten, allzu raschen Atemstöße eines Erstickenden, eines Ertrinkenden. Aber als Theo ihn danach gefragt hat, hat er gesagt, nein, das wäre ein Missverständnis, es sei bloß die große Freiheit, die ihn wie ein Sturm auspeitschen würde, wie die Winde des Mistrals, der die Zweige der Olivenbäume zu Boden drückt. Es sei ein Freudensturm in ihm drin, der allerdings auch einem Feuersturm gleiche und ihn auszehre, immerzu sei er durstig, aber er wisse gar nicht so genau wonach. Theo hat den Bruder an Weihnachten nur wenige Stunden in Arles besucht, ist im Hospital an seinem Bett gesessen, hat den bandagierten Kopf angestarrt und sich gefürchtet. Dann hat er Vincents Schulden beglichen, im Hospital, im Wirtshaus, im Bordell, hat Vincents Zimmer aufgesucht, so viele der neuen Bilder zusammengepackt, wie er tragen konnte, und den nächsten Zug nach Paris genommen.

Nach wenigen Tagen zu Hause ist er wieder aufgebrochen, nach Amsterdam, ist seiner Verlobten entgegengefahren, sie hat ihn am Bahnhof erwartet, hat ihr kaltes Gesicht gegen sein warmes gepresst und ihn auf den Mund geküsst, war ganz junges, duftendes Leben, sie und er waren ein Jetzt, eine Zukunft, ein Fürimmer. Alles in Theo wurde leicht, sein Herz, sein Gemüt, seine Lunge, er vergaß den Husten, der ihn seit ein paar Jahren fast chronisch plagte. Die Sorge um den Bruder vergaß er nicht, aber Jos Gegenwart vermochte sie zu mildern. Ich bin nicht allein, ich werde nicht allein sein, sagte sich Theo, und die beiden Verliebten stürzten sich in die Neujahrstage, gingen tanzen, machten Verwandtenbesuche, äußerten erste Hochzeitswünsche, denn es stand jetzt fest, dass sie im April heiraten würden, im Frühling, sie konnten nicht mehr warten, sie hatten zu viele Jahre verschwendet, was für ein Irrsinn, sagte Jo, ich ohne dich, wie unvorstellbar das jetzt ist. Sie setzte sich ans Klavier, spielte für ihn Beethoven und Mendelssohn, er staunte, seine Braut hätte Konzerte geben können, er kannte die Melodien, aber Jo versah sie mit einer Wärme und einer Geschmeidigkeit, die ihm neu waren, und setzte Akzente, die anders waren, jünger, frischer, interessanter. Oder sie verschleppte eine kleine Traurigkeit, die er so deutlich noch nie gehört hatte, geschickt über mehrere Takte. Danach drehte sie sich atemlos zu ihm um und sagte, das Klavier kommt mit nach Paris, dafür kann ich noch nicht kochen.

Als er wieder nach Paris fährt, weiß er, dass es Theo van Gogh noch nie in einem Zustand von so reinem, alles überblendendem Glück gegeben hat. Doch was Jo und er bis April noch brauchen, ist eine Wohnung. Sie sind sich einig, so wie sie sich in allem einig sind, dass sie nicht in einem Außenbezirk oder gar außerhalb der Stadtgrenzen leben wollen. Doch die Innenstadt ist teurer. Und gefährlicher. Was wiederum gewisse Straßen, in denen Theo allein leben könnte, ausschließt. Auch die Qualität der Wohnung muss jetzt eine andere sein. Theo wünscht sich, dass ihr neues Zuhause in Gehdistanz zu seiner Galerie liegt. Er will so viel Zeit wie möglich mit Jo verbringen, am liebsten alle, er träumt davon, sich mit ihr zum Frühstück, Mittag- und Abendessen an einen Tisch zu setzen, dabei ihre Hand zu halten und ihr Gesicht bei jedem Wort, bei jedem Bissen, jedem Schluck betrachten zu können. Er hat ein neues Porträt von ihr mit nach Paris genommen, sie hat es ihm nur widerwillig gegeben. Sie liebt zwar den Luxus, sich schön zu machen und im Atelier eines Fotografen vor der Kamera zu sitzen, aber sie hasst jedes Bild, das dabei herauskommt. Theo weiß, wieso, man kann ein Wesen, das auch dann voller Bewegtheit ist, wenn es schweigt, nicht in ein statisches, totes Bild zwingen. Es müsste eine neue Technik geben, um Impressionen von Jo einzufangen, keine Malerei, keine Fotografie, am ehesten eine bewegte Fotografie, er hat von einem Amerikaner gehört, der das mit einem Pferd und seinem Jockey versucht hat.

Das Wohnungsangebot in Paris ist erschlagend, fünfzig an einem Tag könnte er besichtigen, ein einziges Mal schafft er es, er braucht dafür seinen ganzen freien Sonntag, doch bei der siebenundzwanzigsten beginnen für ihn die Treppenhäuser, die Dielen, die kleinen Zimmer, die Küchen mit ihren abgeschlossenen Vorratswinkeln und die gelegentlich fensterlosen Dienstbotenzimmer ineinander zu verschwimmen, und auch sein Husten macht sich wieder bemerkbar. Seine Vorstellung, was er Jo bieten möchte, ist äußerst genau, schließlich wird sie im Gegensatz zu ihm ihre ganzen Tage in der Wohnung verbringen: Hell soll sie sein, ein grünes Karree im Hof, Platanen am Straßenrand, das Schlafzimmer will er in Rosa, Rost oder Ocker halten, das Licht soll warm sein, sie brauchen ein Ess- und ein Wohnzimmer und am besten noch eine Kammer für das Dienstmädchen. Es wäre für Jo das Beste, eine Hilfe zu haben, die immer da ist, zum Kochen, Waschen, Putzen, Einkaufen und für das Kind. Und irgendwann: die Kinder. Theo hat fünf Geschwister, Jo neun. Alle schreiben einander. Immer. Theo möchte zu gerne die Briefwechsel seiner Schwestern lesen. Was sie über ihn und Vincent denken, die beiden Brüder mit ihrem symbiotischen Leben. Theo ernährt Vincent. Und wenn ihm noch ein bisschen Geld übrig bleibt, schickt er es nach Hause. Für die Kleinen. Für Bücher, Geigenstunden, Schlittschuhe. Er selbst braucht nicht viel, bis jetzt jedenfalls, doch dies wird sich bald ändern. Nicht nur Vincent wird von ihm abhängig sein. Theo hat noch nie eine Frau ernährt. Nicht für immer. Einmal war er kurz davor, er lebte in Paris mit einer in wilder Ehe, er wollte sie heiraten, doch zum Glück zerbrach das kleine Gefühl, das sie füreinander hatten, es war so klein wie eine Mokkatasse und genauso zerbrechlich und ließ sich nicht vergleichen mit der Welt, nein, dem Universum, das er für Jo empfindet. Leider kann er ihr kein Universum bieten. Schuld daran ist Vincent. Schuld daran sind die 100 Francs, die er Vincent jeden Monat schickt. Und die Arzt- und Hospitalkosten, die hinzukommen. Die Leinwände und Farben. Vincent malt nicht einfach, Vincent spachtelt die Farben auf die Leinwand, seine Ölbilder sind nicht einfach flach, die Sonnenblumen, die Olivenbäume, die Mandelblütenzweige haben alle ihre eigene Körperlichkeit, man kann seine Bilder auch mit den Fingern sehen, sie sind gemalte Blindenschrift, Theo spürt die Bewegung in den Blättern und in seinem Bruder, wenn er mit den Fingern darüberfährt. Vincent braucht nicht nur tuben- sondern eimerweise Farben, er lässt sie in Paris mischen, Theo schickt sie ihm, sie verschlingen Unmengen von Geld. In einem seiner Briefe schreibt er, ich brauche 12 große Tuben Zinkweiß, 1 große Tube Smaragdgrün, 2 große Tuben Kobaltblau, 2 große Tuben Ultramarin, 1 große Tube Zinnoberrot, 4 große Tuben Veronesergrün, 4 große Tuben Chromgelb, 1 mittelgroße Tube Geranienrot, es ist eine ganz normale Bestellung.

Theo hat Jo nicht gesagt, wie viel er neben den 100 Francs jeden Monat noch für Vincent aufwendet, er schämt sich vor dem Moment, wenn sie das Haushaltsbuch führen und erkennen wird, dass für sie, die Frau, viel weniger Geld da sein wird als für den Bruder, dass er seinem Bruder jeden Monat das Eineinhalbfache der

Miete für sich und Jo überweist. Jo weiß genau, dass die 100 Francs dem Preis von mindestens einem weiteren großzügigen Zimmer in ihrer zukünftigen Wohnung entsprechen. Von einem Zimmer, das Jo zugutekäme, einem Zimmer für Jo allein. Die Miete, die sich Theo für Jo und sich leisten kann, liegt bei 850 Francs im Jahr. 333 Francs erhält Theo jeden Monat von seiner Galerie und am Ende des Jahres eine Gewinnbeteiligung, wenn er mäßig verkauft hat, sind das 4000, wenn er gut verkauft hat, 9000 Francs, darauf werden sie angewiesen sein. Zum Glück kann sich Theo selbst Vorschüsse auszahlen auf Bilder, die er noch gar nicht verkauft hat, er gilt als bester Verkäufer in seiner Galerie, er darf das. Zum ersten Mal wünscht er sich, er wäre reich. Wie der Dichter Émile Zola, der gerade 300 000 Francs ausgegeben hat, um seine Villa in Médan um zwei Wohntürme zu erweitern. Sie heißen nach seinen Erfolgsromanen *Nana* und *Germinal*. Oder wie Paul Cézanne, dessen Bilder sich zwar auch schlecht verkaufen, aber der sich als Bankierssohn sein eigenes Atelier in Aix-en-Provence gebaut hat.

Jo will nicht, dass Theo sich deswegen Sorgen macht. Sie hat schon in anderen Verhältnissen gelebt. In sehr viel besseren, aber auch in wesentlich schlechteren. Ihre letzte Stelle vor dem Zusammenbruch war in einem Mädcheninternat gewesen. Sie hatte dort kein eigenes Zimmer gehabt, nicht einmal eines, das sie sich mit einer anderen Lehrerin hätte teilen können, nein, sie wohnte dort mit Dutzenden von Mädchen zusammen im

Schlafsaal, ein Bett unter vielen, schlief mitten unter den Stimmen, den Tränen, den Gerüchen und Geräuschen von Pubertierenden, hatte die Pflicht, sie zurechtzuweisen, ihnen ihre Spleens und Träume auszutreiben, die gerade nachts ins Unermessliche wuchsen und zu stundenlangen, heiser und heiß geflüsterten Unterhaltungen führten. Sie hatte alles erfahren über die Schwärmereien. Füreinander, für die Lehrerinnen, jede von Jos Kolleginnen hatte eine kleine Verehrerin, nur Jo hatte keine. Für junge Männer, besonders den Bäckergesellen, der nicht viel älter sein konnte als die Mädchen und um vier Uhr früh zur Arbeit ging. Wenn eines der Mädchen dann wach war oder wenn ein paar von ihnen sich bis dahin gegenseitig wachgehalten, ja geradezu Wache geschoben hatten, schlichen sie die Wänden entlang aus dem Schlafsaal und ins gegenüberliegende Klassenzimmer, wo sie den weiß gekleideten, schmalen und rothaarigen Jungen auf seinem Weg durch die Nacht beobachten konnten. Sie wussten von der Bäckerin, dass er Tim hieß, vor einem Jahr seine Mutter verloren hatte und sich mit seinem Vater um eine Schar kleiner Schwestern kümmerte. Dass er so blass war, weil er tagsüber auf die Kinder aufpasste und zu wenig schlief. Die Mädchen hatten jeden Tag eine neue Idee, wie sie Tims Elend lindern könnten, wie sie ihm Essen vorbeibringen, ihre Eltern um Geld bitten, mit seinen Schwestern spielen könnten, doch kein einziger dieser Pläne wurde jemals verwirklicht, es genügte, dass sich Tim Nacht für Nacht unter ihrem Fenster in die Backstube schleppte, genau das war seine Aufgabe. Die Mädchen lechzten nach etwas, das sich verklären ließ, mehr wollten sie nicht, und deshalb tat Jo, als würde sie ihr raschelndes, flüsterndes Wachbleiben und die weichen Schritte ihrer bloßen Füße auf dem gekachelten Boden des Schlafsaals gar nicht bemerken. Jo hatte ihre Rolle gehasst, sie verstand die Mädchen nur zu gut, sie fühlte sich viel zu jung für eine Aufseherin, und sie fürchtete sich vor den Krankheiten, die sich im Schlafsaal und in den Klassenzimmern ohne irgendeinen Widerstand ausbreiten konnten.

Jo fürchtet sich nicht vor einer kleinen Wohnung mit Theo. Sie könnte mit ihm auch in einem einzigen Zimmer leben, sie bräuchten bloß ein Bett und einen Tisch, wobei sie sich noch nicht so sicher ist, was in diesem Bett eigentlich alles geschehen soll. Körperliche Liebe eben. Aus der irgendwann ein Kind entspringen würde. Jo weiß aus ihren Romanen, dass die körperliche Liebe im besten Fall überwältigend sein soll, und sie zweifelt auch nicht daran, dass dies mit Theo so sein wird. Sie spürt, dass ihr Körper seinen will. Das war schon mit Eduard so, aber seit sie weiß, dass Theo sie immer noch will und dass sie ihn wollen darf, ist eine neue Lebendigkeit in sie hineingefahren. Nicht diese schlafraubende Traurigkeit wie bei Eduard. In Eduards Nähe fühlte Jo sich wie in der Eisengießerei, als würde sich ein feuriger Strom von geschmolzenem Metall über sie ergießen, sie verbrannte, verdampfte und erstarrte in einem. Theo dagegen ist immer da und immer gut, ist in allem, was sie umgibt. Ist der Apfel, in den sie beißt und dessen süßsaure Frische sie immer wieder überrascht. Ist das zarte Porzellan, das doch auch dem Zerschneiden der zähsten Speisen standhält. Der Nebel, der allem seine Schärfe zu nehmen vermag und besänftigt. Die Mauer, gegen die sie sich lehnt. Der tägliche Brief. Die Postverbindung zwischen Paris und Amsterdam ist großartig, ein einziges Mal meinten sie, dass einer ihrer Briefe verloren gegangen sein könnte, doch auch der tauchte nach vier Tagen wieder auf. Ihre Unterhaltung ist etwas versetzt, meist antworten sie einander auf vorletzte Briefe, an Tagen, an denen sie sich besonders vermissen, schreiben sie gar zweimal, Theo, bevor er morgens zur Arbeit aufbricht, und nachts, bevor er zu Bett geht. Jo hat mehr Zeit für ihre Briefe. Die Briefe sind das Kleid, das sie am Morgen anzieht und den ganzen Tag lang trägt, das sie wärmt und ihr schmeichelt. Ein Kleid aus Liebe. Und wenn sie sich vor dem Zubettgehen auszieht, wenn alles weggelegt ist, Papier und Feder, wenn sie das letzte Licht löscht, dann sieht sie Theo in der Dunkelheit umso klarer und stellt sich vor, wie es wäre, bei ihm zu liegen. Am nächsten Tag schreibt sie ihm davon. Sie wollen alles teilen, wollen sich alles mitteilen, die Briefe sind über Monate hinweg, in denen sie einander immer noch besser kennenlernen wollen und müssen, ihre einzige Kommunikationsmöglichkeit. Sie freut sich mit aller Kraft auf den realen Theo, nicht den aus Buchstaben, und auf Paris, auch wenn Paris ihr ein wenig Angst macht, die Stadt erscheint ihr noch größer als London, was nicht sein kann, sie weiß das, doch als sie in London bei Miss Gard wohnte und ihren Studien nachging, da war das bloß ein Leben auf Zeit, eine Ausnahme. Paris wird anders. Sie wird da nicht in Bibliotheken sitzen, lesen und schreiben, sie wird sich da um viel kreatürlichere Dinge kümmern müssen. Wird Dinge tun, um die sich selbst in der Mädchenschule mit dem unerträglichen Schlafsaal das Personal gekümmert hat. Jo musste noch nie Menüpläne und ein Haushaltsbudget erstellen. Musste noch nie Lebensmittel einkaufen. Musste noch nie kochen, waschen oder Wäsche flicken. Und war noch nie schwanger.

Etwas stört sie an Paris. Die Stadt liegt nicht einfach vor ihr, die Stadt ist ein riesiges Wellenmeer aus grauen Häusern. Auf einer der Wellen sitzt wie eine Schaumkrone die weiße Basilika von Sacré-Cœur. Jo kennt keinen höheren Punkt in Paris. Unweit davon wohnt Theo. Natürlich hat sie die Wohnung besucht, die Dries ihr so anschaulich beschrieben hatte. In der sich Vincents Bilder tatsächlich stapelten, unter Theos Bett, unter dem Sofa, gerollt oder gerahmt, doch trotz der Masse an Malerei und trotz der abgenutzten Möbel mit ihren fleckigen Polstern und den Brandlöchern in Teppichen und Vorhängen war es ein Ort, an dem es Jo verwirrend leicht im Kopf wurde. Wegen des Mannes, mit dem die Liebe plötzlich möglich war. Aber auch wegen der Höhe, der Aussicht, der Luft, dem Licht. Sie ist die Rue Lepic hochgehastet, vorbei an den kleinen Geschäften und den Kneipen, in denen Theo und seine Freunde so gern ihre Nächte verbringen, sie hat gekeucht, sie ist von Daheim flache Straßen und Strände gewohnt. Gehen heißt geradeaus gehen. Und anstrengendes Gehen heißt tanzen. Jo kann mühelos bis drei Uhr früh tanzen, das ist ein Vergnügen, eine Berauschung und ein Grund, den nächsten Tag verschlafen zu dürfen. Doch das Quartier von Montmartre ist keine Berauschung, Jo blickt um sich und hat das Gefühl, alles schon hundertmal durch Theos Augen gesehen zu haben, sie weiß aus seinen Briefen, wie sehr er seine Nachbarschaft liebt, und sie versucht, das alles mitzulieben, aber sie ist eingeschüchtert und außer Atem, und sie ahnt schon, dass Theo genau hier nach einer neuen Wohnung suchen wird. Weil er hier bereits zu Hause ist. Und weil sie sich die Mieten in der Nähe der Boulevards nicht leisten können. Sie hat sich die Häuser neben Theos Galerie angeschaut, besonders das eine mit den bunt gemalten Bordüren auf der Fassade würde ihr gefallen, es wäre wunderbar, wenn sie beim Einkaufen ihrem Mann durch die Schaufenster von Boussod et Valadon zuwinken könnte, sie wären dann beide bei ihrer Arbeit, er bei der Lohnarbeit, sie bei der Hausarbeit, und doch vereint. So wird sie irgendwo am Hügel oben kleben und in den schmalen Gassen unter ihren Einkäufen keuchen, während er in seiner ziemlich noblen Geschäftswelt verschwindet.

Und genau so kommt es. Theo findet eine Wohnung in seiner geliebten Nachbarschaft, sie kostet 820 Francs und entspricht allem, was er sich für sie beide vorstellt. Sie liegt von der Rue Lepic zurückversetzt in einem

Hof, es gibt einen Streifen Grün davor und einen Trompetenbaum, es sei alles recht klein, schreibt er, aber es würde ihnen an keiner Annehmlichkeit fehlen, es gebe ein Schlaf-, Wohn- und Esszimmer, und die Küche habe einen Vorratsraum, das sei doch ein Vorteil, auch wenn er wisse, dass seine Braut, dass sein Sonnenschein, nicht von einem Vorratsraum, sondern von einer Bibliothek träume. Theo, der gute, sensible Theo, drängt sie fast nie in ihre neue Rolle, im Gegenteil, er schreibt in seinen Briefen von Romanen, die er gemeinsam mit ihr lesen will, von Künstlern, deren Ateliers sie besuchen müssen, von der Musik, die sie ihm vorspielen wird. Er macht Vorschläge, welche von Vincents Bildern über Jos Klavier und welche an den Wänden ihres Schlafzimmers hängen könnten. Er schreibt von der indonesischen Baumwolle mit grünen und blauen Pfauen, aus denen er Vorhänge für den Salon anfertigen lassen will, er schickt Jo ein Baumwoll-Muster für Schlafzimmervorhänge, es gefällt ihr gut, rostrote Blumen, Ranken und Vögel breiten sich auf einem hellgelben Grund aus, das Licht wird selbst an einem Regenmorgen warm ins Zimmer fallen. Es sind andere, die Jo jetzt unausgesetzt an ihre neue Existenz mahnen. Ihre Mutter, ihre verheirateten Freundinnen und die neuen Lehrerinnen. Jo muss jetzt wieder zur Schule. Sie hat sich ihre Zeit als Braut anders vorgestellt. Als sanfte Vorbereitung auf das große Fest. In anderen Ländern, so hat sie gelesen, wurden die Bräute wochenlang gesalbt, geschmückt und verwöhnt. Sie selbst muss zum Haushaltsunterricht. Sie liebt nichts daran und überlistet sich, indem sie alte Notizhefte wiederverwendet. Damit sie zwischen dem mühseligen Aufzeichnen von Rezepten wenigstens etwas zu lesen hat. Links, schreibt sie Theo, arbeite ich weiter an einem alten Aufsatz über Familien und Mitgefühl in den großen Dramen der Weltliteratur, er beginnt mit Aristoteles, geht über Shakespeare und endet bei Lessing, rechts kritzle ich Kochrezepte. Links denke ich über Herrschaftsformen und Poetik nach, rechts über Suppen. Links betrachte ich das Schicksal von Töchtern in antiken Dramen, bei Shakespeare und in Lessings bürgerlichen Trauerspielen, rechts versuche ich, mir die verschiedenen Zubereitungsformen der Kartoffel anzueignen. Theo schreibt zurück, dass sie sich nicht plagen soll, er lebe schon lange genug allein und sei selbst ein fähiger Haushälter und akzeptabler Koch, es gäbe nichts, was sie gemeinsam nicht schaffen könnten. Natürlich hofft er auf eine deutliche Verbesserung im Vergleich zu seinen eigenen Kochkünsten, die genauso weit reichen wie die von Vincent. Brot mit Käse oder Brot mit Wurst oder auch einfach nur Brot. Für alles andere gibt es Restaurants. Und in Zukunft Jo. Auch wenn er sich dies nicht so richtig eingestehen mag.

Mehr Spaß als der Haushaltsunterricht macht Jo das Turnen. Bis zur Hochzeit täglich eine Stunde. Schließlich muss einiges an ihr aufgebaut werden. Da sind die Nerven, die durch körperliche Tätigkeit gestärkt werden sollen, Jo bemerkt den Unterschied schon nach wenigen Tagen, nach den Lektionen bereitet sich eine grundsätzliche Zufriedenheit in ihr aus, ihre Durchblutung ist besser, ihr Schlaf ebenfalls. Besonders viel Arbeit benötigen ihre Bauch- und Beckenmuskulatur, all ihre künftigen Schwangerschaften und Geburten werden sie viel Kraft kosten. Jo weiß, dass die Turnlehrerin recht hat, ihre Mutter leidet für den Rest ihres Lebens unter den vielen Geburten, sie haben sie ausgeleiert. Seit der sechsten Geburt muss sie Windeln tragen, sie kann ihr Wasser nicht bei sich behalten, am schlimmsten ist es, wenn sie fröhlich ist, und das ist sie oft, wenn sie durchs Haus tanzt oder lacht, und auch beim Singen verliert sie regelmäßig die letzte Kontrolle. Zum Glück, sagt Jos Mutter, schirmen die vielen Schichten unserer Unterröcke den Geruch von uns Müttern vom Rest der Welt ab. Dass Jo und Theo Eltern werden wollen, steht fest. Und dass zwei aus so kinderreichen Familien selbst eine große Familie wollen, ebenfalls. Eine Familie mit vielen glücklichen Kindern. Möglichst viele Jos und Theos und Dries und Lies und Willems und wie sie alle heißen. Möglichst keinen Vincent. Im Grunde ist Vincent bereits jetzt, mit 34 Jahren, ein Pflegefall, denkt Jo. Eine Tragödie. Dabei will sie sich gar nicht allzu sehr in den Vincent-Komplex, ins Vincent-Universum hineinsteigern, Theo ist schon viel zu sehr von seinem Bruder besetzt, manchmal hält sie ihn fast für besessen, und sie fragt sich, ob sie beide und ihre künftigen Kinder sich jemals so sehr von Vincent zu distanzieren vermögen, dass sich Theo unabhängiger und freier fühlen kann. Und ob es Vincent und Theo jemals gelingen wird, aus

Vincents Bildern einen wirklichen Erfolg für alle zu machen. Die Entbehrungen der letzten Jahre aufzuwiegen, den Brüdern, dem Künstler und seinem Händler, Ruhm und Geld einzubringen. Doch Jo ist Realistin. Sie glaubt nicht daran. Sie befürchtet, dass es einfach so weitergeht, dass Theo Vincent unterstützt, dass Vincent sich von einem Zusammenbruch zum nächsten malt, dass er irgendwann bei ihnen wohnen wird, ein Zerstörter, an seinen eigenen, schlecht kanalisierbaren Fähigkeiten und Visionen Zerbrochener, ein Trinker und Melancholiker, der seine große Liebenswürdigkeit und Warmherzigkeit höchstens noch in Spielen mit den Kindern, die ihn nicht überfordern, wiederfinden wird. Er wird mit ihnen Tiere zeichnen und an guten Tagen schnelle kleine Porträts, wie nur er das kann, meist gefallen sie den Porträtierten nicht, aber allen anderen schon, weil es ihm gelingt, innerhalb von Augenblicken das Wesentlichste eines Menschen zu erkennen und wiederzugeben. Für viele ist es deshalb keine Ehre, von Vincent gemalt zu werden. Mit den Kindern wird es anders sein, das Wesentlichste eines Kindes ist weder schlecht noch hässlich. Doch vielleicht muss er sein Leben auch hinter Anstaltsmauern verbringen, weiter malend und träumend, er wird auch dann versuchen, sich selbst zu verstümmeln, sich Ohr für Ohr, Fingerglied für Fingerglied aus der Welt herauszuschneiden und irgendwann, in zwanzig oder dreißig Jahren, würden sich ein paar reiche Mäzene der Anstalt über seine Bilder beugen und sagen, schade, er hätte doch ein ganz ordentliches Talent gehabt, leider konnte in seiner Umnachtung nichts daraus werden. Dies denkt Jo, während sie ihre Übungen macht, die Beine hebt, anwinkelt und streckt, Kniebeugen macht, sich auf den Boden legt, ihr Becken gegen die Decke streckt und die Schulterblätter möglichst nahe zusammenbringt, versucht, sich an Ringen, die an die Decke geschraubt sind, hochzuziehen oder Liegestützen zu machen.

Und dann, sagen ihre Turnlehrerin und ihre Mutter, ist da noch die Sache mit der Schönheit, und Jo versteht sie zuerst nicht. Die Turnlehrerin fordert sie auf, sich vor einem Spiegel bis auf ihr Unterhemd auszuziehen. Zeigt ihr, wie ihr Korsett sie in eine Haltung presst. Wie sie ohne dieses leicht in sich zusammensackt, schlaffer wird und kleiner, wie ihre Schultern keine schöne Linie mehr bilden, sondern rundlich nach unten fallen. Die Turnlehrerin befiehlt ihr, gerade zu stehen. Es ist beinahe so anstrengend, wie die Rue Lepic hochzugehen. Das Ziel, sagt die Lehrerin, ist, dass du dich ohne Korsett genauso gerade halten kannst, wie mit, dass deine Taille fast so schmal ist und deine Brust so fest, dass dein Körper ohne genauso wohlgeformt ist, du willst deinem Mann doch auch nackt gefallen. Jo hat sich dies noch nie so überlegt, sie ist davon ausgegangen, dass nackte Körper ihre eigene unwiderstehliche Magie entwickeln würden, dass Fleisch und Fleisch sich ohne jedes äußere Zutun begehren würden, jedenfalls war dies in Romanen immer der Fall. Doch da war nie die Rede von hängenden

Brüsten und quellenden Bäuchen, die Hindernisse, die sich Liebenden in den Weg stellten, waren gewichtiger, da mussten Klassenschranken niedergerissen, Familien überlistet oder Angetraute betrogen werden, die Liebenden selbst waren naturschön.

Zum ersten Mal begreift Jo, dass sie durch körperliche Ertüchtigung zu einer schöneren Frau werden könnte. So viele ihrer Briefe an ihre Freundinnen und Schwestern haben schon mit dem Wunsch: Ich wollte, ich wäre ganz einfach schön, begonnen, auch Lies hat einen davon erhalten, erinnert sich Jo und muss lächeln, ausgerechnet Lies, die Schwester des liebeskranken Theos der Jo wieder und wieder versichert, dass ihr Gesicht für ihn schöner sei als das schönste Gemälde der Welt. Natürlich tut ihr das gut. Aber besser täte ihr, wenn sie sich selbst schön finden würde. Was wahrscheinlich eine allgemeine Frauenkrankheit ist. Jo kennt jedenfalls keine Frau, die sich selbst als schön bezeichnen würde, auch nicht Dries' Frau Annie, mit der sich Jo in ihrer Pariser Zukunft notgedrungen wird verstehen müssen. Annie ist im Grunde makellos, eine Frau wie ein Schwan, doch Jo kennt keinen unzufriedeneren Menschen als ihr Schwägerin. Sie muss an die beiden bedeutendsten Frauen ihrer Zeit denken, die Britin und die Österreicherin, die Königin und die Kaiserin, Victoria und Elisabeth. Victoria ist mächtig, Elisabeth ist schön. Victoria ist eine tonnenförmige Matriarchin mit einem kugelrunden Kopf und hundeartigen Lefzen, Elisabeth ist ein vornehmer Strich, eine Frau gewordene Peitsche, sie besitzt die schmalste Taille Europas, hat sich ihr Schlafzimmer zum Turnsaal umrüsten lassen und ernährt sich am liebsten von Orangen. Von Orangenscheiben, im Sommer gerne auch von gefrorenem Orangensaft. Das letzte Porträt, das Jo von der Kaiserin kennt, wurde vor zehn Jahren gemalt, heute ist die Kaiserin alt, in den Fünfzigern, und lässt sich nicht mehr porträtieren. Die britische Königin ist uralt, in diesem Jahr wird sie siebzig und immer hässlicher, doch je mächtiger, je unförmiger und undisziplinierter ihr Leib wird, desto größer wird ihr Ansehen in der Welt. Als wäre sie ein Mann. Und in der Liebe war sie möglicherweise glücklicher als die schöne Kaiserin.

Jo nimmt sich vor, sich mit anderen Augen zu betrachten. Mit Theos Augen. Sie weiß auch gar nicht, ob Theo ihr gefallen wird, wenn er einmal nackt vor ihr steht, sie hat keine genaue Vorstellung von einem Männerkörper und von Männerhaut. Sie kann sich nicht erinnern, ihren Vater nackt gesehen zu haben, und Dries bloß als Kind, als sie noch zusammen badeten, so, wie sie jetzt gelegentlich den kleinen Bruder samt seinem Kopf voller Mordfälle und anderer Verbrechen badet. Sie möchte zu gerne in diesen Kopf hineinschauen können, sie kennt kein ausgeglicheneres Kind als Willem, seine gute Laune ist schon fast ebenmäßig, und dabei spannt sie sich über einen Abgrund aus menschlichen Scheußlichkeiten. Das Kind zieht seine Ruhe aus gesellschaftlicher Unruhe. Das Verstehen und Lösen von Kriminalfällen stimmt es heiter. Seine Sammlung von

Daten schafft Ordnung. Vielleicht könnte es Vincent beibringen, wie man sich nicht andauernd erschüttern lässt.

Theo hat ihr geschrieben, dass mit Rachel alles wieder in Ordnung sei und sie sich wohl alle keine Sorgen mehr um die junge Frau zu machen brauchten, und Jo atmet auf und erzählt Willem endlich die ganze Geschichte um Vincents Ohr. Tatort war ein Bordell, sagt sie und hat damit schon die ganze Aufmerksamkeit des kleinen Bruders. Tatzeit war die Nacht des 23. Dezember, genauer weiß ich das nicht, sagen wir, zwischen 21 Uhr und Mitternacht. Ist dir das genau genug? Willem nickt. Täter und Opfer, fährt sie fort, sind ein und dieselbe Person, nämlich Onkel Vincent, ergänzt Willem. Genau, außer, dass Vincent nicht dein Onkel ist, sondern dein Schwager. Darf ich ihn trotzdem Onkel nennen? Natürlich darfst du das, sagt Jo. Onkel Vincent säbelte sich also mit einem Rasiermesser sein Ohr ab. Dann übergab er es einer 18-Jährigen, die als Rachel berühmt wurde. Wieso berühmt, will Willem wissen. Weil die Polizei dies so einer Zeitung erzählt hat, und am 30. Dezember war da zu lesen, dass der *Idiot von Arles* sein blutendes Ohr an Rachel im Bordell Nr. 1 an der Rue du Bout d'Arles ausgehändigt habe. Rachel sei daraufhin in Ohnmacht gefallen. Ich wäre nicht in Ohnmacht gefallen, sagt Willem, und Jo muss lachen. Natürlich nicht. Vincent schickte den Zeitungsausschnitt im Januar an Theo mit den Worten: Endlich stehe ich mit einem meiner Werke in einer Zeitung. Noch nicht unter Kunstkritik, erst unter den Polizeimeldungen, aber das ist ein Anfang!

Die Frage ist nun, fährt Jo fort, wer denn eigentlich diese Rachel in Vincents Verbrechen gegen sich selbst ist. Die Zeugin, fragt Willem, oder gar der Grund? Über einen möglichen Grund für die Selbstverstümmelung mag Jo nicht reden, sie und Theo haben sich über Neujahr in Amsterdam bange Gedanken gemacht, ob etwa die Nachricht ihrer Verlobung, die Vincent zusammen mit seinem Geld am 23. Dezember erhalten hat, der Grund gewesen sein mochte. Weil Vincent jetzt weiß, dass Theo nicht mehr ihm allein gehört. Weil Vincent jetzt fürchtet, dass Theos Geld nicht mehr für ihn reichen wird. Die Zeugin also, sagt Jo, die selbst beinahe einen Arm verloren hat. Wie denn, will Willem wissen. Im Januar des vergangenen Jahres, beginnt Jo, wurde Rachel, die übrigens nicht Rachel heißt, sondern Gabrielle Berlatier und eine Bauerntochter ist, von einem tollwütigen Hund gebissen. Er zerfleischte ihr einen Arm so schlimm, dass ihr Arzt zuerst an Amputation denkt. Doch bald zeigt sie selbst Tollwut-Symptome und wird vom Arzt nach Paris geschickt ans Institut von Professor Pasteur. Selbstverständlich weiß Willem, wer Pasteur ist, sein Lehrer hat von Pasteurs neuer Erfindung erzählt, einem Impfstoff gegen Tollwut aus dem Rückenmark eines tollwütigen Kaninchens. Und damit also wird Rachel-Gabrielle geimpft? Zunächst nicht, sagt Jo, zunächst sind ihre Symptome so schwach, dass man versucht, den Arm zu entgiften. Tagelang werden die Wunden mit rotglühenden Eisen ausgebrannt, Pasteur hat das als Kind beim Dorfschmied so gesehen, es war damals das einzige Mittel gegen Tollwut und half in den wenigsten Fällen, trotzdem setzt der Professor die Methode immer noch ein. Jetzt würde ich in Ohnmacht fallen, sagt Willem. Ich auch, sagt Jo. Das Mädchen leidet Qualen, die entsetzlicher sind als der Biss des Hundes. Sie fiebert, sie weiß nicht, ob vor Schmerz oder vom Gift, je länger sie im Institut ist, desto näher ist sie dem Tod, endlich erhält sie die Impfung, zwei Spritzen sind es, sie erholt sich schnell, doch ihr Arm wird für immer entstellt bleiben, sie wird für immer an ihre Bekanntschaft mit dem Biest und dem Professor erinnert werden. Ihre Eltern haben sich für ihren Aufenthalt in der Pariser Klinik hoch verschuldet, Gabrielle muss jetzt dringend Geld verdienen, muss jede Arbeit nehmen, die sie kriegt, und sie ist auch bereit, alles für ihre Eltern zu tun, die alles für ihr Überleben gegeben haben.

Sie zieht ihr schönstes Kleid an, steckt sich das Haar hoch, nicht zu streng, kneift sich in die Wangen, beißt sich auf die Lippen und nennt sich Rachel. Dann klopft sie an der Tür des Freudenhauses Nr. 1. Die Madame betrachtet den armen Arm des Mädchens und sagt Nein. Bitte, sagt Rachel. Die Madame kennt ihre Geschichte, ganz Arles kennt sie und weiß, dass sie eigentlich Gabrielle heißt, doch die Madame kann kein Mädchen beschäftigen, das aussieht wie eine Aussätzige. Sie entscheidet sich, Rachel eine Stelle als Magd zu geben, es gibt so vieles, was Dreck macht in einem Bordell.

Rachel ist dankbar, erlöst und zugleich enttäuscht. Nirgendwo wird eine Frau so gut bezahlt wie als Prostituierte, jetzt wird sie noch mehr arbeiten müssen, wird sich noch eine weitere Stelle suchen müssen, sie findet sie in einem Gasthaus, und an beiden Orten, im Bordell und im Gasthaus, begegnet sie dem Künstler. Ein verrückter Mensch. Ein interessanter Mensch. Ein mitleidiger Mensch. Auch er kennt ihre Geschichte, aber er versucht, mit ihr nicht über ihren Arm zu reden oder über die Behandlung, mit deren Schilderungen sie bei ihren Zuhörern Schaudern und Bewunderung auslöst. Er möchte mit ihr über Paris reden, doch Rachel hat von Paris nichts gesehen außer der Klinik. Der Künstler kennt die Gegend, er versucht, ihr zu beschreiben, was sie gesehen hätte, wenn sie spazieren gegangen wäre, sie hätte den Cimetière du Montparnasse mit seinen Grabmälern besuchen können oder den prächtigen Jardin du Luxembourg, selbst die Baustelle des spektakulärsten Turms der Welt hätte sie in etwas mehr als einer halben Stunde zu Fuß erreicht, wenn sie nicht so krank gewesen wäre. Er schildert ihr das so lebendig und sorgfältig, er malt die Straßen und Bäume, die Kostüme der Menschen, die Fassaden, das Spiel der Wolken und das wechselnde Tageslicht mit Farben aus, die sie so noch nie gesehen hat, aber jetzt kennt sie sie auch, jetzt entzündet sich ihre kleine Welt, die vorwiegend aus Böden besteht, die sie schrubben und aus Bettlaken, die sie wechseln muss, und wird so bunt, dass es eine Freude ist. Rachel und der Künstler werden Freunde. Wenn sie ihm besonders leidtut, streichelt er ihren Arm und beschreibt ihn als Landschaft. Wenn er ihr besonders leidtut, gibt sie ihm einen Kuss. Und dann überreicht er ihr sein Ohr. Und obwohl ihr Arm schlimmer ausgesehen hat, fällt sie vor Schreck und Überraschung in Ohnmacht. Danach sehen sie einander wochenlang nicht. Vincent ist in der Klinik. Ohne glühende Eisen und Spritzen, aber mit Wundpflege und Beruhigungsbädern. Als es ihm wieder besser geht, verspricht er seinem Arzt, sofort wiederzukommen, wenn er die nächste Störung in sich aufkeimen spürt, und sich nicht auch noch das zweite Ohr abzuschneiden. Schließlich rafft er sich auf und besucht das Mädchen, das Zeugin war, wie er den Verstand verlor. Es geht ihr gut. Sie sagt, dass er nicht der erste Wahnsinnige gewesen sei, den sie erlebt habe. Er fragt die Leute, ob sie ihm etwas nachtragen oder vorwerfen würde. Die Leute sagen, nein, sie sei einzig in großer Sorge um ihn gewesen. All das schreibt er Theo. Und Theo schreibt es Jo. Und Jo erzählt es Willem. Und das, sagt sie, war die ganze Geschichte von Vincent und Rachel. Von Onkel Vincent und Rachel, ergänzt Willem.

DAS MEER IST EIN LANGSAMER MÖRDER

Wer noch nie eine Zigarette bei Sonnenuntergang geraucht hat, weiß nicht, was es heißt, Teil eines vollkommen schönen Schauspiels zu sein. Wenn der Zigarettenrauch mit einer fedrig hingetupften Wolke verschmilzt. Wenn der Whisky im Glas zu dunklem Bernstein gerinnt und die ins Meer tropfende Sonne zu beiden Seiten des Horizonts ein Blutbad anrichtet. Wenn die Wolken zu immer dichteren dunklen Schlieren werden, als würden hundert Pinsel gleichzeitig den Himmel mit Tusche bemalen. Wenn sich der Rauch bei jedem Ausatmen verändert und vor dem Hintergrund der Nacht wieder heller und schließlich weiß wird.

Die Frage, die mir mein Professor am häufigsten stellt, lautet: Sind Sie sicher, dass das stimmt? Statt einer Antwort wische ich mir mein schimmerndes Honighaar aus der Stirn. Wie würden Sie das nennen, was Sie tun, fragt er, wissen Sie überhaupt, was Sie tun, ich denke nicht, dass Ihre Methode einen Namen hat. Ich schaue ihn an, als wäre er niedlich, aber dumm. Ich jage und sammle, sage ich, das muss ich Ihnen ja wohl nicht erklären, und daraus bastle ich dann was, nennen wir es

Essay. Aha, ein Versuch also, sagt der Professor, und ist ihr Versuch historisch? Soziologisch? Marxistisch? Feministisch? Rezeptionsästhetisch? Strukturalistisch? Meinetwegen impressionistisch, sage ich. Impressionistisch also, ich sehe, sagt der Professor, Sie verfassen Literatur, ganz die Tochter Ihres Vaters, aber Ihnen ist schon bewusst, dass Sie hier an einer Universität sind und eine wissenschaftliche Arbeit abliefern müssen, sonst kann ich Ihnen den Schein nicht geben, es war bei Ihnen schon im letzten Semester äußerst knapp. Das ist mein Stichwort. Ich mache einen Schmollmund, ich zeige ihm meine unverschämt langen und sehr nackten Beine, die in zufälligerweise gerade nackten Füßen münden, ich drücke meinen Rist wie eine Balletttänzerin durch, ich sage, aber Herr Professor, Sie wollen doch meinen Vater nicht enttäuschen, er freut sich so darüber, dass Sie sich noch an sein Buch erinnern. Ich kriege meine Scheine immer, der alte Mann von heute ist genauso manipulierbar wie der alte Mann von vorgestern. Der junge übrigens auch. Doch mein Professor hat recht, als Studentin der Kunstgeschichte bin ich eher minimalistisch.

Ich hätte nicht gedacht, dass ausgerechnet Sie sich für van Gogh interessieren, sagte er, als er mich zum ersten Mal in seinem Seminar sitzen sah. Tu ich auch nicht, gab ich zur Antwort, der Mann ist ekelerregend allgegenwärtig und neben Picasso, Warhol und so weiter einer der Gründe, wieso der Kunstmarkt heute ein völlig perverser Handelsplatz für Milliardäre geworden ist, aber als Kind habe ich ihn geliebt, ich stand damals auf Männer mit Verbänden, Märtyrer, Kriegsversehrte, van Gogh. Alle lachten, auch der Professor. Um ehrlich zu sein, saß ich nur in seinem Seminar, weil ich wusste, dass es Frauen wie ich sehr leicht bei ihm haben. Leider kam mir bei diesem Plan ausgerechnet mein Vater, in die Quere, denn der Professor verehrt meinen Vater und jetzt projiziert er auf mich einen Anspruch, den ich selbst gar nicht an mich stelle. Nach der ersten Seminarsitzung ging ich mit zwei Kommilitoninnen was trinken, reine Zeitverschwendung, dachte ich erst, doch dann stellte irgendeine, wahrscheinlich ich, die Frage: Wie ist van Gogh eigentlich so berühmt geworden, wenn er doch als armer Irrer gestorben ist? Wisst ihr das? Die eine sagte, war das nicht sein Bruder, dieser Theo? Die andere sagte, war das nicht dieser Galerist aus Berlin, dieser Cassirer? Aber so genau wussten sie es auch nicht. Mit etwas Glück steckt eine Frau dahinter, sagte eine, wahrscheinlich ich, und so kam ich auf Jo.

Ich habe noch nie so lange vor dem Foto einer anderen Frau gesessen wie vor ihrem: Eine junge Frau wie ein Stück Brot, unscheinbar und zugleich lebensnotwendig, dachte ich, als ich sie zum ersten Mal sah, keine Rose, kein Reh, einfach ein Stück Brot, faszinierend. Ich wusste sofort, wieso Theo sich in sie verliebt hatte, wieso er keinen Tag mehr ohne sie sein wollte, es liegt etwas Argloses und zugleich sehr Hellsichtiges über ihr, sie kann selbst in einem trüben See den Grund sehen, dachte ich, und dabei nicht wirklich wissen, wozu dieser Durchblick gut sei soll. Ich las ihre Briefe und Tagebücher und beugte mich über die Romane, die sie gelesen hatte, viele kenne ich, sie stehen in der Bibliothek meiner Mutter, und sie versucht immer noch, mich dafür zu begeistern, mich hineinzuziehen in die Welt blasser Mädchen, die in Salons stickend einem Mann entgegenschmachten, oder in die Welt wilder Mädchen, die grausam gezähmt werden und in Salons stickend und kränkelnd einer alten Liebe nachweinen. Doch es geht mir damit wie mit van Gogh, tausend liebliche Mandelblüten können einen blutgetränkten Verband nicht ersetzen, die Bücher machen, dass ich wieder das krähende, quakende Froschmädchen im dreckigen Tümpel sein möchte.

Ich hörte die Musik, die Jo gespielt hatte und besorgte mir eine Partitur, Felix Mendelssohn, *Lieder ohne Worte*, Opus 67, No 2, fis-Moll, ich ging damit zu Oma und bat sie, sich an ihren Flügel zu setzen. Selbstverständlich steht in Omas Wohnung ein Flügel, ihr Modell von Bürgerlichkeit ist ohne Flügel undenkbar, und sie ist keine ausgezeichnete, aber eine passable Pianistin. Sie zeigte mir, wie die linke Hand das Motiv anschlägt und dann gemeinsam mit der rechten losrennt, wie sie immer wieder stocken und innehalten und weiterrennen, in etwas Größerem aufgehen, wieder stocken, rennen, zum Schluss hin geschmeidiger als zu Beginn. Was willst du damit, fragte mich Oma, ich will nur ein Gefühl kriegen, antwortete ich, für eine junge Frau, die dies gespielt hat, ich habe eine seltsame Ahnung, dass sie wichtig werden könnte für mich. Wie wichtig denn, fragte Oma und schaute von den Noten auf. Nicht so wichtig wie du, sagte ich, aber sehr wichtig. Ich verstehe, sagte Oma und spielte weiter, dieses Stück ist ungemein lebendig und getrieben, aber aussichtslos, hörst du das? Fis-Moll, so klingt ein Kolibri, der in einem Dornengestrüpp gefangen ist und ein paar Blüten findet, aber keinen Ausweg, oder ein herber Schmerz, etwa wenn die Realität in die Romantik einbricht. Na ja, wenn man sehr jung ist, fühlt man sich wohl so, ich habe vergessen, wie Jungsein geht. Ich umarmte Oma, zog sie an mich, aber ihr gerader Rücken blieb auch in meinen Armen so gerade wie immer, Oma gibt nie nach, das hat sie sich abgewöhnt. Ich strich über ihr duftendes gefärbtes Haar, nicht, sagte sie, du zerstörst alles, Quatsch sagte ich, weißt du eigentlich, wie schön du bist? Wie die Deneuve, nein, das wäre eine Untertreibung, schöner als die Deneuve, wenn ich es mir richtig überlege, finde ich gar keinen Vergleich für dich. Da lachte Oma, und im Lachen ließ sie sich endlich fallen, nur ganz wenig, aber es reichte, dass ich sie fragte: Magst du mit mir nach Paris fahren? Du liebes Kind, sagte sie, und strich mir mit ihrer Hand über die Wange, nein, das möchte ich nicht, in Paris muss man jung sein.

Und so reiste ich eben allein nach Paris. Traf im Zug auf eine Asiatin, die sich so lange schief fotografierte, bis ich ihr vorschlug, ein paar Bilder von ihr zu machen.

Ihr schwarzes Haar trug sie in zwei Zöpfen geflochten, sie war nicht schön, nicht einmal hübsch, doch das Gesicht, das sie sich aufgemalt hatte, täuschte kunstfertig darüber hinweg. Sie lud mich auf ein Bier ein, ich war wahrscheinlich der erste Mensch, mit dem sie seit Tagen in der realen Welt einen Austausch hatte, der über einen Dienstleistungsdialog hinausging. Am Gare de Lyon verabschiedeten wir uns, sie ging nach Süden, ich nach Norden, ich fuhr im Bus quer durch Paris, sah Häuser, Kirchen, Parkanlagen, wie sie auch schon Jo gesehen hatte. Heute ist dieses Paris alt, damals war es neu, die großen Boulevards, die mit stolzer Selbstverständlichkeit durch die Stadt geschnitten worden waren, existierten erst seit wenigen Jahrzehnten. Ich ging die Rue Lepic hoch, sie hat die seltsamste Form für eine Straße, sie zieht sich wie ein Schmetterlingsnetz auf seinem Stab durch den Montmartre. Ich blieb vor dem Haus stehen, wo Theo mit Vincent gewohnt hatte, und staunte, wie viel Himmel die beiden dort gesehen hatten, dann drehte ich mich um, ging wieder bergab und bog rechts in die Cité Pigalle, doch die ist klein und privat und das Tor davor ist abgeschlossen. Bitte, sagte ich zu einer älteren Frau, ich bin Kunsthistorikerin und schreibe eine Arbeit, lassen Sie mich herein? Die Frau öffnete mir und sagte, da vorne, aber Sie werden nichts sehen, ich blicke auf ein weißes Haus mit einer verlebten Fassade, das auf weiße Häuser schaut, davor der kümmerlichste Streifen Grün, ein paar Efeubüsche, kein Gärtchen, keine Blumen und kein Trompetenbaum mehr. Eine Steinplatte an einem der Häuser teilt mit, dass hier Vincent und Theo gewohnt hätten, was nicht stimmt, weil Vincent nur wenige Tage bei den Eheleuten zu Gast war und hier vor allem Jo und Theo gelebt hatten. Natürlich fehlt Jos Name auf der Platte, was hatte ich auch erwartet? Pardon, rief ich der Frau nach, was wissen Sie über das Haus? Sie drehte sich um, sagte, nichts, ich weiß nichts, ein ganz normales Mietshaus, Paris ist zu klein, um aus jeder Wohnung, in der einst ein Künstler gelebt hat, ein Museum zu machen, man müsste ja den ganzen Montmartre entvölkern. Ich ging weiter zum Boulevard, wo Theo gearbeitet hatte, ich sah, wie groß und prächtig die Galerie von Boussod et Valadon gewesen sein musste, und das Nachbarhaus mit den bunten Bordüren aus geflügelten Drachen und Rosen. Jetzt ist da keine Galerie mehr, jetzt ist da eine Bar, und daneben sind ein paar seriöse Massagesalons, die sich auf Nachgeburtliches spezialisiert haben, auf das Beheben postnataler Inkontinenz. Ich verlor mich im Straßengewirr, es war Ende Juni, ein sommerlich warmes Wochenende, die Temperatur kletterte zum ersten Mal im Jahr über 30 Grad, die Mauern speicherten tagsüber alle Hitze und glühten abends lange nach.

Ich stellte mir vor, wie es wäre, wenn ich jetzt einen langen Rock und eine langärmlige Bluse tragen müsste und darunter ein Korsett und Strümpfe und mehrere Schichten Stoff. Wenn ich Besorgungen machen müsste, aber ohne Métro und ohne Busse und wie ich am liebsten weinen möchte, weil ich so schwitze und alles an mir klebt und die Verstrebungen des Korsetts durch den feuchten Stoff hindurch zu jucken und stechen beginnen und wie ich mich gar nicht freuen kann über die helle, heitere Stadt, sondern nur noch zurück will in die dunkle, aber wenigstens noch nicht stickige Wohnung, wo sich allerdings schon mehrere Schmeißfliegen und Fruchtmücken der Küche bemächtigt haben und sich zum Empfang auf mich stürzen, auf diesen dampfenden, zunehmend streng riechenden Haufen Fleisch. Ich schäle mich aus meinen Kleidern, nicht aus dem Korsett, nie aus dem Korsett, ich bräuchte Hilfe, um es wieder richtig zuzuschnüren, Theo kann das, Theo weiß erstaunlich gut, welche Handgriffe eine Frau wo benötigt, aber weder Theo noch die Haushälterin sind da. Eine Frau überlegt sich dreimal, wann es sich lohnt, ein Korsett auszuziehen. Während meiner Schwangerschaften, sagte meine Mutter, solle ich es unbedingt anbehalten und darauf achten, dass die Schnürung so straff sitzt wie zuvor, sonst würde zu vieles in mir verrutschen. Ich wäre jetzt gerne keine zurechtgeformte Frau, ich würde gerne lose Kleider tragen, spazieren gehen, mir den Eiffelturm ansehen und mir dazu die Geschichte vorstellen, die gerade die Runde macht, alle reden darüber, über den einen, einzigen jungen Arbeiter, der abgestürzt ist, und dies nicht wegen der Arbeit, sondern wegen der Liebe. Es heißt, er habe seine Braut beeindrucken wollen, er habe ihr auf einem Träger der ersten Etage balancierend ein Lied singen wollen und sei dabei vor ihren Augen in die Tiefe gestürzt, sie habe gesehen, wie er am

Boden aufgeprallt sei, kopfvoran, entsetzlich sei es gewesen, davon würde sich die junge Frau ihr Leben lang nicht erholen, aber der Erbauer des Turms, Monsieur Eiffel, habe nicht gezögert und ihr eine Witwenrente ausgestellt, ein feiner Mann. Der Weg zum Turm dauert zu Fuß bloß eine Stunde, doch meine Schuhe sind zu eng für diese Hitze, die Fußballen sind rot gescheuert, mein Rist schmerzt, vielleicht lege ich mich besser eine Stunde lang hin und gehe den Weg zum Turm in Gedanken, lege mich auf unser Bett mit Theos Duft auf dem Kissen und dem sanften Licht, das genau so durch die Vorhänge fällt, wie er sich das ausgedacht hat.

Ich liege da mit hochgezogenem Rock, meine Beine sind schon nicht mehr heiß, mit der Erleichterung kommt der Schlaf über mich, ich träume von Theo und davon, wie glücklich wir zusammen in diesem Bett schon waren, wie fassungslos vor Glück. Als ich die Augen aufschlage, möchte ich lächeln, doch da hängen die Bilder an den Wänden, und da lecken die ungerahmten Leinwände wie Zungen unter dem Bett hervor, stehen bedrohlich gerollt hinter dem Stuhl mit meinen Kleidern und lehnen gegen den Waschtisch und wispern miteinander in einer Sprache, die ich nicht einordnen kann, sind da wie tausend immer lautere, flammende bunte Gespenster und nehmen mir erneut den Atem. Und ich weiß, dass etwas ganz anderes mir noch viel mehr den Atem nehmen wird, denn seit einigen Tagen bin ich mir sicher, dass in mir ein Kind wächst, unser erstes, es muss in der Hochzeitsnacht oder in der Nacht danach oder an einem unserer vergoldeten Morgen nach den ersten Nächten entstanden sein, sehr früh jedenfalls. Ich bin also eine fruchtbare Frau, ich erfülle eine meiner Pflichten, wenigstens eine, kochen werde ich nie können, nein, denn während ich durchaus fähig zu sein scheine, in mir ein weiteres Leben zu bergen und in einigen Monaten auch zu gebären, vernichte ich jedes Lebensmittel, das mir die Händler vorlegen oder das mir unsere Haushälterin wohlmeinend präpariert hat. Ich habe mich mein ganzes Leben lang an Tische gesetzt und Küchen gemieden, schließlich verdiente ich die letzten Jahre auch mein eigenes Geld, ich hatte das nicht nötig. Und jetzt? Fleisch verkohlt in meiner Pfanne, Eier lassen sich nicht trennen, Kerne nicht entfernen, ich bin die einzige Frau in Paris, die Hefe nicht zum Treiben bringen kann, alles ist immer voller Schlieren, Krümel und Splitter, und an einem Berg Gemüse finde ich so vieles, was ich wegschneiden muss, immer ist da ein Fleck, oder etwas wächst, was nicht wachsen soll, oder ein Strunk ist zu hart, ein Blatt zu viel, Angefaultes, Verschimmeltes, Verlaustes soll großzügig entfernt werden, Schalen ebenfalls, jede Mahlzeit scheint in mir eine Zerstörungswut zu entfachen, die ich sonst gar nicht kenne, wird zum Gemetzel, erst in der Küche, dann auf den Tellern, all die zarten Seelen von Fischen, Kälbern und Salaten fliehen schreiend, wenn ich mich ihnen nähere. In der Küche bin ich im Krieg. Und wenn Besuch kommt, schämt Theo sich für alles, was ich auftrage, und ich muss Klavier spielen, um mein Versagen am Herd wieder wettzumachen. Wir geben zu viel Geld in Restaurants aus, und ich bin schuld daran, all die Lektionen, die ich in Amsterdam genommen habe, waren umsonst, und fatalerweise vermag ich meine Mängel als Hausfrau auch nicht als elegante, gewandte Gesellschafterin aufzuwiegen, denn mein Französisch ist zu schlecht, ich kann zwar alles lesen, ich kann annehmbar schreiben, aber reden kann ich nicht, es ist, als wäre meine Zunge am Gaumen angenäht, unmöglich. Ich versuche, sie zu lösen, mit ein wenig Wein, nicht viel und nichts Gebranntes, schließlich muss ich auf die Möglichkeit des Kindes Rücksicht nehmen, auf die kleine Vervielfältigung unserer Liebe, muss sie zum Gelingen bringen.

Ich habe Theo nach Namen gefragt, ich hätte mir seine Antwort denken können, Vincent, sagte er, wenn es ein Junge wird, muss er Vincent heißen. Gut, dachte ich zuerst, Namen sind am Ende nicht so wichtig, und schließlich wimmelt es in Theos Familie nur so von Vincents, von Onkeln, von Cousins. Doch da ist noch ein Bruder, der auf den Tag genau ein Jahr vor unserem Vincent zur Welt kam, aber nie die Augen aufschlug, weil sein kleiner Körper bereits im Mutterleib gestorben war, er habe ausgesehen wie aus Kalk, sagte Theo, hätten die Eltern gesagt, wie versteinert. Es sei ihr erstes Kind gewesen, sie hätten es voller Freude und Verliebtheit gezeugt und viele Jahre unter dem Verlust gelitten. Der tote Bruder hat also unserem Vincent seinen Namen vermacht, es sei als Kind schwer für ihn gewesen, diesen Namen mit sich zu schleppen, wie das Gewicht am Fuß eines Gefangenen, zu lange habe er die Trauer in den Stimmen der Eltern noch gehört, oft habe er sie darum gebeten, ihm einen unbeschwerteren Namen zu geben. Die Besuche auf dem Friedhof seien für unseren Vincent wie der Eintritt in eine Schauergeschichte gewesen, er habe dort den Namen *Vincent van Gogh* zusammen mit diesem Geburts- und Todesdatum gesehen, mit diesem 30. März 1852, und alles an diesem Datum sei mit seinem eigenen Geburtstag identisch gewesen, einzig die 2 habe man durch eine 3 ersetzen müssen, und vielleicht sei es ja dieses Gewicht gewesen, das ihm eines Tages auf die Seele gefallen sei. Namen sind wichtig. Ein Trauerschleier legt sich über die Vorstellung, dass unser Sohn einmal Vincent heißen muss.

Während ich dies denke, sticht die Nadel im Mund wieder zu und näht meine Zunge noch fester. Ich muss sie befreien. Und ich denke, dass ausgerechnet die Bilder die Lösung sein könnten, dass sie meine Unterwerfung verlangen, meine Auslieferung, dass ich dann endlich etwas verstehen würde, was sich mir bis jetzt verschließt, dass sich Theo, Vincent und ihre ganze wilde Welt auf eine Art für mich öffnen würden, wie ich sie bis jetzt noch nicht kenne. Ich vermute, sie ist großzügig, vibrierend, umarmend, ich müsste nur loslassen können und mitreden und mich dem Strom aussetzen, der die beiden beseelt. Und ich sehe mich auf dem Bett liegen, ohne Kleider, ohne Korsett, und die flüsternden, wispernden Bilder werden immer lauter, immer gesprächiger, Worte sind nicht zu verstehen, es ist eher ein

Gurren und Summen, das sich erhebt, wie von freundlichen Tieren, Tauben und Bienen am ehesten, vermischt mit einem dunkleren Ton von großen Katzen, Tigern vielleicht, wie ich sie schon durch die Dschungel des kleinen malenden Zöllners Rousseau habe streifen sehen, starke, stolze Tiger, die in unserem Zimmer, unter unseren Bildern nichts zu suchen haben, oder doch? Es ist die Sehnsucht nach mehr, immer mehr, wenn einer seinen ersten Süden gefunden hat, wird er nach dem nächsten suchen, es gibt keine Begrenzungen seiner Träume, das habe ich in Paris gelernt. Vincent hat sich in Arles gefunden und zugleich verloren, er hat zu seiner Kunst gefunden und sich an seine Kunst verloren, sagt Theo, und schon strebt er über Arles hinaus, schon möchte er Japan sehen oder die Südsee, er sieht Japan bereits in jedem blühenden Mandelzweig, den er uns schickt, in jedem Kirschzweig, aber natürlich möchte er noch mehr sehen, alles, die ganze Welt, und alles festhalten. Die Klänge, die von den Bildern ausgehen, die Rufe der freundlichen Tiere, erheben sich mit den Farben von den Leinwänden, hüllen das Zimmer in einen Farbensturm aus reinem Kobaltblau und Smaragdgrün, dazu Gelb in allen möglichen Schattierungen, Sonnenblumengelb, Schneewolkengelb, Herbstblätter-, Honig-, Mandel-, Baumnuss-, Cognacgoldgelb, und überall die Farben von Frühlingsblüten, von Bäumen, von Feldern bei jeder Jahreszeit, von kühler und von heißer Erde, von südlichen Landschaften und Freiheit und von allem, was ich in Paris nicht finde, und sie spinnen mich und meinen Körper ein, bis ich mit ihnen eins werde und sage, ja, ich verstehe, ja, ja, ja.

Ich bin nicht Jo. Ich bin Gina. Aber vor ein paar Wochen in Paris, da bin ich ihr nachgegangen, da ist sie mir nahegegangen, da hat sie mich überwältigt, da verschmolz ich mit ihr ganz gegen meinen Willen. Ich bin sonst nicht so, nur Menschen, die alleine unglücklich sind, sehnen sich nach symbiotischen Zuständen. Ich fürchte mich davor, ich halte Distanz, mit wenigen Ausnahmen, für eine lebenswichtige Einrichtung. Ich hasse diesen Moment, wenn sie schwindet, wenn etwas zerbricht und dann zerreißt. Es ist wie bei einem Ei, erst geht die Schale entzwei, dann die hauchdünne Haut zwischen Schale und Eiweiß, und wenn auch diese zerfetzt ist, zerfließt das ganze fragile Gebilde. Doch Jo vermochte mühelos zu mir vorzudringen, vielleicht, weil man Tote nicht gewaltsam auf Distanz halten muss, und ich wusste, was auch immer das wird mit uns, für die nächste Zeit wird sie mich als zweite Stimme in meinem Kopf begleiten, wird Teil von mir sein, und irgendwann werde ich alles, was ich über sie zu wissen glaube, aufschreiben. Über diese kleine, an sich farblose Person, der es irgendwann gelang, die ganze farbenprächtige Selbstverschwendung des Vincent van Gogh über der Welt auszuschütten.

Auch deshalb bin ich zu meinem Vater ans Meer gefahren. Weil ich dachte, dass es in der Aura eines Schriftstellers gewiss einfacher sein dürfte, meine Arbeit zu schreiben. Vielleicht gelänge es mir sogar, meinen

Vater bei seinem Schreiben anzuspornen. Wir würden beide an unseren Tastaturen sitzen, unsere Rhythmen würden sich einander anpassen, es wäre wie vierhändiges Klavierspielen. Man könnte unser Schreiben nicht mehr Schreiben nennen, vielmehr Fliegen, es wäre eine Selbstvergessenheit, wie ich sie noch nie erlebt hätte, und dazu unter der Obhut des Vaters. Nur wäre er jetzt nicht der Einzige, der schreiben müsste, und ich würde ihn dabei auch nicht stören, im Gegenteil, nichts würde uns stören, wir wären zu zweit, in unseren Köpfen würden Bilder, Erkenntnisse und Worte explodieren wie noch in niemandes Kopf zuvor, und wenn Vater vor dem abendlichen Whisky seine Zeichenzählfunktion anwerfen würde, läge nicht der übliche Missmut auf seinem Gesicht, sondern glückliche Erfüllung. Das war mein Plan. Und natürlich täuschte ich mich. Aber Zigaretten rauchen sich wirklich nie so schön wie während eines Sonnenuntergangs am Meer.

Auf Vaters Terrasse, in Vaters Häuschen geht man über tausend Meerjungfrauen. 568, um genau zu sein. Dazwischen: Fische und Schiffe. Gelegentlich auch nur Wellen in verschiedenen Blautönen. Quallen, Seesterne, Rettungsringe. Alles Abfall. Hinterlassen von übereifrigen Touristinnen. Vater hat nämlich diese Freundin. Natürlich heißt sie Maria, und sie lebt nicht wie Vater unten am Meer, sondern zuoberst in der Altstadt. Er nennt sie zärtlich Künstlerin, ein großes Wort für eine Frau, die ihr Leben damit verbringt, mit angejahrten deutschen und holländischen Touristinnen Tonkacheln zu dekorieren. Maria besitzt ein Atelier und eine Wohnung mit Meerblick und ist eine einheimische Tourismusbeschäftigte für Menschen, die auf Tantra, Tee und Töpfern stehen, und ich bin mir sicher, dass sie für Vater eine Wohltat ist. Was sie in ihm sieht, kann ich noch nicht sagen, wahrscheinlich eine verwandte Künstlerseele und natürlich einen prototypisch leidenden Mann. Als ich zum ersten Mal an ihrem Atelier vorbeiging, wusste ich noch nicht, dass sie Vaters Aktuelle ist. Ich hörte bloß Musik, etwas esoterisch Gequirltes, Klangschalengestreicheltes, das meiner Meinung nach nichts in Italien verloren hat, und eine sanfte Stimme, die in einer Mischung aus Italienisch, Deutsch und Englisch sagte, lasst eure Gedanken just flow, think of l'aqua, stellt euch vor, ihr schwebt nell' aqua, schaut in den Himmel, schaut in die Tiefe, seid ganz eins mit la bellezza insondabile, cominciate to dream, träumen, show me your Traumselbst! Ich machte einen Schritt zurück und bekam exakt das zu sehen, was ich mir vorgestellt hatte, reife Frauen in Gewändern aus Windelstoff, es schien, als hätte die Schwerkraft alles an ihnen durchgekaut, die Kleider, die Brüste, die hängenden Wangen, die Haut an ihren Armen, ein besonderes Unglück ging von ihren Haaren aus, ich vermutete, dass ihre Namen Heike, Frauke oder Silke lauteten. Immerhin schienen sie zufrieden zu sein, sie waren freundliche Frauen mit schlichten Hobbys, an ihnen würde die Welt nicht zugrunde gehen, einzig der gute Geschmack. Ich suchte nach der Stimme und fand sie sofort, erstens trug sie ein richtiges Kleid mit einem Schnitt und einer Taille, darüber eine pittoresk verdreckte Malerschürze, ihr glattes, starkes Haar ging bis zum Kinn, war schwarz mit leichtem Graubefall, sie konnte nicht jünger als Vater sein, doch ihr Gesicht war wie die ganze Frau frisch, prall und überraschend gut gelaunt. Silke, sagte sie tatsächlich zu einem der Windelmonster, wieso ist dein Traumselbst eine Meerjungfrau? Mein Traumselbst ist eine Meerjungfrau, weil … Silke überlegte lange, … sie eins ist mit ihrem Element, in sich Mensch und Tier versöhnt und sehr geheimnisvoll ist. Schön, sagte Maria, und die anderen machten zustimmende Geräusche. Ich wusste Bescheid. Denn neben Marias Atelier liegt der *Balcone degli artisti*, wie die Stadt ihren kleinen Friedhof der Meerjungfrauen stolz nennt und wie er auch im Stadtplan angepriesen wird. Eine Mauer mit Meerblick, und an der Mauer prangen Kacheln mit den besten Traumselbsten von Marias Kursteilnehmerinnen. Mit dem Rest, der zu hässlich ist, um den Balkon zu schmücken oder Reisegepäck zu beschweren, sind Vaters Böden gefliest. Wenn man nicht zu genau hinschaut, sieht das gut aus, ein mediterranes Wimmelbild. Na, hast du alles ausgezählt? Anzahl Kacheln, Meerjungfrauen und Signaturen diverser deutscher Heikes, fragte ich Vater. Klar, sagte er, 2034 Kacheln, 586 Meerjungfrauen, 42 Heikes, deutlich übertroffen von 151 Annas und 95 Lenas. Nur so als Beispiel, die Schnittmenge zwischen Nixen und Annas beträgt 78, keine Einzige heißt Gina, und den Namen deiner Mutter gibt es nur zweimal. Ich fürchte, Vater bewegt sich hier noch mehr im Kleinteiligen und Kleingeistigen als früher zu Hause.

Du und Maria, wie habt ihr euch kennengelernt, will ich wissen. Sie war meine Kundin, sagt Vater, eines Tages stand sie in meinem Office. Du hast kein Office, sage ich. Klar habe ich das, vor dem Café Stella in der Via Garibaldi. Oder in der Bar Incontro, draußen auf der Mole, da stand sie, bei Sonnenuntergang und bat mich, einen Liebesbrief zu schreiben. Eine Maria hat keinen Ghostwriter nötig, widerspreche ich. Seit ich hier bin, denken alle, sie hätten einen Ghostwriter nötig, sagt Vater und räkelt sich in seiner Hängematte. Es ist schon wieder Hängemattenzeit. Was bedeutet, dass er eine Schreibblockade oder keinen Auftrag hat. Dass es also schon wieder nichts ist mit dem Schreiben. An wen ging der Brief, frage ich, etwa an einen einfachen Fischer, der auf seinem Boot bei Sonnenaufgang an sie denken soll? Ja, sagt Vater, wie hast du das bloß erraten? Und, kennst du ihn? Gibt es ihn überhaupt? Natürlich gibt es ihn, protestiert Vater, so, wie es jede Geschichte gibt. Jede gute und jede schlechte. Welche willst du hören? Und da weiß ich, dass wir mitten in einem Spiel sind. Ich bin mir sicher, dass Vater es von Mutter gelernt hat, und das rührt mich. Das Spiel geht so: Die eine Seite gibt der anderen Stichworte, und diese erfindet daraus eine Geschichte, und mit jedem neuen Stichwort, das dazukommt, nimmt die Geschichte eine neue Wendung. Meine Schwester, Mutter und ich trieben einander damit früher in die heiterste Erschöpfung. Meine Schwester suchte sich ihre Stichworte am liebsten aus Märchenbüchern zusammen, ich meine aus Fernseh-Zeitschriften, und Mutter spann daraus eine Erzählung um die andere. Meine Schwester sagte *Lindwurm*, ich sagte *Traumschiff*, meine Schwester erweiterte um *Gespenst*, ich um *Mord*, auf *Turnierplatz* folgte *Frauentausch*. Mutter war die reinste Geschichtenfabrik.

Erfunden hat das Spiel mit den tausend Möglichkeiten einer Geschichte allerdings Oma, darin sind sich meine Mutter, meine Schwester und ich einig. Nicht, indem sie erzählte, sondern indem sie nichts erzählte. Zum Beispiel darüber, wer Mutters Vater war. In ihren Erzählungen gab es immer nur Mutter und sie. Fest steht, dass sich Oma die große Wende in ihrem Leben in Amerika eingefangen hatte. Sie war Mitte zwanzig, hatte seit einigen Jahren in einer Firma für Viehzuchtbedarf als Sekretärin gearbeitet, als die Firma eine Zweigstelle in Amerika gründete, und weil Omas Englisch exzellent war, ging sie mit. Zwei Jahre später war sie schwanger, ihren Job los und wieder zu Hause. Wahrscheinlich war der Mann, den ich nicht Opa nennen durfte, einer ihrer Vorgesetzten gewesen, wahrscheinlich verheiratet, wahrscheinlich hatte er ihr dies nicht erzählt, sondern eine bessere Geschichte. Trotzdem wollte Oma ihr Kind, sie liebte es bedingungslos, und das Kind liebte sie zurück, und meine Mutter, meine Schwester und ich liebten es, immer neue Nicht-Opa-Variationen zu erfinden. Meine

Lieblingsvariation war ein junger Hippiemusiker, dem Oma nach seinem Konzert in einem Lokal am Ende der Stadt begegnete. Lass uns ein paar Schritte gehen, schlug der Musiker vor, sie folgte ihm nach draußen, nach wenigen Gebäuden war die Stadt zu Ende, ein letzter Parkplatz lag vor ihnen. Der Himmel war bewölkt, es war still bis auf das Summen der Stromleitungen, sie rauchten einen Joint und noch einen, die Stimme des Mannes fraß sich in Omas Knochenmark, er breitete seinen indischen Schal auf dem Boden aus, sie setzten sich, seine Hand glitt ihrer entgegen, ihre Finger folgten erst den Mustern, dann einander, schließlich ließen sie sich fallen. Meine Schwester wiederum war für den Cowboy, der nicht mit einem Jeep vorgefahren kam, sondern vor der Zweigstelle für Viehzuchtbedarf von seinem Pferd stieg. Mutter bevorzugte einen jungen Handlungsreisenden, der Oma mit auf sein Hotelzimmer genommen hatte, und im Licht der Neonschrift eines gegenüberliegenden Kinos liebten sie sich und liebten sich, bis der Morgen die bunt verzauberte Nacht in seinen müden ersten Farben ausklingen ließ. Sie liebten sich noch zwei Tage lang, dann musste der Handlungsreisende zurück zu seiner Frau und seinen beiden kleinen Töchtern. Erzähl mir was über die kleinen Töchter, verlangte ich von meiner Mutter, waren sie so wie wir? Lass mich nachdenken, sagte Mutter, der Handlungsreisende hat Oma doch eine zerknitterte Fotografie der beiden gezeigt, im Halloween-Kostüm, ich glaube, die jüngere hatte sich als Ratte verkleidet und die ältere, ja, genau, als Frosch! So war es doch, oder?

Omas einzige Antwort zu diesem Thema lautete: vielleicht. Als sie aus Amerika zurückkam, war sie vollends erwachsen, sie trug jetzt Verantwortung und richtete sich darin ein, ohne zu klagen. Sie arbeitete für sich und ihr Kind, sie ging jetzt putzen, weil sie das Kind in die leeren Wohnungen und Häuser mitnehmen konnte und nicht allein lassen musste, und beide wurden dabei nicht unglücklich. Eines Tages, meine Mutter war neun, traf Oma zufälligerweise den sanften alten Anwalt, für den sie putzte, zu Hause an. Die beiden kamen ins Gespräch, ein schönes Gespräch, sagt Oma heute noch, sie wurden erst Freunde, dann Vertraute und schließlich ein scheues Paar, denn sein Alter und sein sozialer Status waren beide bedeutend höher als Alter und Status meiner Oma. Das mussten wir erst überwinden, er von oben, ich von unten her, sagt Oma, es hat uns beiden gutgetan. Stimmt, sagt meine Mutter, ihr habt einander viel beigebracht, nicht nur, was das Benutzen getränkespezifisch korrekter Gläser betrifft, und dann waren wir zu dritt ganz glücklich.

Doch jetzt geht es nicht um das amerikanische und das alte Glück von Oma, sondern um das greifbar lebendige von Vater und Maria, wenn es denn eines ist. Ich gebe Vater mein erstes Stichwort: *Schnee*. Gut, sagt Vater, Schnee gefällt mir, mit Maria beginnt nämlich alles im Winter. Die Palmen im Hafen sind mit Lichterketten geschmückt, die Altstadt mit Sternen, ich betrete die Pasticceria an der Calle dei fiori, draußen ist es fürchterlich kalt, aber drinnen so warm, dass alle sofort ihre Mäntel öffnen, ich auch. Dabei stoße ich mit dem Ellenbogen gegen eine Frau, sie beißt gerade in ein mit Puderzucker bestäubtes Teilchen, ich glaube, es ist ein mit Zitronencreme gefülltes Cornetto, sie verschluckt sich, muss husten, eine Wolke von Puderzucker stiebt hoch, bleibt für eine Sekunde über ihr hängen und senkt sich dann liebevoll auf ihr schwarzes Haar und ihre Schultern. Wie Schneegestöber. Ich bin versucht, das Weiß von ihrem Haar zu wischen, ich strecke schon meine Hand aus, sie dreht sich zu mir um, lacht mich an, sagt, lassen Sie nur, Sie machen alles nur noch schlimmer, nimmt dabei meine ausgestreckte Hand, hallo, ich bin Maria, und Sie sind der Schriftsteller. Zwei Tage später begegnen wir uns zufälligerweise wieder auf dem Markt, sie trägt einen brombeerfarbenen Schal …

Stopp, sage ich, das nächste Stichwort lautet: *Wurzelgemüse*. Oh, sagt Vater, ausgezeichnet, du weißt ja, ich liebe alles am Herbst, den Nebel, die gedämpften Farben, aber ich hasse herbstliches Wurzelgemüse. All diese süßlichen Zapfen und Knollen, rote Beete, Pastinake, Möhren, Sellerie, Süßkartoffel, Petersilie, die schmecken, als wären sie die unterirdischen Verwandten der nichtsnutzigsten, pampigsten Esspflanze, welche die Erde jemals hervorgebracht hat, du weißt, was ich meine, oder? Kürbis, pflichte ich meinem Vater bei, in dieser Hinsicht bin ich ganz klar seine Tochter. Was haben wir früher unter Omas Kürbissuppen gelitten! Es half nichts, dass Oma als immer noch verhältnismäßig junge Witwe des sanften alten Anwalts zu einer großen Wohnung und einem mittleren Vermögen gekommen war, ein Essen war für Oma erst dann gelungen, wenn es preiswert in der Herstellung war und für mehrere Tage ausreichte. In Omas Fantasie genügte das gute Porzellan, in dem die diversen Eintöpfe und Suppen serviert wurden, um daraus ein Festmahl zu machen. Porzellan schmeckt nicht, protestierte meine Schwester. Mir schon, sagte Oma, und schau bloß, wie schön dein Leitungswasser in einem Kristallglas aussieht!

Gut, fährt Vater fort, es ist also Winter, die Stadtverwaltung hat alle, die in Erziehung und Kultur tätig sind, zu einem Weihnachtsessen geladen, natürlich darf ich als einziger lebender Schriftsteller dieser Gegend nicht fehlen. Man hat mich sogar gebeten, eine kleine Rede zu halten, launig, war der Auftrag, launig und poetisch. Und natürlich ist da auch diese Frau mit den Kunstkeramikkursen, wir sitzen einander gegenüber, sie ist die lebendigste Frau, die mir jemals begegnet ist, alles an ihr spricht, ihre Hände, ihr Haar, das sich in einem fort bewegt, ihre Haut, die zu singen scheint, ihre Augen. Wir unterhalten uns über die kleine Stadt und über Kunst und freuen uns gemeinsam auf ein Mahl, am liebsten Osso Bucco, sage ich, gerne, sagt Maria, mit einer seidig glatten, dunklen Sauce. Und dann? Werden riesige Platten mit Wurzelgemüse vor uns hingestellt. Dazu wenigstens Risotto. Aber Wurzelgemüse! In Italien! Hübsche Farben, sagt Maria, alles orange und violett und gelb, aber muss ich das wirklich essen? Nein, sage ich, das müssen wir nicht, sparen wir uns unseren Appetit. Wir nehmen ein paar Anstandsbissen, danach halte ich meine Rede, sie erntet ungeheuren Applaus, gut, sagt Maria, das hat mir gefallen, und du gefällst mir auch, können wir jetzt gehen?

Ich füttere Vater mit einem letzten Stichwort: *Falschgeld*. Maria und ich, fährt er fort, schlendern durch die stille, glühende Vorweihnachtsstadt, ich betrachte uns verstohlen in den Schaufenstern, denke, ein attraktives Paar, ich gleiche noch immer dem jungen Wikinger von früher, auch wenn mein Haar längst nicht mehr so blond ist, und ich sehe, wie Maria etwas Ähnliches denkt. Wir gehen und reden und vergessen das Essen, die beleuchteten Palmen spiegeln sich im Meer, ich überlege mir, ob ich Maria jetzt küssen soll oder sie mich, aber in unserem Alter küsst man nicht mehr so schnell, doch die Freude über diese Person, die mir nach Jahren an diesem Ort plötzlich zugefallen ist, erinnert an die Freuden von früher.

Etwa an die Freude mit Mutter? Ich mag meinen Vater jetzt nicht in Ruhe schwelgen lassen. Nein, kleine Gina, sagt er und greift nach einer meiner Haarsträhnen, und ich lasse ihn damit spielen und nehme seine Hand für einen Augenblick in meine, deine Mutter war mein Ein und Alles und wird es immer bleiben, aber auch Maria hatte einmal eine sehr viel größere Liebe als mich. Dort, wo der Weg zu meinem Häuschen von der Küstenpromenade abzweigt, bleiben wir stehen, und Maria sagt: Du musst etwas unternehmen, das Häuschen ist zu verwahrlost. Ich nenne es romantisch, sage ich, aber du hast recht, allein die Böden sind so marode, dass bei jeder kleinen Überschwemmung Stücke davon im Meer verschwinden. Vielleicht sollte ich das persönlich nehmen, vielleicht will das Meer auch mich zum Verschwinden bringen, vielleicht ist das Meer mein langsamer Mörder. Sie schüttelt den Kopf, sie habe eine Idee und sie sei überzeugt, dass ich die Idee gut fände. Sie geht nach Hause, und am nächsten Morgen fährt ein Mann mit einem Motorrad vor, und auf seinem Anhänger befinden sich unter anderem 568 Meerjungfrauen. Von Maria, sagt er, du kannst so lange bei ihr wohnen. Und in einer Seelenruhe beginnt er, meine zersprungenen Böden auszubessern und zu fliesen. Einer Frau mit einem guten Plan soll man nicht widersprechen, denke ich, packe meine Tasche und gehe zu Maria. Hey, sage ich, als ich wieder vor ihr stehe, ohne dich habe ich mich wie Falschgeld gefühlt. So wertlos. Na, dann beginnen wir doch mal mit deiner Aufwertung, sagt sie und gibt mir den ersten Kuss.

Eine lahme Geschichte, denke ich, sage aber nichts, denn ich befürchte, dass sie ziemlich genau der Wahrheit von Vater und Maria entspricht, und die Wahrheit kann bekanntlich sehr banal sein. Maria hat Vaters Buch nicht gelesen. Das musste sie auch gar nicht, denn Vater hat Maria sein Buch vorgelesen. Und jeden einzelnen seiner Entwürfe. Kein Wunder, wollte sie dich nach der Bodenreparatur nicht oben in der Stadt behalten, sage ich, die Tage des Vorlesens dürften langweilig genug gewesen sein. Du irrst dich, sagt Vater, sie versteht mich, sie versteht, dass sich Menschen wiederholen müssen, nenne es meinetwegen zwanghaft, schließlich kommen die Frauen in ihren Kursen auch immer auf die gleiche Idee. Erinnerst du dich noch an deinen Auszug, frage ich, wieso du uns verlassen hast? Weil du endlich neue Ideen finden wolltest. Wir haben dich alle nicht daran gehindert. Es war einmal ein Buch, denke ich. Und es war keine Weltliteratur. Und auch nichts, mit dem man eine Familie hätte ernähren können. Vater weiß das. Oft denke ich, dass er uns aus Scham verlassen hat.

Whisky, fragt Vater und geht meiner Kritik aus dem Weg, gewiss bereut er es, mich nach Italien eingeladen zu haben, doch ich bleibe hart. Hast du dir nie überlegt, wieder in deinen alten Beruf einzusteigen? Gerade jetzt müsstest du doch so gefragt sein wie noch nie! Welcher alte Beruf, entgegnet Vater, ich bin von Beruf Schriftsteller. Erinnerst du dich nicht mehr an deine große Zeit als Umweltschützer, frage ich, an die internationalen Tagungen, die großen Protestmärsche, die Hunderte von dir geborgenen Amphibien? Hast du keine Lust, dich im Klimaschutz zu engagieren? Die Welt zu retten? Erinnerst du dich an mich in meinem alten Beruf, fragt er zurück. Nein, ich war doch damals viel zu klein, aber ich erinnere mich, dass ich noch jahrelang ein Frosch sein wollte. Ja, sagt er, das war dein Ding, du wolltest keine Prinzessin werden, du wolltest ein Frosch werden, und du wolltest auch nicht, dass dich irgendwer aus deinem Froschdasein erlöst, du wolltest ein Frosch sein und bleiben, ganz besonders bei schlechtem Wetter, da hast du dir dein Gesicht grün bemalt und dich in Pfützen gesetzt und fürchterlich geschielt, weil du versucht hast, die Augen wie Frösche zu rollen. Erinnerst du dich? Ich muss grinsen, ja, sage ich, damals hatte ich noch Zukunftsvisionen, was ist bloß aus mir geworden? Die schönste Tochter der Welt, sagt Vater und lässt Eiswürfel in mein Glas fallen. Sie zerspringen mit einem lauten Knacken. Merk dir eines, sagt er, das Fatale an der Kunst ist, dass es kein Zurück gibt. Wenn du es einmal geschafft hast, wenn du genau das Buch geschrieben hast, das du schreiben wolltest, wenn dir das Bild gelungen ist, nach dem du jahrelang gesucht hast, dann lässt dich die Sehnsucht nach dieser besten Fassung deines Lebens nie mehr los, dafür verzichtest du auf vieles, wirst bescheiden, einsam, arm, süchtig, ein Arschloch, wahnsinnig, krank, stirbst. Im Mythos, sage ich. Nicht nur im Mythos, sagt er, und greift nach seinem Glas.

Eine Hand streicht mir übers Haar, sie gehört nicht Vater. Lass ihn, flüstert Jo, lass ihm seinen kleinen Frieden, es geht ihm gut, er kann sich ernähren, hat ein Haus, eine Freundin und eine Leidenschaft. Aber sein Unglück, flüstere ich zurück. Sein Unglück ist winzig, sagt Jo, sein Unglück verschwindet allmählich, so, wie auch dein Vater verschwindet. Dein Vater war nie ein Genie. Und was ist mit dir? Wann nimmst du endlich die Dinge in die Hand? So wie ich? Wer bist du eigentlich?

EINE KURZE EHE

Zur Hochzeit schenken die Bongers dem jungen Ehepaar eine Fahrt in einer gläsernen Kutsche, wie sie sonst nur die königliche Familie benutzt, so begeistert sind sie, dass endlich wieder eines ihrer vielen Kinder heiratet. Womit die Ehe von Jo und Theo mit einer Peinlichkeit beginnt, die nicht mehr überboten werden kann. Sie sitzen in der Kutsche, fahren durch Amsterdam, werden von allen Seiten begafft und wünschen und fürchten zugleich, das ganze Gefährt möge zerspringen und sie könnten gemeinsam die Flucht ergreifen. Doch sie lassen sich nichts anmerken, Jo sieht aus wie ein verkleidetes Kind in ihrem Brautkleid, das sie gleich nach der Hochzeit zu einem Ballkleid abändern lassen wird, und Theo ist ernst, bleich und hustet viel. Alle lieben ihn. Jos älterer Bruder Dries sowieso, aber auch ihr kleiner Bruder Willem, der Theo ununterbrochen über die jüngsten Verbrechen in Paris ausfragt und Antworten erhält, die ihm ausgezeichnet gefallen, obwohl sie weitgehend erfunden sind. Er folgt Theo mit einem kleinen Notizheft, als wäre er ein Journalist. Was will er damit, fragt Theo, das zeige ich dir, sagt Jo, er tapeziert damit die Wände seines Zimmers, mit Verbrechen, Unfällen,

Schadensmeldungen, Suiziden, Selbstverletzungen, eben allem, was in der Zeitung steht. Und weißt du, welches Ereignis ihn seit Weihnachten am meisten beschäftigt? Onkel Vincents Ohr, wie er sagt. Sehr gut, meint Theo, ich habe einen verrückten Bruder, und du hast einen verrückten Bruder, Hauptsache, wir zwei spinnen nicht.

Ein Phänomen fasziniert Willem besonders, er hat gehört, dass sich Paris überlegt, ein sogenanntes Straflaufband in einem Gefängnis einzuführen, in England gibt es viele davon, man nennt sie auch unendliche Treppen. Es sind riesige, außen mit Stufen versehene Walzen aus Holz, zehn oder zwanzig Gefangene stellen sich in eine Reihe, besteigen die Treppe und treten stundenlang Stufe für Stufe, dass sich die Walze dreht, Willem hat Illustrationen gesehen, auf denen Gefängniswärter mit Peitschen die Tretenden antreiben. In einigen Gefängnissen wird so Korn gemahlen, in anderen haben die Walzen keinen anderen Zweck als den der Bestrafung. Ja, sagt Theo, davon sei tatsächlich die Rede, man überlege sich dies nicht nur für ein Gefängnis, sondern auch für das Gefängnis-Hospital Saint-Lazare, da solle die Ausbeutung der Insassen nämlich als Bewegungstherapie zur allgemeinen Kräftigung von Kranken getarnt werden, aber der Protest sei groß, er könne sich nicht vorstellen, dass ein derartig unzivilisiertes Foltergerät in Frankreich jemals eingeführt werde. Willem ist hingerissen. Er möchte noch viel mehr wissen, beispielsweise wie lange es dauert, bis ein einzelner Mann oder eine ganze Kolonne auf der Walze zusammenbricht, und wie viele Kilo

Korn wie schnell gemahlen werden, doch Jo wünscht sich an ihrer Hochzeit bei aller Belustigung über den kleinen Bruder andere Gesprächsthemen. Zumal sich Paris überlegt, mit der unendlichen Treppe nicht nur inhaftierte Männer, sondern vor allem gefangene Prostituierte zu bestrafen. Die Frauen, heißt es, seien mit ihrer mangelnden Moral und ihren Geschlechtskrankheiten für die gründliche Zersetzung der Familie und damit der gesamten Gesellschaft verantwortlich, man müsse sie als schwere Verbrecherinnen einstufen.

Das junge Paar hält allen Fragen, Glückwünschen und Trinksprüchen stand, tanzt bis tief in die Nacht und verabschiedet sich am nächsten Tag in eine kurze Hochzeitsreise nach Brüssel. Jo wäre lieber nach Berlin gefahren, doch Theo muss dringend nach Paris zurück, Brüssel ist somit praktisch, Brüssel liegt genau zwischen Amsterdam und Paris, sie gönnen sich dort eine einzige Nacht. Es ist ihre erste richtige Nacht zu zweit, es fühlt sich an, als würden sie zum ersten Mal Ehe spielen, und es ist das schönste Spiel der Welt, denkt Jo, als sie endlich in Theos Armen liegt und staunt, wie warm und zart seine Haut ist und wie zärtlich und überwältigend er sie zu öffnen vermag, wie sehr sie von Empfindungen überrascht wird, die sie niemals für möglich gehalten hat, so schön, so tief, so süchtig machend. Als sie endlich wieder zu Atem kommt und wagt, ihre Augen aufzuschlagen, blickt sie in sein Gesicht, das genauso strahlend, glücklich und neugeboren wirkt, wie sie sich fühlt. Alles ist gut und wird so bleiben. Der Mann, der seit Monaten ihr Herz, ihre Seele und ihr Denken ausfüllt, besitzt jetzt die Aufmerksamkeit all ihrer Sinne. Am nächsten Morgen stellt sie sich vor den Spiegel, streift ihr Nachthemd über den Kopf, betrachtet ihre runden Schultern, die vollen Brüste, versucht, ihre Taille mit beiden Händen zu umfassen, was ihr nicht gelingt, das gelingt bloß der österreichischen Kaiserin Elisabeth, doch es stört sie nicht im Geringsten, im Gegenteil, sie gefällt sich, alles an ihr lebt, sie fühlt sich ganz, und ihr Körper macht einen neuen Sinn, ja, sagt sie sich, heute Morgen bin ich eine schöne Frau, und in der vergangenen Nacht war ich womöglich noch schöner.

Sie fahren nach Paris, sie würden sich im Zug lieben, wenn sie die Möglichkeit hätten, doch die Reise ist zu kurz, und sie sind nicht allein. Theo trägt Jo über die Schwelle der Cité Pigalle Nummer 8. Jo öffnet Tür um Tür ihrer gemeinsamen Wohnung, zehn Türen insgesamt, und wieder staunt sie. Theo hat Maler, Tapezierer, Sattler beschäftigt, um seiner Braut eine kleine Schmuckschatulle von einem Zuhause herzurichten, als Galerist weiß er um die Wirkung von Räumen und von Licht, von Vorhängen und von Bildern, unzähligen Bildern mit einem prächtigen, fordernden Eigenleben, so bunt, dass Jo zuerst ihre Augen zusammenkneifen muss, bevor sie sich an die vielen Anwesenheiten von Vincent gewöhnt und daran, dass Theo ganz offensichtlich die Wohnung nicht nur für sie so geschmackvoll hergerichtet hat mit den eleganten und zugleich zurückhaltenden Tapeten, sondern dass diese auch als Unterlagen für die

Bilder gewählt wurden, dass Theo ihre Wohnung als seine persönliche Galerie für Vincent gestaltet hat. Drei Tage lang fühlt sich das Paar albern vor Glück, drei Tage lang verlassen sie die Wohnung nicht, spielen Verstecken, verbergen sich hinter irgendeiner der zehn Türen, küssen sich stürmisch, wenn sie einander wiederfinden, lieben sich so oft, bis ihre Körper ganz dumpf geworden sind von zu viel Erregung und sie vor Erschöpfung einschlafen. Drinnen ist das Paradies und draußen ist Frühling und bald früher Sommer, der Trompetenbaum vor dem Fenster schneit seine bezaubernden weißen Glockenblüten in die Zimmer, und nie wieder wird Paris für Jo so wunderbar sein wie in dieser ersten Zeit.

Und dann verändert sich alles viel zu schnell, und immer wieder sucht Jo Zuflucht zu den Briefen, die sie und Theo einander geschrieben haben und die jetzt alle nach Monaten gebündelt im Sekretär im Wohnzimmer lagern. Die Briefe verkörpern ihre innigste und neugierigste Zeit, womöglich gar ihre beste, denkt Jo, denn Alltag war in diesen Briefen erst eine Idee. Doch jetzt entfernen sich die beiden viel zu schnell wieder voneinander, er verlässt am Morgen das Haus, sie kümmert sich um den Haushalt, wofür sie kein Talent hat, sie wird schwanger, er muss immer wieder für Vincent da sein, der sich regelmäßig ein Leid zufügt. Einmal drückt er seine Farbtuben auf einem Teller aus, verrührt Blau, Rot, Gelb und alles andere mit einem Löffel, bis er einen braunen Brei vor sich hat, er habe damit seiner Kunst ein Ende setzen wollen, sagt er später zu Theo, und weil das Ende seiner Kunst notwendigerweise auch das Ende seines Lebens sein müsse, löffelt er den ganzen Teller leer und will sich vergiften.

Jos Beziehung zu Vincent verändert sich mit ihrer Schwangerschaft. Obwohl sie neun Jahre jünger ist als der Schwager, begreift sie ihn jetzt als Kind. Als unberechenbares, lästiges, liebenswertes Kind. Vincent verliert seine Bedrohung. Sie und er schreiben sich, seine Briefe sind noch teilnehmender, noch einfühlsamer als die von Theo, und eines Tages stehen sie sich endlich gegenüber, in der Wohnung an der Cité Pigalle, und Jo muss sich für einen verwirrten Moment eingestehen, dass Vincent trotz all seiner Attacken gegen sich selbst aussieht wie eine gesündere, kräftigere, männlichere Fassung von Theo. Er hebt Jo hoch, drückt ihr einen Kuss auf die Wange, nennt sie kleine Schwester. Theo hat sie seit dem Einzug nicht mehr hochgehoben, er gerät jetzt immer schneller außer Atem, was sich auf sein Gemüt schlägt, immer wieder blitzt ein kleiner Jähzorn auf, er ist sich dessen bewusst, er entschuldigt sich, fast jeden Tag, seine Ausbrüche richten sich oft gegen sich selbst, er ist ungeduldig und verunsichert, und obwohl ihm sein Arbeitgeber Monat für Monat versichert, dass keiner so unverzichtbar sei wie er und den höchsten Umsatz aller Galerien von Boussod et Valadon machen würde, zweifelt er an allem. Angenommen, ich verliere plötzlich doch meine Beschäftigung, sagt er zu Jo, dann bin ich ein Versager, dann bin ich unfähig, dich, unser Kind und meinen Bruder zu ernähren, dann habt ihr alle drei auf den falschen Mann gesetzt. Und deshalb freut sich Jo umso mehr, dass einer sie kleine Schwester nennt und unbeschwert durch die Luft wirbelt und stundenlang mit ihr Tee aus blauen japanischen Tassen trinkt und genau weiß, was sie meint, wenn sie sagt, dass sie Paris im Grunde nicht ausstehen kann. Magst du Austern, fragt sie, alle hier finden, ich müsse Austern essen zur Stärkung, am besten täglich, und je näher die Geburt kommt, desto mehr, dabei ekeln mich Austern wie nichts anderes. Austern sind in Paris die Antwort auf alles, sagt Vincent, auf die Potenzschwäche der Männer und die Schwangerschaftsbeschwerden der Frauen, es ist erstaunlich, wie viel Kraft diesem Weichtier aus dem Meer zugeschrieben wird, das doch aussieht wie ein Stück grau gewordener Innerei. Aber das ist Paris, hier wird etwas, das nach Vergänglichkeit und unmittelbarer Verwesung schreit, zum Wesentlichen erhoben. Paris ist immer zu viel, zu viele Menschen, Stimmen, Häuser, zu viel Bewegung und für mich natürlich auch zu viele Frauen. Ich habe ganz vergessen, wie viele hier auf mich warten, dabei habe ich doch keine Zeit für sie, nicht einmal aus Mitleid, das habe ich mir abgewöhnt, denn kaum bin ich bei ihnen, kaum liegen wir beieinander, stehe ich in Gedanken auf einem Feld, vor einem Baum, vor einem Sonnenuntergang und verzweifle, weil mir nicht einfällt, wie ich diesen Wundern noch gerechter werden kann als bisher. Bei euch ist das etwas anderes, Theo liebt dich so sehr, kleine Schwester, das darfst du nie vergessen. Was meinst du mit nie, fragt Jo.

Ach nichts, sagt Vincent, vergiss es, bei euch ist alles gut, er hat so lange allein in Paris gelebt, er muss sich jetzt umgewöhnen. Muss er das, sagt Jo, und, magst du Austern? Nein, sagt Vincent, ich möchte lieber etwas von zu Hause, Erbsensuppe, Schinkenwurst, einen Eintopf, gestampftes Gemüse, Pfannkuchen mit Speck. Ich auch, sagt Jo, und fast so schlimm wie Austern finde ich übrigens Hummer.

Als sie am nächsten Tag vom Einkaufen nach Hause kommt, hat Vincent alle seine Bilder von den Wänden genommen und im Wohn- und Esszimmer ausgebreitet und alle ungerahmten Leinwände aus ihren Verstecken geholt, seine Bilder bedecken jeden Tisch, das Sofa, alle Stühle, und er geht von einem zu andern, mal zärtlich, mal unzufrieden, er hasst die Rahmen, die Theo ausgewählt hat, und mit Schrecken sieht Jo, dass er bereits seine Palette und ein paar Pinsel ausgepackt hat, dass auf der Palette feuchte Farben glänzen und dass Vincent sich daran macht, seine Bilder zu befreien, wie er sagt, indem er die Rahmen auch noch bemalt, indem er die Himmel und Blumen und Landschaften einfach um die Fläche der Rahmen erweitert, es gefällt ihm besser so. Und wie in Theos alter Wohnung hinterlässt Vincent auch hier seine Spuren, er gibt sich Mühe, doch auf dem Esstisch und den Teppichen sind jetzt haarfeine Farbschlieren zu sehen, wie ein Hund, denkt Jo, er muss bei uns seine Markierungen setzen wie ein Hund. Wenn alles wieder trocken ist, hängen wir die Bilder ganz neu, sagt Vincent und geht davon, er hat jetzt doch noch Zeit gefunden für eine seiner Frauen, für die Italienerin, für die Segatori, die älter ist als er und früher Manet und Corot Modell gestanden hat. Sie hänge noch immer an ihm, hat Vincent an Theo geschrieben, er will sie in ihrem Café besuchen, vor allem aber will er seine Bilder, die in ihrem Café hängen, besuchen, denn die Italienerin selbst ist ihm peinlich mit ihrem Alter und ihrer Bedürftigkeit, sie sei eine unwürdige, armselige, unmögliche Affäre, sagt er. Jo vermutet, dass er sie nur zu seiner Geliebten gemacht hat, weil sie als Modell von Manet und Corot ein Teil der ihm so sehr verhassten Kaste der etablierten Künstler war, weil er auch hier markieren musste, etwas besetzen, dem andere, erfolgreichere ein Stück Ewigkeit verliehen hatten. Und wie die anderen hat er sie gemalt. Doch im Gegensatz zu den anderen hat er sie nicht schön gemalt. Mit Absicht unvorteilhaft, denkt Jo, damit er die ungeliebte Geliebte schneller loswird, vielleicht. Sie mag die Italienerin, ihr Café am Boulevard de Clichy ist nicht weit, Jo und Theo haben schon oft bei ihr gegessen, immer die unvergleichliche Timbale Bolonaise, ein lange gekochtes italienisches Ragout mit Tomaten, dazu gibt es Nudeln und Rotwein, ein einfaches Gericht mit viel Geschmack, von dem Jo nicht übel wird. Die Italienerin selbst ist die melancholische Mutter der Künstler von Montmartre, alles an ihr ist verlebt, besonders ihre Haltung und ihr Blick. Sie hat alle gesehen und gefüttert und mit vielen von ihnen geschlafen, und wer seine Rechnung bei ihr nicht bezahlen kann, der malt ein Bild für sie.

Die Schwangerschaft macht Jo schwer und unglücklich, am liebsten würde sie sich immerzu in die Obhut der Italienerin flüchten, doch die will nur über Vincent reden. Jos Körper bläht sich auf, alles an ihr wird runder und größer, auch ihr Kopf, erst recht, wenn sie draußen in der heißen Stadt ist. Jo fühlt sich unfähig und schwach und hasst Paris mit jedem Tag mehr. Sie schleppt sich an Theos Seite ins Gesellschaftsleben, zu einem Essen im Restaurant des Eiffelturms, zu einem Ball, auf dem sie sich in ihrem abgeänderten Hochzeitskleid dem Personal zugehörig fühlt und nicht den zweitausend Gästen. Die Damen sind geschminkt und zeigen großzügig ihre halben Brüste, und die vielen Juwelen wirken wie ein glitzernder Regenschauer. Es ist der Ball der niederländischen Delegation an der Weltausstellung, und plötzlich halten die Tanzenden inne, plötzlich verstummt der Saal und teilt sich die Menge der Zweitausend, denn da stehen die vier Kinder, die kleinen javanischen Tänzerinnen, die größte Attraktion der Weltausstellung, stehen im Ballsaal mit nackten Füßen und bloßen Schultern, mit ihrem filigranen Goldschmuck auf dem Kopf und in ihren Kostümen, die nicht viel mehr sind als ein paar spärliche Stoffbahnen. Sie heißen Taminah, Wakiem, Soekia und Sariem, die jüngste ist zwölf, die älteste sechzehn Jahre alt, sie tanzen sonst für den Kaiser und die Kaiserin in Surakarta, heißt es, und die Pariser Illustrierten können gar nicht genug darüber mutmaßen, was ihnen dort alles schon wiederfahren sein könnte, ob sie denn überhaupt noch Jungfrauen seien, und wie es sich anfühlen müsste, als Mann einen Abend, und am liebsten noch eine Nacht, in der Gesellschaft der Puppen, der Halb-Frauen, der Kind-Frauen, der heiligen Tiere zu verbringen. Sie seien zugleich keusch und pervers, schreiben die Illustrierten, und Theos Malerfreunde stimmen dem zu. Jeder Einzelne von ihnen ist von den Mädchen entzückt, Vincents enger Freund Gauguin möchte die ganze überirdische, unschuldige Pracht der exotischen Engel festhalten. Jo weiß, was er damit meint, er möchte sie nackt malen, und er möchte sie besitzen, die Mädchen gehören wie so vieles an der Weltausstellung zur Idee einer anderen, paradiesischen, nicht vom Fortschritt beschleunigten und vom Kapital getriebenen Welt. Jo nennt diese Haltung naiv. Theo findet sie schön und utopisch. Zu den Auftritten der Mädchen im javanischen Dorf gehört auch die Zeit vor dem Tanz, das Schmücken, Schminken und Kostümieren, zum Glück ist der Spiegel eine internationale Erfindung, schreibt eine Illustrierte. Die Mädchen befinden sich dabei in einem von allen Seiten einsehbaren Bambuspavillon, die Pariser sind elektrisiert, wie sich Kinder mit dem Auftragen von Lippenrot und Kajal in kleine Huren verwandeln, und die Pariserinnen haben Muttergefühle und stecken den Mädchen durch die Bambusstäbe hindurch Süßigkeiten zu wie kleinen Äffchen.

Jetzt beginnen sie, sich auf bloßen Füßen durch die Gasse der Ballgesellschaft zu wiegen, Jo sieht die vier schönen Gesichter näher kommen, sie wirken schläfrig, als hätten sie in Paris schon viel zu viel gesehen, als wären sie betäubt vom Opium der Stadt. Wakiem tanzt jetzt vor Jo. Zwölf, sie ist erst zwölf Jahre alt, so alt wie Willem, denkt Jo und stellt sich vor, wie es wäre, wenn Willem am anderen Ende der Welt Kunststücke vorführen und seinen Alltag als Jahrmarktsattraktion unter den Blicken von Fremden verbringen müsste, die ihm Essen zustecken, zuerst zögerlich auf Gabeln oder Spießen, weil sie sich nicht sicher sein können, ob das viel zu weiße Kind nicht ein kleiner Vampir ist, der sie beißen und ihnen das Blut aussaugen könnte, schließlich mit den Fingern, und wie die Pariser würden sie sich darüber amüsieren, wenn Willem sich übergeben müsste, weil er die Speisen nicht verträgt oder zu gierig isst. Jo hat vor wenigen Tagen eine Illustration in einer Zeitung gesehen, auf der die vier Mädchen während ihrer Vorstellung vom Regen überrascht wurden, das Publikum spannte seine Schirme auf und schaute belustigt zu, wie die Mädchen immer nasser wurden, wie der wenige Stoff an ihren Körpern klebte und mehr zeigte als verbarg. Sie möchte Wakiem, die ihre Augen niederschlägt und deren Lider zittern, am liebsten in die Arme schließen und in den Falten ihres weißen Kleides verbergen, bis sie erwachsen ist.

Mit dem Herbst kommt Jos 27. Geburtstag und kurz danach die erste große Sorge. Theo bemüht sich um eine Lebensversicherung, nicht für jetzt, sagt er, für viel, viel später, ich möchte bloß sicher sein, dass der nächste Vincent, unser Vincent, der kleinere Vincent und du versorgt seid, so macht man das doch, bevor ein Kind zur Welt kommt. Und Jos Vater, der Versicherungsagent war, bevor er zum Chefredakteur einer Zeitschrift für Schifffahrt wurde, pflichtet ihm bei, genau diese Vorsorge gehöre sich für einen baldigen Familienvater. Theo geht zum Arzt und macht die nötigen Untersuchungen, doch die Versicherung wird ihm verweigert, seine Gesundheit sei zu schlecht, heißt es, wäre man missgünstig, so könnte man bei ihm schon beinahe von einem kalkulierten Versicherungsbetrug sprechen. Jo redet sich ein, dass dies nichts zu bedeuten habe, doch sie überlegt sich, wie sie den zunehmend bleichen und schmalen Theo stärken könnte, zu deutlich hat sie noch seinen Bruder vor Augen, dessen gesunder Körper der angeschlagenen Seele mit aller Macht standzuhalten scheint. So, wie ganz Paris sie mit Austern füttern will während der Schwangerschaft, füttert sie nun Theo mit Cognac, rohen Eiern, Fleisch und Schokolade, sie weckt ihn am Morgen mit einem in Cognac aufgeschlagenen Ei, serviert ihm zum Frühstück eine Tasse heißer Schokolade, tischt ihm zu Mittag und am Abend Fleisch auf, jeden Tag, und nachmittags ein großes Stück Schokolade. Theo hat Appetit, doch Jo könnte die ganzen Lebensmittel genauso gut ins Feuer werfen, er verbrennt alles sofort und sich selbst dazu.

Der Winter kommt und mit ihm das Kind, der kleinere Vincent. Die Wohnung ist jetzt ständig überfüllt, denn immer ist da noch eine Schwester oder Mutter, die Jo beim Muttersein helfen wollen, immer trocknen irgendwo Windeln, etwas schreit, und die köstliche kleine Ruhe, die sich Theo so schön für sich und Jo ausgedacht und eingerichtet hatte, ist zerstört und Jo an einem Platz, den sie sich niemals so für sich ausgesucht hätte. Ich dachte früher, ich hätte eine Wahl, schreibt sie nach Hause, eine Wahl zwischen vielen Büchern, die ich lesen möchte und die ich mir von meinem eigenen Geld kaufen kann, zwischen Orten, an denen ich arbeiten möchte, zwischen Städten, die ich sehen will. In London dachte ich schon an Berlin und Amerika, und jetzt? Jetzt gehört mir nichts, und jetzt habe ich die Wahl, dass mein Kind mir unter großen Schmerzen etwas Milch abringt, oder dass ich ihm Kuhmilch zu trinken gebe, die es nicht verträgt, oder Eselsmilch, die selten und teuer ist. Das ist meine Wahl. Sie macht mich nicht glücklich.

Der Frühling kommt, und Jo fühlt sich wie ein uraltes Haus, das dringend abgerissen werden muss, die Böden sind morsch, die Fenster hängen mit letzter Kraft in den Scharnieren, das Glas ist bereits zersprungen, die Ziegel ebenfalls, alles ist durchlässig, jeder Luftzug, jeder Schrei des kleinen Vincents jeder Ausbruch von Theo fährt mitten durch sie hindurch und laugt sie bis ins Mark aus, sie fiebert, und dann bilden sich auf ihrer Haut auch noch weiße Bläschen, der Arzt braucht bloß kurz hinzusehen und weiß, dass Jo unter Pocken leidet. Wochenlang wagt sie sich nicht aus dem Haus, sie schämt sich, fürchtet sich vor einer dauerhaften Entstellung, mag nicht mehr lesen und nicht Klavier spielen, sie hat Theo gebeten, seine Freunde außerhalb der Wohnung zu treffen, sie erträgt die lauten Gespräche und den Rauch, der am Morgen noch alle Zimmer vernebelt, nicht mehr. Sie weiß, dass sie Theo damit enttäuscht, dass sie nicht die inspirierte, wissbegierige, von ihrem Gatten formbare Gefährtin ist, die sich Theo in seinen Briefen ausgemalt hat und die sie so gerne sein wollte. Sie fragt sich, ob er ihre Anschaffung bereut, doch Theo hat größere Sorgen, Vincent mal wieder, er hat beschlossen, den Süden zu verlassen, hat sich selbst aus der Anstalt entlassen, hat Abschied genommen von Rachel mit ihrem von Hund und Ärzten entstellten Arm, und ist auf dem Weg in ein Dorf in der Nähe von Paris, wo schon andere gemalt haben. Theo muss einen Hüter für seinen Bruder finden, einen Aufpasser, schließlich wählt er einen Arzt in Auvers-sur-Oise, der von Vincents Malerei begeistert ist. Das Dorf liegt etwa dreißig Kilometer von Paris entfernt, Jo und Theo werden Sonntagsausflüge zu Vincent machen können, es gebe dort auch frische Eselsmilch für den kleinen Vincent, schreibt der Onkel. Das Land sei lieblich, mit Ährenfeldern, die von allerlei Blumen gesäumt seien, Mohn, Kornblumen, violett geäderten Winden, wolkig blühenden wilden Rüben, die Wälder seien hell und kühl, die Oise besonders breit und träge, ein dunkelgrüner Strom mit schattigen Ufern und verborgenen Buchten, in denen auch Jo ungestört baden könne, wenn sie wieder mehr Kraft habe, und über allem throne ein erstaunlich stattliches Schloss, dessen Park den Einheimischen offen stehe. Doch Jo will nur nach Hause. In eine kleine, flache, langsame Stadt namens Amsterdam, will zu ihren Eltern und Geschwistern, will sich ausweinen und erholen und als gestärkte Frau nach Paris zurückkehren. Ich bin eine Versagerin, denkt sie sich, keine einmalige, eine ständige, genau vor zwei Jahren hatte sie sich schon erholen müssen, damals von der Tragödie um Eduard, einer Tragödie, die sie selbst verantwortet hatte, weil sie sich in einen babylonischen Turm aus Gefühlen hineingesteigert hatte, auf den es keinerlei Erwiderung gab. Damals hatte ihr angeschlagener Geist auf ihre Gesundheit übergegriffen, jetzt ist es umgekehrt, doch ihre Verfassung ist genauso schlecht, und es gibt keinen Theo, der hingebungsvoll um sie wirbt und allmählich zur größeren Hoffnung wird.

Jetzt gibt es einen kränklichen Theo, der sich aufopfert für Frau, Kind und Bruder und am besten selbst zur Kur sollte, was er jedoch nicht wagt, weil er um seine Anstellung fürchtet. Er arbeitet im Gegenteil noch mehr, will seine Umsatzbeteiligung in die Höhe treiben, verkauft immer noch mehr nichtssagende Kunst an reiche Kunden mit dekorativen Bedürfnissen, er hat noch nie so viel Geld verbraucht, seit Jos Schwangerschaft im vergangenen Jahr reißen die Arztrechnungen nicht mehr ab. Dass Jo ihn ausgerechnet jetzt verlässt und mit dem Kleinen nach Amsterdam fährt, lässt ihn vollends verzweifeln, er träumt schlecht, immer geht ihm etwas verloren, ein Koffer, ein Bild, Zähne, ein ganzes Bein, wenn er erwacht, glaubt er, Phantomschmerzen zu spüren, glaubt tatsächlich, dass ihm nachts ein Arm abgefallen sei, und wenn er den Arm unter der Decke wiederfindet und sieht, wie er noch immer an seiner Schulter angewachsen ist, kann er ihn minutenlang nicht bewegen, weil es ein fremder Arm zu sein scheint. Oft sucht er in diesen Träumen auch nach Worten, doch sie sind nicht da, weder in seinem Gehirn noch auf seiner Zunge, er hat keine Erinnerung an sie, es ist, als hätten sie niemals existiert, erst beim Aufwachen fallen sie ihm ein, es sind einfache Worte wie Teller, Farbe oder Brot. Sein Aufwachen ist panisch, das Bett nass geschwitzt, Theo zittert am ganzen Leib, tastet sich den Wänden entlang in die Küche, sucht nach Cognac und einem Ei, würgt die Mischung hinunter und übergibt sich sofort wieder. Kontrolle, denkt er, ich muss mich wieder unter Kontrolle bringen, drei Menschen sind vollkommen von mir abhängig, und dies für viele Jahre, bis der kleine Vincent erwachsen ist und für seine Mutter sorgen kann, man hat mir die Lebensversicherung verweigert, ich kann nicht vorher sterben. Er vermisst seine Frau entsetzlich, er freut sich jeden Morgen, wenn sie warm und nach Nacht duftend in der Küche steht und ihm einen Krafttrank nach dem anderen zubereitet. Er sucht nach ihrem Namen, doch da ist keiner, er sieht sie vor sich, eine namenlose Frau. Tränen rinnen ihm übers Gesicht, so hilf mir doch, versucht er sie anzusprechen, bitte, hilf mir, er spürt, wie seine Lippen die Worte formen, doch aus seinem Mund kommt kein Ton.

Als er die Galerie betritt, liegt auf seinem Tisch ein Telegramm aus Auvers-sur-Oise, Vincents Arzt schreibt, dass Vincent sich geweigert habe, ihm Theos private Adresse zu geben, deshalb schreibe er nun an Boussod et Valadon, es sei nämlich so, dass Vincent sich am 27. Juli auf dem Feld mit einem Revolver in die Brust geschossen habe und seither delirierend in der Herberge liege, leider sei mit dem Schlimmsten zu rechnen. Jetzt ist der 28. Juli. Gegen Mittag erreicht Theo Auvers, es ist der frischeste Sommer seit Langem, die Temperaturen liegen um die 17 Grad, Vincents Gasthaus ist feucht und kühl, Theo schaudert. Er muss an alles denken, was Vincent ihm schon aus Auvers geschrieben hat, wie einsam und unglücklich er sei und dass weder er noch Theo Menschen der Zukunft seien, denn diese lebten woanders, in einer besseren Gesellschaft, in einer wärmeren Weltgegend, auf Java vielleicht oder in Brasilien, das Paradies liege nicht hier und schon gar nicht in Paris, das Paradies liege anderswo.

Die Brüder wissen, dass dies ihr Abschied ist, Vincent wird immer schwächer und mit ihm Theo, der es kaum noch schafft, Jo einen Brief zu schreiben. Es ist ein trauriger, gebrochener Brief, in dem dennoch von Hoffnung die Rede ist. Theo verzichtet auf die blutigen Einzelheiten, er schreibt stattdessen über Vincents neue Bilder, wie der Bruder kein Maß mehr finden kann, wie er erst blühende Kastanienzweige malt, ein einziges Lichtflirren aus ungestüm übereinander herfallenden hellen Farben, ein lebensfroher Sturm, und dann wieder ein gelbes Feld unter einem bedrohlich blauen Himmel und dazwischen aufsteigende schwarze Vögel, lauter Seelen, die die Welt verlassen, noch nie hat mir eines seiner Bilder derart Angst gemacht, schreibt Theo. Das Letzte, was Vincent von dieser Welt hört, ist das Husten seines Bruders, das Letzte, was er sieht, sind Vasen voller Sonnenblumen, die Theo, sein Arzt und die herbeieilenden Pariser Freunde vor sein Bett stellen. Am 29. Juli 1890 stirbt er leise und heiter, einen Tag später verwandeln die Freunde sein Zimmer in Vincents lodernde Palette, schmücken es mit den siebzig Bildern, die er in den siebzig Tagen in Auvers gemalt hat, ihre Abschiedsandacht für Vincent ist ein Fest, auch die Kastanienblüten und die schwarzen Vögel sind dabei.

Onkel Vincent hat an einem Sonntag auf sich geschossen, sagt Jos kleiner Bruder Willem und schüttelt den Kopf, er sagt es mehr zu sich selbst als zu Jo, er kann kaum glauben, dass er mit seiner Statistik der Verbrechensfälle schon wieder recht hat, er hätte es lieber nicht. Seine Schwester ist starr vor Schreck, ist wie erfroren, als die Nachricht von Vincents Tod endlich zu ihr durchdringt, denn in seinem Brief an sie hat Theo nicht vom Sterben geschrieben. Jo erfährt die Todesnachricht nicht von Theo, sondern von der Familie van Gogh, von den Frauen, der Mutter, den Schwestern, sie haben den Auftrag, es Jo so sanft wie möglich beizubringen und sich um sie zu kümmern. Vincents letzter Arzt hat dies befohlen, er will nicht, dass Theo ihr in seinem Schmerz den Tod des Bruders entgegenschreit, der Schock würde Jos spärliche Milchproduktion ganz zum Versiegen bringen, man dürfe nichts riskieren, schließlich schlüge sich bei einer Frau alles sofort im Körper nieder. Bei einem Mann auch, denkt Jo, als sie Theo endlich wiedersieht, in Leiden, wo seine Mutter jetzt wohnt. Es ist gut so, sagt die Mutter zu Jo, er hätte niemals Ruhe gefunden, und es hat ihn zuletzt sehr unglücklich gemacht, dass er euch immer zur Last fiel. Ich raube dem kleinen Vincent ein Stück Gegenwart und möglicherweise auch ein Stück Zukunft, hat er gesagt, ich bringe Jo um einen großen Teil von Theos Liebe, und beides steht mir nicht zu, denn ich glaube nicht, dass ich jemals etwas wirklich Wesentliches schaffen werde. Dann weint sie so bitterlich, wie eine Mutter nur um ihr Kind weinen kann, sie hat schon viele verloren, ihr erstes und ihr zweites Kind, den ersten und den zweiten Vincent, und ihren Mann dazu.

Endlich stößt Theo zu den trauernden Frauen, und Jo zerfließt, vor einer Liebe, die mit tausend Sonnen alles überstrahlt, vor einer Angst, die mit tausend Schwertern alles durchbohrt, jeden Atemzug, jeden Herzschlag. Sie versucht, sich ihr Leben ohne Theo vorzustellen, der Schmerz überwältigt sie, ihre Welt stürzt vollends in sich zusammen, Vincents schwarze Vögel sinken auf sie nieder und bedecken sie mit ihren Flügeln, sie will sie verscheuchen, doch die Vögel sind im Niedersinken gestorben, Dutzende, Hunderte begraben sie unter der Nacht ihrer Federn. Neben sich hört sie Theo schluchzen, sie streckt ihre Hand nach ihm aus, findet seine glühende, magere, flicht ihre Finger in seine, danke, hört sie ihn sagen, ich liebe dich, dich und den Kleinen, aber zuerst muss ich mein Leben wieder zusammensuchen, es fehlt jetzt so viel, hab Geduld mit mir. Ich werde dich retten, sagt sie, hab keine Angst, sie hat sich die Worte nicht überlegt, sie sagt sie einfach und spürt, wie sich in ihr etwas aufbäumt, es ist noch keine Kraft, aber eine Ahnung davon, und sie steht auf, schüttelt die toten Vögel ab und versucht, die Lage nüchtern zu betrachten. Fest steht, dass es ihr zu Hause viel besser geht als in Paris, fest steht, dass der kleine Vincent zum süßesten und vergnügtesten Kind geworden ist, das ihre Familie je gesehen hat, er scheint weder den starken Kiefer noch den dunklen Trotz der Bongers zu besitzen. Fest steht aber auch, dass Theo durch den Tod des Bruders noch zerbrechlicher sein wird als bisher, er hustete schon zu Hause in Paris so viel, dass sie in getrennten Zimmern schlafen mussten, jetzt ist er hohläugig, schwitzt und friert in einem und macht allen Angst, weil er besessen davon ist, jetzt gleich den Nachlass des Bruders zu regeln, Ausstellungen zu organisieren, Kunstkritiker zu bestechen, damit sie vorteilhafte Nachrufe schreiben, obwohl sie noch nie von Vincent van Gogh gehört haben. Jos vorausschauender Bruder Dries versichert unterdessen die Bilder in der Cité Pigalle.

Jo weiß noch nicht, dass sie in wenigen Wochen bei Dries und seiner Annie Zuflucht suchen wird, weil das Leben in der hübschen Wohnung aufgehört hat, eines zu sein. Weil die Pflanzen auf dem kleinen Balkon, den Jo ihren hängenden Garten nennt, verdorrt sind und die Liebe an Gültigkeit verloren hat. Jos 28. Geburtstag beginnt friedlich, Theo und der Kleine wecken sie, sie trinkt mit Theo eine Tasse Schokolade, er holt Blumen, abends wollen sie essen gehen, Theo geht zur Arbeit, doch schon am frühen Nachmittag bringen ihn seine Mitarbeiter nach Hause, er habe Kunden der Galerie beleidigt, angeschrien und eine Flasche Wasser nach ihnen geworfen, sagen sie, dann sei er zusammengebrochen, habe halluziniert und unverständliche Dinge gesagt, möglicherweise auf Holländisch, vielleicht könne Jo ihn besser verstehen. Sie legen Theo ins Bett, Jo legt ihm Kompressen aus Kamillentee auf die Stirn und gibt ihm erwärmten Cognac zu trinken, er schläft ein und schläft lange, bis zum nächsten Morgen, er erwacht entspannt und euphorisch, redet von erfolgversprechenden Geschäften und Leuten, denen er Vincents Bilder verkaufen will, doch plötzlich verstummt er. Jo findet ihn, wie er dasteht mit seinem Penis in der Hand und nicht mehr urinieren kann. Musst du denn überhaupt, fragt sie, ja, sagt er, meine Blase ist so voll, dass sie mir wehtut, aber ich spüre keine Verbindung mehr, meine Muskeln wissen nicht mehr, wo sie pressen müssen, ich kann ihnen keine Befehle mehr geben. Acht Tage lang geht das so, Theos Schmerzen werden stündlich größer, er vergiftet sich, denkt Jo, acht Tage lang versucht er, Flüssigkeit auszuschwitzen, schließlich wird er fast bewusstlos in ein Spital eingeliefert, wo ihm die Ärzte einen Katheder in die Harnröhre stecken. Jo hört Theos Schreie, sieben Pfleger hätten ihn festhalten müssen, heißt es, wenig später wird er in eine Nervenheilanstalt verlegt, ins Irrenhaus, sagt Dries, wie sein Bruder. Theo fällt von einem Zustand in den nächsten, mal ist er friedlich, mal droht er, Jo und den kleinen Vincent zu töten, zu strangulieren, zu erschießen, zu ertränken, zu guillotinieren. Ich rette ihn, denkt Jo, ich rette meinen Mann. Sie wendet sich an einen holländischen Arzt, einen Hypnotiseur, denn wie alle glaubt auch sie noch, dass es Vincents Tod war, der die Dinge in Theos Kopf derart verschoben hat. Doch auch der Hypnotiseur kann sie nicht wieder zurechtrücken, und endlich dämmert Jo, was die Ursache von Theos Leiden sein könnte.

Und jetzt steht sie in der Küche von Dries und Annie und statt ihres Kindes hält sie ein paar von Annies schönen Porzellantellern im Arm. Wann hat er damit begonnen, fordert sie von Dries, du weißt es doch, ihr redet doch über solche Dinge, ihr Männer! Dries schweigt. Ein Teller zerschellt auf dem harten Küchenboden. Wann! Der nächste. Annie weint. Mit achtzehn, sagt Dries. Und wie oft? Schweigen. Scherben. Oft. So oft wie Vincent? Öfter. Jo holt tief Atem. Sie hatte gehofft, dass die Wahrheit eine andere wäre und nicht das Naheliegendste, nicht die allzu schlichte Geschichte vom einsamen Mann und den Prostituierten der Großstadt. Vor der Ehe? Während der Ehe? Davor, sagt Dries, nur davor. Wie lange davor? Kurz davor.

Die Angst, die Jo packt, ist ein schreiendes Höllenfeuer, wenn Theo krank ist, kann auch sie krank sein und das Kind, ihre ganze kleine Familie kann zum Siechtum verurteilt sein, zum schleichenden Tod, und wieso? Die Wut, die in ihr aufbrandet, überflutet alles, die Wohnung, Paris, die Welt, noch nie hat sie jemanden so sehr gehasst wie Theo, doch das ist der Lauf der Dinge, von einer wie ihr wird erwartet, dass sie als Jungfrau in ihre erste Ehe geht, während Theo vor seiner Ehe über viele Jahre mit sehr vielen Frauen geschlafen hat, die ihrerseits sehr viele Männer bedient haben. Theo hat ihr im Scherz erzählt, dass sein Vater ihn vor der großen Krankheit gewarnt habe und dass Vincent ihm gesagt habe, der Rat jedes Arztes an einen Mann beginne damit, nicht *zu den Frauen* zu gehen. Sie kann nicht glauben, dass ausgerechnet der wachsame, ängstliche Theo alle Warnungen vergessen hat, wenn er, wie Dries sagt, bis kurz vor ihrer Eheschließung zu den Frauen gegangen ist.

Im Traum verlässt Jo das Haus, es ist Nacht, sie trägt ihr Kind im Arm, es schläft, sie will es nicht Vincent nennen, sie fürchtet, der Name könnte ein Omen sein, sie nennt es im Traum bloß Kind, mein Kind, mein liebes, liebes Kind und küsst es auf seine weiche Wange, das Kind lächelt im Schlaf und schmiegt sich an sie. Vor dem Haus warten die Frauen, sie sind üppig und bunt, die Augen schwarz umrandet, die Haut weiß gepudert, die Lippen blutrot, die Haare hochgetürmt und mit Federn geschmückt, die Kleider rot, violett, smaragdgrün, wenn sie mehr Geld und Eleganz besitzen würden, wären sie in den Ballsälen und Theatern von Paris zu Hause und hätten eine eigene Loge in der Oper, so reicht es nur für die Straßen von Montmartre. Jo geht auf sie zu, schhhhh, zischt eine von ihnen, geh weg, kleine Mutter, du hast hier nichts verloren, doch, habe ich, sagt Jo, genau hier habe ich etwas verloren, nämlich meinen Mann. Da bist du nicht die Einzige, sagt die Älteste, der zwei Zähne fehlen, aber sorgen wir nicht immer dafür, dass eure Männer zufrieden in eure behüteten kleinen Nester zurückkommen? Ich meine die Krankheit, sagt Jo, erklärt mir die Krankheit, ich will alles wissen. Alles, fragt die Jüngste, die mit einem schwarzen Samtband eine Narbe an ihrem Hals zu verbergen versucht, ich erzähle dir alles. Wie uns die Polizei jede Woche von der Straße holt und zur medizinischen Untersuchung schickt, wie viele von uns dort angesteckt werden, weil die Ärzte ihre Hände und Geräte von einer zur anderen nicht reinigen, wie sie es lieben, uns zwischen die Beine zu greifen und uns mit einer Metallvorrichtung aufzuspreizen und in uns hineinzuschauen, wie viele sie dabei schon verletzt haben, wie brutal sie sind, wie schnell das gehen muss, eine Minute für jede, eine einzige Minute. Und wenn sie glauben, dass eine von uns krank ist, kommt sie für ein paar Wochen in Quarantäne, das heißt ins Gefängnis, du kannst froh sein, wenn du das überlebst. Und eure Männer? Was tun eure Männer dann für uns? Was sollten sie denn für euch tun, fragt Jo, sie sind ja nicht schuld. Die Frauen lachen, du Lamm, sagt eine, du dummes Lamm, wir sind schuld, und eure Männer sind genauso schuld, es gibt in unserem Gewerbe keine Unschuldigen, aber bestraft werden nur wir. Das stimmt nicht, sagt Jo, mein Mann ist verloren. Die Frauen schweigen. Ich will alles wissen, wiederholt Jo, ich will wissen, wie die Krankheit aussieht, wie sie ihn zurichten wird. Geh zu Ninette, sagt die Älteste und deutet auf die Größte, Eigenartigste, die etwas entfernt von den anderen steht. Jo hat noch nie eine Frau wie Ninette gesehen, alles an ihr ist ebenmäßig, doch nichts scheint menschlich, als wäre sie aus lauter geometrischen Formen zusammengefügt, das Gesicht ein vollendetes Oval, Brüste wie Kugeln, Schultern und Taille bilden ein Dreieck, so schlank ist sie. Ninette trägt eine Maske aus schwarzer Spitze, und auf ihrem Dekolleté glitzern kunstvoll geschliffene Glassteine, doch als Jo näher tritt, sieht sie, dass die Steine nicht auf der Haut liegen, sondern mit ihr verwachsen sind, und was sie zuvor für Gold gehalten hat, ist gelblicher Schorf. Guten Tag, sagt Jo, Ninette redet nicht, ruft eine der anderen, aber du wolltest ja nicht reden, du wolltest sehen, nicht wahr? Das Kind an Jos Brust erwacht, begeistert streckt es seine Hand nach dem Glitzer aus, nicht, sagt Jo, Ninette beugt sich über das Kind, Jo sieht ihre Augen durch die Spitze blitzen, sie scheinen riesig, als würden sie nicht von Lidern eingefasst. Jo weicht ihr aus, die Frau richtet sich wieder auf und nimmt die Maske vom Gesicht, Jo stößt einen Schrei aus, Ninettes Lippen sind weggefressen, zwischen den bloß gelegten, fauligen Zahnreihen hängt tote Haut, ihre Zunge, denkt Jo, Ninette kaut ihre eigene abgestorbene Zunge, ihre Wangen sind von Beulen bedeckt, anstelle der Nase klafft ein schwarzes Loch, und die Augenlider sind vom Eiter aufgelöst. Und dann langt sich Ninette in ihr glänzendes rotes Haar, nimmt sich die Perücke vom Kopf, und Jo sieht entsetzt, dass die Schädeldecke an mehreren Stellen offen ist, als wäre sie geschmolzen, als hätte Ninettes Kopf in Säure gelegen, und Ninette greift mit ihren Fingern in ihren Schädel hinein und streckt Jo einen Klumpen ihres Gehirns entgegen, das unter der Krankheit zu einer sülzeartigen Masse geworden ist, erst verflüssigt, dann wieder eingedickt, denkt Jo, sie hat darüber schon gelesen, aber sie hat es sich nie vorstellen können, jetzt liegt es vor ihr, ein syphilitisches Stück Gehirn, und Ninette legt ihren Kopf in den Nacken, führt ihre Hand zum Mund und schlürft genüsslich ihr eigenes Hirn.

Am nächsten Tag nimmt Jo Theos Heimführung in Angriff, und wenig später begleiten ihn zwei Pfleger auf einer Reise erster Klasse nach Holland. Theo steckt dabei in einer Zwangsjacke, sieben Ledergürtel hindern ihn daran, seine Arme zu bewegen, zwei weitere werden im Zug um seine Beine befestigt, zu oft hat er inzwischen Leute angegriffen, ausgeschlagen, Möbel zertrümmert, mit bloßen Händen Decken und Matratzen zerrissen. Um den Mund trägt er eine Binde, er soll auf der Fahrt niemanden beißen oder bespucken, die anderen Reisenden meiden den verschnürten Mann, der sich windet wie ein betrunkener Entfesselungskünstler. Er wird in eine Nervenheilanstalt in Utrecht eingeliefert, er soll nicht wie Vincent fern von seiner Familie sterben.

Seine Mutter sitzt wie gelähmt in ihrer Stube, sie kann es nicht fassen, dass bald das dritte ihrer Kinder tot sein wird, das muss eine Strafe sein, denkt sie, eine Strafe für mich, weil ich vor fünf Jahren darauf bestand, dass meine Tochter Lies ihren Bastard freigibt, dass sie, die Pfarrerstochter keine Schande über uns bringt mit dem Kind eines verheirateten Mannes, dass sie ihr eigenes Muttersein aufgibt. Hätte ich nicht darauf bestanden, denkt sie, so hätte ich jetzt eine Enkelin mehr, und die Schande hätte sich über die Jahre verflüchtigt, so wie sich jedes Gefühl verflüchtigt, auch die Liebe und die Trauer. Doch jetzt liebt und trauert sie wie ein Hund, dessen Meister sich erhängt hat, wie ein Kalb, das die Schreie seiner Mutter im Schlachthof hört, wie ein Tier, das keinerlei Macht mehr hat über sein Empfinden und nur noch leidet. Einer meiner Söhne ist ein Selbstmörder, denkt sie, und der zweite stirbt, weil er zu oft bei den Huren war.

Die Ärzte in Utrecht finden immer mehr, sie behandeln Theo mit Quecksilber und Kalium gegen die Syphilis und mit Borsäure gegen ein warziges, blutendes Geschwür, dass sich auf seinem Penis bildet, Jo hat es gesehen, es kann sie nicht erschrecken, sie findet es beinahe lächerlich, dass ausgerechnet diese eine Stelle, die außer ihr und den Ärzten niemand zu sehen kriegt, die einzige äußere Versehrung sein soll, welche die Krankheit anzurichten vermag. Dafür wütet sie im Inneren umso gnadenloser. Theo hat sein ganzes Französisch vergessen und spricht immer öfter in einem unverständlichen Kauderwelsch. Wenn die Ärzte ihn fragen, welche Tageszeit es ist, sagt er Kartoffel, wenn sie ihn fragen, was er essen mag, sagt er Mond, wenn sie ihn fragen, wo er Schmerzen hat, sagt er Bruder. Er will aus dem Fenster springen, er zertrampelt die Blumen, die Jo ihm geschickt hat, doch meist liegt er stundenlang ruhiggestellt in einem extra gepolsterten Bett, dessen Polster immer wieder gewechselt und gewaschen werden müssen, weil er Urin und Kot nicht mehr bei sich behalten kann.

Jo besucht ihn ein letztes Mal am 25. Januar 1891, er ist dreiunddreißig, sie ist achtundzwanzig, kaum zwei Jahre sind die beiden da verheiratet. Er liegt im Koma, Tage zuvor hat er noch einmal um sich geschlagen, hat es ihm noch einmal den Atem verschlagen, dann verlor er das Bewusstsein für immer. Sie wagt nicht, sich über seine Hand zu beugen, ihr Rücken müsste brechen vor lauter Schwere und Unglück. Sie sieht ihn nur an, sieht ihn atmen, fragt sich, wie lange noch, sagt, verzeih mir, ich konnte dich nicht retten, so, wie du Vincent nicht retten konntest, du und ich sind zwei Ohnmächtige, verzeih. Ein paar Stunden später ist Theo tot, und Jo ist Witwe.

DIE BLAUE FRAU

Das Licht frisst und fräst sich in meinen Schädel, schneidet ihn auf, bricht ein in mein Gehirn und verwandelt sich dort in ein pulsierendes Gleißen, das nicht wehtut, sondern wohl. Das Licht bringt Farben zum Glühen und zum Erlöschen. Alles an Land ist fahl, wie unter einer dünnen Ascheschicht, wie auf einer alten Fotografie, scheint etwas langsamer als sonst, träge, schläfrig. Meer und Himmel sind schier unerträglich blau. Mir war nicht bewusst, dass Blau so mächtig sein kann, so laut, auch so gnadenlos in seiner Selbstbehauptung. Das Blau ist Wand, Mauer, Kuppel, unüberwindbar, unendlich, das Blau verlangt Unterwerfung, und die übrigen Farben ergeben sich. Nur die Sonne nicht. Die steht hier niemals gelb am Himmel, nie so wie auf einer Kinderzeichnung, entweder fällt sie abends als blutiger Eidotter ins Meer, oder sie leuchtet blendend weiß. Reines Licht. Wie Gott. Als ich ein Kind war, verlangte der Pfarrer im Religionsunterricht, dass wir Gott zeichnen. Ich verausgabte mich. Ich zeichnete einen riesigen alten Mann über einer kleinen Welt, er trug viel Gold, und statt eines Bartes hingen unzählige rote Zungen aus seinem Mund. Für jede Sprache, die mir bekannt war, zeichnete ich eine Zunge. Eine deutsche, englische, französische, italienische, spanische, russische, schwedische, finnische, ungarische, kanadische Zunge. Wieso Kanadisch, fragte der Pfarrer, in Kanada reden die Leute doch Englisch oder Französisch. Gut, sagte ich, dann eben Griechisch. Mein alter Mann trug Engelsflügel, eine Krone und einen Heiligenschein auf dem Kopf und in der Hand ein Zepter. Der Pfarrer ließ mich zeichnen. Ich gab Gott ein Kreuz in die andere Hand mit einem blutigen Jesus drauf, ich setzte eine Taube auf seine Schulter und seinen Fuß auf einen Drachen. Mein Gott war mit Abstand der prächtigste, mächtigste und sprachbegabteste Gott. Der Pfarrer nahm meine Zeichnung, zerriss sie vor der ganzen Klasse und sagte, niemand von uns kann Gott sehen, denn Gott ist in uns und Gott hat keine Gestalt, Gott ist das Licht. Er hielt ein weißes Blatt in die Höhe und sagte, das ist Gott. Besser als er hat mir niemand das Geheimnis der abstrakten Kunst erklären können.

Ich bin ein einziges Mal vor einem Bild in Tränen ausgebrochen. Und nicht, weil ein Blau zu blau oder ein Rot zu rot war. Die Überwältigung war viel subtiler. Er hatte das Bild zwei oder drei Tage nach seiner Ankunft in Auvers-sur-Oise gemalt, Ende Mai 1890, genau zwei Monate, bevor er sich in die Brust schoss, es ist ein Bild von Aufbruch und Abbruch, ohne jede Ruhe, schwere Dolden voller weißer Kastanienblüten hängen von einem Gewirr aus frühlingsdünnen Zweigen, ein paar der Blüten sind schon braun geworden, dazwischen Blätter, und die ganze üppige, zarte, vergängliche Masse ist umgeben von einem Delirium aus tausend Blau-, Lila- und Türkistönen und ab und zu etwas Rost, der mehr zerfressen wird als nur die Blüten. Ich stand davor, ich wollte meine Hand ausstrecken, wollte sie in den Blüten kühlen, die verblühten wegzupfen und über eins der ledrigen Blätter streichen, wollte dieses verletzliche Stück Frühling retten und zur Ruhe betten, den Aufruhr beschwichtigen, dabei musste ich doch mich selbst beruhigen, das Bild wühlte mich ungewöhnlich auf, die Endzeit der Schönheit, dachte ich, und brach mitten in einem nüchternen Museumssaal in Tränen aus. Natürlich stand sofort ein Mann neben mir, Museen sind Begegnungszonen mit ungeahnten Möglichkeiten, er gab mir ein Taschentuch, ich war ihm dankbar dafür, ich tupfte mir die Augen trocken und putzte mir die Nase, er lud mich auf einen Drink ein, den ich nicht ablehnte, weil ich mich sehr schwach fühlte. Er konnte nicht wesentlich älter sein als ich und hatte sich bei mir offensichtlich in der Adresse geirrt, ich sah, wie er nach einer anderen Frau schielte, einer reiferen, die ihr Geld um den Hals hängen hatte, was mir die Gelegenheit gab, ihm eine falsche Telefonnummer auf eine Serviette zu schreiben und mich zu verabschieden, ich wollte nicht unhöflich sein.

Nichts von dem, was mein Vater je geschrieben hat, vermag mich ähnlich zu berühren wie dieses Bild. Leider auch nichts von dem, was mein Vater mir erzählt. Es ist stiller geworden zwischen uns. So viel gibt es schließlich nicht zu besprechen, wenn man eine Familie aus

Entfremdeten ist. Wir haben uns bemüht, haben die ersten Tage am Meer damit verbracht, cool zu sein und erfinderisch, haben betrunken in unserer kurzen gemeinsamen Vergangenheit geschwelgt, haben versucht, eine Wärme zwischen uns und eine Begeisterung füreinander zu behaupten, die bald verebbten. Jetzt, am siebten Tag, sind wir einfach zwei Menschen, die vor langer Zeit vieles voneinander wussten und seither zu wenig. Ich sollte meine Arbeit schreiben, und Vater redet sich ein, an einem Buch zu sitzen, und uns beiden fehlen die Worte. Doch ich weiß, dass mein Vater mein Schweigen versteht und dass seines eine Antwort darauf ist.

Meine Schwester macht sich auf meinem Handy bemerkbar. Sie will wissen, wie es mir und Vater geht, ob wir uns überhaupt vertragen, wie das Wetter sei und ob ich Vaters Freundin kennengelernt hätte. Gut, ja, gut, ja, schreibe ich zurück. Und???, fragt meine Schwester. Stabil, schreibe ich, eine stabile Frau, eine stabile Beziehung, aber Liebe ist das nicht, wenn du mich fragst. Ich habe Maria inzwischen kennengelernt, wir saßen auf der Terrasse vor dem Häuschen, sie trug ein rotes Kleid ohne Farbflecken, dazu eine Kette aus glitzernd zurechtgeschliffenen schwarzen Steinen, vielleicht bloß Glas, vielleicht Onyx, sie schob ihre große Sonnenbrille ins Haar, lehnte sich in ihrem Klappstuhl zurück und betrachtete mich und Vater. Sie sagte, ich sehe euch ineinander, der Schwung eurer Lippen, diese auf den ersten Blick schon fast naive Selbstzufriedenheit, mit der ihr alles zu überspielen versucht. Vater erhob sich, es war ihm peinlich, er ging in die Küche und machte irgendwas Lautes mit Töpfen und Besteck, alles klirrte und schepperte. Und übrigens möchte ich dich malen, sagte sie. Natürlich, dachte ich, die Hobbykünstlerin will mich malen, das wollen sie alle. Wieso, fragte ich, nein, falsch, sagte Maria, ich will nicht dich malen, ich will dein Portrait neben dem deines Vaters sehen, ich will eure Gesichter übereinanderlegen, es ist erstaunlich, wie ähnlich euer Knochenbau ist, die Stellung eurer Augen, wenn ihr im gleichen Alter wärt, könnte man euch für Zwillinge halten, aber ich denke, dein Gesicht ist am Ende stärker. Ich lauschte den Geräuschen aus der Küche, ich wusste nicht, was Vater da tat. Maria stand auf, kam zu mir und legte ihre Hände wie einen Kelch um mein Gesicht, sie hat lange schlanke, sehnige Finger, der Mittelfinger ihrer rechten Hand ist verformt, wo die Pinsel aufliegen, wirkt der Finger gichtig, doch das ist der einzige Makel, die Finger sind trotz der Hitze kühl und trocken. Und wie sie mein Gesicht ertastete als wäre sie blind und mir dabei vom Gesicht meines Vaters erzählte, das ich noch nie so genau betrachtet hatte, und ihre Kette vor meinen Augen hypnotisch funkelte, sandten ihre Finger winzige Stromschläge unter meine Haut, und ich war verwirrt. Für einen Augenblick dachte ich, dass Maria nicht die sanfte, lustige, sinnliche Geliebte war, die mein Vater sehen wollte, sondern dass mein Vater für sie ein Versuch war, eine Langzeitbeobachtung, ein Experiment, und dass sie mich diesem Experiment einverleiben wollte. Maria ließ ab von meinem Gesicht, setzte sich in ihren Stuhl und strahlte Vater an, der lässig wieder zu uns trat.

Wenn es keine Liebe ist, schreibt meine Schwester, meinst du dann … Ich weiß, was jetzt kommt, wir werden eine Stunde lang darüber diskutieren, dass Mutter Vaters Lebensliebe ist, und uns fragen, ob es nicht vielleicht doch noch eine Möglichkeit gäbe, die beiden wieder aneinanderzubinden, schließlich gab es nie dieses eine dramatische Zerwürfnis mit tausend Tränen, zerbrochenem Geschirr, gegenseitigen Beleidigungen oder einer anderen Frau. Trennungskinder sind so, und meine Schwester und ich sind besonders sentimentale Trennungskinder. Meinst du, Oma ist schuld, fragte mich meine Schwester einmal, also nicht grundsätzlich oder alleine schuld, eher mitschuldig. Und ja, so sehr ich Oma liebe, bin ich mir nicht sicher, ob sie damals meine Mutter mit ihrem Pragmatismus nicht überfahren hat, mit ihrem *das schaffen wir schon.* Meine Schwester und ich vermuten, dass Oma erleichtert war, als Vater sich als Enttäuschung herausstellte, so wie sich der unbekannt bleibende Vater unserer Mutter als Enttäuschung herausgestellt hatte. Und als wir vor vielen Jahren alle zusammen nach Italien fuhren, um Vater zu besuchen, da fand Oma ihre Vorurteile bestätigt und musste sich zusammenreißen, um uns ihre Genugtuung nicht allzu heftig spüren zu lassen. Sie hatte geschafft, wozu mein Vater unfähig gewesen war, sie hatte uns durchgebracht, hatte sich um uns gekümmert, uns ein Dach über dem

Kopf gegeben und ihrer Tochter die berufliche Entfaltung ermöglicht. Ich bin nicht nur eure Oma, sagte sie, als wir noch alle zusammenwohnten, ich bin auch euer besserer Vater. Bist du nicht, schrie meine Schwester, du bist eine eingebildete alte Frau mit blödem Geschirr, einem doofen Flügel und langweiligen Büchern, mit unserem richtigen Vater hätten wir Spaß! Ach ja, sagte Oma und hatte plötzlich ein Lächeln auf dem Gesicht, das mir überhaupt nicht gefiel, du findest die Bücher in meiner Bibliothek langweilig? Dann lies zuerst das einzige Buch deines Vaters, vorher weißt du nicht, was Langeweile heißt! Ich meine gar nichts, schreibe ich meiner Schwester zurück, es ist nur so, dass alles an Vaters Leben hier sehr mittelmäßig ist, seine Wohnung, seine Beschäftigung, seine Liaison, doch er scheint damit ganz zufrieden zu sein, vielleicht liegt die Zufriedenheit auch bloß am Alkohol. Du meinst …, schreibt meine Schwester wieder. Dass er ein Alkoholiker ist? Vermutlich ja, schreibe ich zurück. Gut, dann ist vielleicht noch nicht alles verloren, insistiert sie, schließlich ist der Weinbauer unserer Mutter auf seine Art auch Alkoholiker. Bester Witz, schreibe ich zurück, wie gehts meinem Neffen? Krank, schreibt sie. Masern, Pocken, Typhus, Malaria, Ruhr, frage ich. Schlimmer, antwortet sie, Durchfall, die braune Flut. Scheiße, schreibe ich und sehe Berge von Zwieback und Bananen vor mir, viel Kraft, vermiss dich, Kleines, und küss dich.

Ich vermisse meine Schwester wirklich. Meine Schwester ist all das nicht, was ich bin. Sie ist nicht schön, sondern süß, sie hat so viele Kurven, dass mit der ersten Schwangerschaft alle zu einer Kugel verschmolzen sind, sie lässt sich nicht treiben, sondern ist zielstrebig, sie wirkt nie schläfrig, sondern stets hellwach, sie hat einen Job, eine Familie, ein Haus, sie teilt sich all dies mit ihrem Mann, die beiden sind in der IT-Branche tätig, sie erweitern große Teile unserer Gegenwart und ihren Kontostand um mir unbekannte Dimensionen, sie können etwas, und es macht sie zufrieden. Sie haben sich auf dem Gymnasium kennengelernt, zwei niedliche pummelige Supernerds, die beide panische Angst vor Mannschaftssportarten mit Bällen hatten, die ihre besten Tage in abgedunkelten Höhlen verbrachten, wo sie spielten, tüftelten und endlich auch knutschten, und dann, mit 19, verkauften sie ihre erste App an einen Tech-Giganten und wurden ein bisschen reich. Sie hatten schon Jobangebote, bevor sich die anderen überhaupt ans Abitur machten, doch das kümmerte sie nicht, sie nahmen die Jobs nie an, zogen in ein kleines Haus am Stadtrand, richteten sich mehrere Höhlenzimmer ein, machten sich selbstständig und heirateten, weil sie darauf schon jahrelang gewartet hatten. Unsere Mutter legte ihnen einen Garten an, es wächst da kein Wurzelgemüse und auch sonst wenig Nützliches, es wuchern da Büsche, Gräser und unzählige Blumen, Hummeln taumeln zwischen den Blüten herum, Bienen überfressen sich, und Schmetterlinge formen fliegende Regenbögen, und wenn meine Schwester und ihr Mann von ihrer Arbeit an den Maschinen müde sind und in einen tierchenartigen Zustand verfallen, setzen sie sich in den Garten, staunen dankbar vor sich hin und legen irgendwann irgendwas auf den Grill. Guten Sex haben sie auch, das hat mir meine Schwester etwas verschämt, aber sehr gerne erzählt, wir lagen dabei auf ihrem Ehebett, Nussbaum, edles Leinen, sandfarben und ganz weich, die beiden haben allmählich Geschmack entwickelt, selbst Oma findet das, wir tranken eine Flasche Champagner und schauten *Matrix*. Ich hatte den Arm um sie gelegt, kitzelte ihren Bauch und fragte, wann darin wieder ein Neffe oder eine Nichte heranwachsen würde, schließlich sei der Umfang vom letzten Baby noch da, die ganze Schallisolation, die Wärmedämmung, das gute Polster. Sie musste niesen vor lauter Lachen, das muss sie immer, es ist sehr putzig, als ob ein Kätzchen niesen müsste, und ich liebte sie dafür noch viel mehr. Und, fragte sie mich, weißt du inzwischen weiter? Nein, sagte ich, wozu? Hast du endlich jemanden gefunden? Einen Mann, eine Frau, einen Menschen für dich? Nein, wiederholte ich, auch da weiß ich nicht wirklich, wozu, es ist doch alles gut so. Finde ich nicht, sagte meine Schwester, nichts ist so anstrengend wie Alleinsein. Außerdem verschwendest du zu viel Zeit, zu viel Leben, dabei bist du doch so begabt. Keine Ahnung, wovon du sprichst, sagte ich, ich kann nichts, deshalb verbringe ich noch ein paar Jahre an der Uni, das ist die beste geschützte Werkstatt für eine wie mich. Quatsch, sagte meine Schwester, als Kind konntest du doch … Blutige Verbände malen, sagte ich, denkst du etwa, ich hätte Ärztin werden sollen? Nein wieso, entgegnete meine Schwester, Kunsthistorikerin ist doch gut, und das Schreiben hast du von Vater geerbt. Ich weiß, woher sie das zu wissen glaubt, sie hat früher meine Tagebücher gelesen, es begann, als sie dreizehn und ich fünfzehn war und endete mit meinem Auszug von zu Hause. Ich hatte sie schon bald enttarnt, hatte ein komplexes System aus kleinen Dingen aufgebaut, die auf, neben und in meinem Tagebuch lagen, ein paar Muscheln, ein kleiner goldener Lippenstift, den ich in einer Drogerie hatte mitgehen lassen und jeden Morgen in einem anderen Winkel zum Tagebuch drapierte, ein Cocktailstäbchen aus orangem Plastik in Form einer Meerjungfrau, das ich als Lesezeichen ins Tagebuch steckte. Normalerweise blickte das Plastikmädchen nach Westen. Wenn meine Schwester in meinem Tagebuch geblättert hatte, stimmte entweder die Himmelsrichtung der Nixe oder der Winkel des Lippenstifts oder die Auslegeordnung der Muscheln nicht. Zudem war da der Geruch nach getrockneten Aprikosen, von denen sie einen großzügigen Vorrat in ihrem Schreibtisch gebunkert hatte. Sie hinterließ ihre Spuren, und ich beobachtete sie danach tagelang, doch sie verhielt sich nicht auffälliger als sonst, stellte keine Fragen und machte auch sonst keine Bemerkungen, und so sagte ich auch nichts und tat, als würden die kleinen Fehler in meinem System nicht existieren. Ich vertraute meiner Schwester meine Geheimnisse an, von denen das größte war, dass ich keines hatte, und sie bewahrte sie für sich.

An unserem Abend im weichen Leinensand ihres

Ehebetts legte meine Schwester ihren Kopf schief und versuchte, extra niedlich auszusehen. Deine Tagebücher waren großartig, sagte sie, meine Lieblingslektüre, auch wenn sie gelegentlich schmerzte, aber so wie du sah ich uns am liebsten, so genau, so ironisch und so voller Gefühl, auch wenn du das gar nicht zeigen wolltest, ich fühlte mich von dir verstanden, ich war stolz auf dich und dachte, was du über uns schreibst, ist der beste Familienroman der Welt. Ich goss ihr Champagner nach. Sie musste dringend betrunkener werden, sonst redete sie noch lange Unsinn. Es half nichts. Wo siehst du dich, fragte sie, in fünf Jahren, in zehn, in dreißig? Was ist deine Lieblingsvision von deinem Leben? Ich suchte nach einer Antwort, doch in mir hatte sich eine Leere ausgebreitet, eine gelassene, angenehme Leere, ich dachte, genau hier sehe ich mich, in diesem Zustand, der dem Meer gleicht, dem stillen Meer, dem keine Welle, keine Gezeiten, kein Sturm anzumerken sind. Ich schob meine Hand unter den Pullover meiner Schwester, suchte auf ihrem warmen runden Bauch nach der Kaiserschnittnarbe, sie lag da wie ein kleines Lächeln, ich nenne sie das Lächeln der Mona Lisa. Als mein Neffe zur Welt gebracht worden war, als er den Bauch meiner Schwester durch einen blutigen Mund hindurch verlassen hatte, da war die Vorstellung für mich fast nicht zum Aushalten gewesen, dass jemand die glatte junge Haut meiner Schwester mit einem Skalpell aufgeschnitten hatte und Menschen mit ihren Händen die Wundwände aufgerissen und ein ganzes Leben aus ihr herausgeholt hatten. Es war das einzige Mal, dass mich der Gedanke an einen Körper, der versehrt wurde, in Panik versetzte. Meine kleine Schwester war meine Weltkugel, ihr durfte kein Leid geschehen. Jetzt liebe ich die Narbe, sie erhebt sich wie ein pulsierendes, atmendes Relief, das auf den ersten Blick nichts darstellt, es könnte von einem Kind gefertigt sein, doch gerade das stimmt nicht, es wurde für ein Kind gefertigt. Hier, sagte ich, genau da sehe ich mich, da möchte ich hin, in diese warme gute Unterwasser-Höhle, in diesen Schutz, das wäre eine Vorstellung, die mir gefallen könnte. Eine Meerjungfrauen-Existenz. Vergiss es, sagte meine Schwester und küsste mich auf den Hals.

Es wäre schön, meine Schwester jetzt hier zu haben, wir könnten mit dem Rad am Meer entlang in die nächste größere Stadt fahren, es gibt dort einen Brunnen, der pinkes Wasser speit, er würde sie zum Niesen bringen, sie könnte mich in das gute Fischlokal in der Altstadt einladen, von dem Maria erzählt hat, wir hätten tagelang zu reden, über Vater, über Maria, über Jo, über alles, worüber meine Schwester reden möchte, doch sie hat schon lange keine Zeit mehr für diese Art von Tagen. Und so sitze ich am Strand oder auf der Terrasse vor Vaters Häuschen und lese so viel wie noch nie in meinem Leben und tauche ab in Jo. Vater schaut mir zunehmend besorgt zu und fragt, ob ich nicht lieber ausgehen und mir eine kleine Urlaubsaffäre anlachen möchte, einen jungen Mann mit einer Vespa oder einem Motorboot oder wenigstens einem Surfbrett, von denen gibt es hier doch so viele, sagt er, ich könnte dich mit einigen bekannt machen. Danke, sage ich, kein Bedarf. Ich mache mir Sorgen, sagt Vater, hast du etwa eine Depression, hast du dich deshalb ans Meer geflüchtet, möchtest du darüber reden? Es wäre mir lieber, wenn Vater wieder schweigen würde.

Der Tag, als die Schulpsychologin sagte, dass ich womöglich unter einer leichten Autismus-Spektrum-Störung leiden könnte, war meine Erlösung. Ich war zwölf und hatte endlich eine Ausrede. Dafür, dass ich als kleines Kind lieber allein in Pfützen gehockt hatte, als mit anderen zu spielen. Dafür, dass mich Puppen nur als Opfer schlimmer Unfälle interessierten. Dafür, dass im Volleyball meine Schläge extrahart waren und die anderen Mädchen sich fürchteten. Dafür, dass ich im Schultheater am liebsten die böse Mutter spielte und immer einen Grund fand, meine Tochter oder meinen Sohn zu ohrfeigen. Dafür, dass ich von allen Kindern einzig meine Schwester weder meiden noch schlagen oder vertreiben wollte. Meine Mutter fragte die Schulpsychologin bloß, wie schlimm es denn um mich stehe. Überhaupt nicht schlimm, sagte ich an ihrer Stelle, mir gehts doch gut. Die Schulpsychologin hatte mich aufgeboten, weil der Deutschlehrer mit ihr geredet hatte, in meinen Aufsätzen sei ein auffälliger Mangel an Empathie gegenüber sämtlichen Lebewesen außer Fröschen und meiner Familie feststellbar, hatte er gesagt, es könne nicht sein, dass ein Kind in meinem Alter beim Anblick von Schäfchen und Kälbchen nur ans Essen denken und jeder Kontakt zwischen zwei Personen mit dem Tod der einen enden würde. Seine Vorgängerin, eine ältere Dame, die ich je nach Frisur Stabheuschrecke oder Wiesenschaumkraut taufte und die schon alles gesehen und gelesen hatte, mochte meine Aufsätze genau deshalb, sie fand sie erfrischend morbid und für mein Alter ungemein sarkastisch. Wow, Gina, sagte sie einmal, acht Leichen auf zwei Seiten, dein neuer Rekord, da tropft ja das Blut regelrecht aus deinem Aufsatzheft, doch der Neue war sehr jung, kam von der Uni, trug einen betroffen wirkenden Schnurrbart und suchte nicht nur meinetwegen die Schulpsychologin auf. Er hätte auch einfach sagen können, Gina ist ein ungewöhnlich kaltes, böses Mädchen, seine Idee mit dem Autismus war eine sensible Interpretation zu meinen Gunsten. Oma lachte, als Mutter ihr von der Diagnose erzählte, für mich ist das Kind gesund, sagte sie, Gina wird kein Therapiefall wie ihr Vater. Damit hatte sich meine herbeigeredete autistische Streifung, wie Oma das nannte, erledigt, und man ließ mich leben. Im Gegensatz zu Oma gab ich der Schulpsychologin insgeheim recht. Ich hatte mich lange genug beobachtet, um zu wissen, dass etwas mit mir nicht stimmte. Nichts Schlimmes, wie gesagt, ich war nicht unglücklich, und wären die Aufsätze mit ihren vernachlässigten Haustieren, ihren Rhapsodien über Schnitzel und genüsslich inszenierten Mordopfern nicht gewesen, so wäre auch niemandem außer mir etwas aufgefallen. Ich war bloß eine Spur kühler und emotional nicht so geschmeidig wie meine Schwester, die trotz ihrer nerdigen Selbstvergessenheit ein reizendes, zugängliches, anteilnehmendes Kind sein konnte, eines, das beim Einkaufen mit wildfremden Menschen in ernste Gespräche über Apfelsorten und die richtige Würzung von Würsten geriet.

Ich war vierzehn, als ich schön wurde, als mein Körper alles unternahm, um mich von den anderen abzuheben, um mich über die anderen hinwegzuheben, als die Leute begannen, sich nach mir umzudrehen und sich beschämt wieder wegdrehten, weil man einer Vierzehnjährigen noch nicht allzu lange nachschauen sollte. Doch allen war klar, dass sich da etwas entwickelte wie früher Fotos in der Dunkelkammer, dass aus dem undefinierten Kinderkörper eine Frau wurde, feingliedrig, ebenmäßig und betörend, ich war Bambi mit den Wangenknochen einer Nofretete, und hätte Mutter mich zu Schönheitswettbewerben zugelassen, ich hätte jeden gewonnen. Mein Körper wurde zu meinem Versteck, mein Verhalten änderte sich, wenn mir die anderen zu viel waren, flüchtete ich nicht mehr, ich flüchtete mich jetzt in den Mittelpunkt. Denn im Mittelpunkt ist es ruhig, er ist das stille Auge des Sturms, dem sich die anderen in furchtsamer Bewunderung nähern, der Mittelpunkt macht die scheusten, gehemmtesten Menschen süchtig, weil er sie befreit. Im Mittelpunkt regierte ich. So lange, bis ich die Welt nach meinem Willen neu geordnet hatte, bis sie sich um mich drehte, bis alle Augen an mir hingen und ich mich verabschieden konnte. Nicht physisch natürlich, mein Körper blieb am Ort, blieb auf dem Schulhof, in der Turnhalle, auf dem Eisfeld oder im Club, schwamm im Sommer seine Runden im Freibad, räkelte sich danach in einem kaum vorhandenen Bikini, legte im Klassenzimmer die schlanken, muskulösen Tänzerinnenfüße auf den Tisch, doch meine Gedanken tauchten ab. Ich würde gerne behaupten, dass sie in genialische Gefilde abtauchten, dass ich dort Romane schrieb, Filmstar wurde oder die letzten Rätsel der Medizin löste, doch mein Denken verabschiedete sich nicht nur von der Oberfläche meines Körpers, es setzte einfach aus. In mir war Leere. Sie war kein Zustand. Sie war mein Lieblingszustand.

Die Einzige, der meine inneren Abwesenheiten und allgemeine Ziellosigkeit auffielen, war meine Oma. Und deshalb war ich froh, als sie beschloss, dass ihrer Enkelin am besten mit einem Kunstgeschichtestudium geholfen werden könne. Du interessierst dich doch dafür, fragte sie mich, ich an deiner Stelle wäre damit sehr glücklich geworden, aber für mich war so was undenkbar. Ich dachte an die fantastische Ikonografie des Christentums mit seinen geflügelten und gehörnten Fabelwesen und den wundertätigen Heiligen samt ihren Martyrien. An den mehrfach von Pfeilen durchbohrten Sebastian, an Agatha, der die Brüste mit glühenden Zangen zerrissen und abgeschnitten wurden, an Lucia mit dem Lichterkranz, der die Augen ausgestochen wurden, an Jesus am Kreuz. An den Mann ohne Ohr. Ja, wieso nicht, sagte ich. Gut, sagte Oma, du machst mir eine Freude.

Der blaue Tag am Meer geht blau zu Ende. Jetzt ist das Blau verhaltener, dunkler, ein Schattenblau, bald ein Nachtblau, und irgendwann sind Meer und Himmel tintenschwarz. Ich wasche das wenige Geschirr, das Vater und ich gebraucht haben, es war ein stummes Mahl, er musste dringend einen Nachruf schreiben, auf eine alte Frau, die im Hospiz gestorben ist. Sie soll an der Scala in Mailand gesungen haben, aber so genau weiß das hier niemand, vielleicht war es auch nur in einer Karaoke-Bar oder in einem Kirchenchor, deshalb gibt Vater sich besonders viel Mühe, er will ihr ein Leben auf den toten Leib schreiben, eines, das die Leute berührt, es wird ihm gelingen, das weiß ich. In den kleinen Dingen kann er groß sein. Ein Riese. Ich umarme ihn kurz, frage, wie viel, 7000 Anschläge, sagt er, aber ich bin erst bei 3800, gut möglich, dass ich scheitere. Quatsch, sage ich, du scheiterst nicht, nicht an einem ganzen Leben, doch sagt er, es ist ja nicht mein Leben. Eben, sage ich, du scheiterst doch immer nur an deinem Leben, versuche es mal mit einem Buch, das nicht von dir erzählt. Vater schaut mich an, als würde ich mit einer geladenen Pistole auf ihn zielen. Ich streiche ihm durch sein immer noch volles Wikingerhaar. Wie viele Haare trägt ein Mensch auf dem Kopf, frage ich, 150000 sagt er, natürlich weiß er das, 150000 Anschläge sage ich, das wäre doch mal eine flotte Zielsetzung für eine Novelle über einen dir ganz fremden Menschen. Du bist wie deine Mutter, du willst mich einfach nicht verstehen, sagt er, nimmt meine Hand von seinem Kopf, drückt einen Kuss darauf und muss über sich selbst lachen. Gute Nacht, ich gehe lesen, sage ich, geh besser schlafen, sagt er und schaut mich an, lange, lieb und mit der winzigsten Angst in den Augen, so, wie man jemanden anschaut, in dem man Keime von sich selbst zu erkennen glaubt und nicht weiß, ob sie sich zu einem Glück oder einem Unglück auswachsen. Ich weiß wirklich nicht, wieso du so viel liest, du musst ja längst platzen vor lauter Stoff, möchtest du nicht endlich mit Schreiben beginnen?

Ich lege mich in das schmale und etwas zu weiche Bett und versuche, durch das Fenster die Lichter des Grand Hotel zu sehen. Doch etwas versperrt mir die Sicht, es ist nicht nur der Felszacken, der ins Zimmer ragt, es ist mehr, es ist, als löse sich der Stein in ein blaues Flimmern auf, so erschöpft sind meine Augen vom Lesen. Ich verspreche mir, morgen eine Pause zu machen, schließe die Augen, versuche, sie zu entspannen, überlege, ob ich mir ein feuchtes Tuch auflegen soll wie früher bei Kopfschmerzen. Oma war sich sicher, dass feuchte Tücher gegen jede Art von Irritation helfen, gegen Kopfschmerzen, gegen Fieber, gegen Schwindel, ich war mir nie sicher, ob die Tücher wirklich wirkten, aber sie beruhigten mich, mir war, als würde mir Mutter oder Oma minutenlang ihre warme oder kühle Hand auflegen. Ich öffne die Augen wieder, das Flimmern hat sich verfestigt und bewegt sich jetzt innerhalb eines Umrisses, einer menschlichen Silhouette, und als mir all die wimmelnden Punkte und Wellenlinien ein Gesicht zuwenden, erkenne ich sie, ich habe sie schon seit

Tagen erwartet. Willkommen, sage ich, und ganz sacht beruhigt sich die Erscheinung, sie bleibt noch immer unscharf, doch ich erkenne deutlich das Gesicht, es ist Jos schönstes Gesicht, sie hat es nach Theos Tod getragen, ihr Trauergesicht, schmaler als sonst, die kindlichen Fransen, die sie sich in ihrer Hilflosigkeit immer geschnitten hat, sind glatt aus dem Gesicht gekämmt, sie sitzt mit angezogenen Beinen auf dem Stein in meinem Zimmer. Eine kleine Brosche aus Perlen schimmert durch die Dunkelheit, ihre Augen glänzen, sie trägt ein langes Kleid, ihre nackten Füße schauen unter dem Saum hervor, sehr kleine Füße, so wie auch ihre Hände sehr klein sind, Kinderfüße, Kinderhände, denke ich, aus meiner Lektüre weiß ich, dass sie gut zwei Köpfe kleiner ist als ich.

Brauchst du etwas, frage ich. Nein, sagt sie und wendet mir ihr ernstes Gesicht zu, aber du brauchst mich. Ich weiß, sage ich. Gut, sagt sie, wir verstehen uns, ich dachte nicht, dass das so einfach ist, ich dachte, du bist schwieriger. Wie soll ich schwierig sein, wenn ich doch nichts bin, frage ich. Genau, sagt Jo, weißt du, ich habe viele Frauen wie dich gekannt, viele Künstler hätten ohne Frauen wie dich nicht sein können, sie hätten keine wesentlichen Bilder gemalt und hätten sich nie erhaben gefühlt, Frauen wie du stellten eine Herausforderung dar, sie mussten etwas schaffen, das ihre Schönheit nicht nur abbildete, nein, das ihr gleichkam oder sie noch übertraf. Außer Vincent, sage ich. Außer Vincent, sagt Jo, Vincent hatte eine andere Vorstellung von schönen Menschen, er suchte keine ästhetische Vollkommenheit, er suchte das Gegenteil, die Prostituierte mit dem abgearbeiteten Körper, die schwangere Bäuerin auf dem Feld, die belgische Minenarbeiter-Familie, die den Kartoffeln gleicht, die sie isst, den komischen alten Mann, die verwachsene Wirtin, Menschen ohne körperliche oder gesellschaftliche Vorteile. Doch vielleicht wäre auch er so geworden wie viele andere, wenn er länger gelebt hätte, wenn er Anerkennung gefunden hätte, vielleicht hätte er sich dann auch Musen und Mätressen ins Atelier bestellt und sie verklärt und immer schamloser und erotischer porträtiert, bis die Bilder Skandale geworden und in den Galerien nur noch hinter Vorhängen ausgestellt worden wären. Wie viele Männer hast du eigentlich schon gehabt? Das weiß ich nicht so genau, sage ich, viele? Wie viele? Ungefähr so viele, wie ich alt bin? 24, fragt Jo. Gut möglich, sage ich. Sie schüttelt den Kopf, schaut aus dem Fenster, lacht leise, bin ich jetzt für dich eine Nutte, frage ich. Nein, sagt sie, als Nutte wärst du mit nur 24 Freiern längst im Armenhaus oder tot, dir fehlt offensichtlich jede Geschäftstüchtigkeit, mit deiner Anzahl Liebhaber wärst du eher eine vom Theater, eine Tänzerin vielleicht, eins der Ballettmädchen, die Degas malte. Du kennst ihn sicher, einer der wenigen Männer, bei dem die Mädchen sich aufs Modellstehen freuten, weil er schön war, der Vater Italiener, die Mutter eine Kreolin aus New Orleans, ein ausgezehrtes, melancholisches Gesicht, dunkle Augen, dunkles Haar, ein eleganter Mann. Doch wenn sie ihn kennenlernten, fürchteten sie ihn, Degas war ein kalter Mann, ein brutaler Mann, er verlangte, dass die Mädchen stundenlang nackt in einer Verrenkung vor ihm posierten, sich in eine Wanne mit kaltem Wasser stellten, die Beine spreizten, und wenn sie aufbegehrten, warf er sie aus seinem Atelier, nackt, die Kleider hintendrein. Er war ein Voyeur und malte für Voyeure, besonders seine Ballettmädchen, jeder wollte damals ein Ballettmädchen. Kennst du die Opéra in Paris, es gab da hinter der Bühne ein riesiges Foyer, ein Prachtsaal, über zehn Meter hoch, goldene Säulen, Spiegel, Gemälde, einer der größten und teuersten Kronleuchter von Paris, die reichen Sponsoren der Opéra nutzten ihn wie einen Club, sie flätzten sich in Sesseln, streichelten ihre Bäuche, die sie sich teuer angefressen hatten, Wohlstandsfett, sagte Theo immer. Sie tranken Champagner und Cognac, rauchten ihre Zigarren, machten Geschäfte und schauten den Tänzerinnen zu, die sich mitten unter ihnen aufwärmen und umziehen mussten, schauten ihnen unter die Tutus, wenn sie eine Arabesque oder eine Attitude übten, fraßen die Frauen, die weniger am Leib trugen als alle anderen, mit ihren Augen und führten sie ihrem Wohlstandsfett zu. Sie sagten, ein Ballettmädchen, eine Ballettratte, *un petit rat*, sei auch im Bett gelenkig, wie eine Puppe, wie aus Wachs. Kennst du die 14-Jährige von Degas? Ich weiß, was Jo meint, die kleine Tänzerin, die etwas gelangweilt am Rand einer Probe zu warten scheint, ihr Blick geht zur Decke oder vielleicht auch zum Himmel, Degas hat sie in Lebensgröße aus Wachs geformt, immer wieder hielt er ihren Körper in den Händen, kein kalter Körper wie jene Bronzeskulptur, die viel später nachgegossen wurde, ein warmer, geschmeidiger Körper, der sich den Berührungen des Künstlers fügte, sich verformen ließ, ihre Haut klebte an seinen Händen. Sie hieß Marie, er nannte sie Äffchen, sagt Jo, und Ratte, erst als er alt war, entschuldigte er sich, er habe Frauen wohl viel zu lange mit Tieren verwechselt. Als er auf Marie stieß war sie elf, drei Jahre lang posierte sie für ihn, drei Jahre lang bearbeitete er sie, dann stellte er sie aus. Ein Skandal, sage ich, natürlich, sagt Jo, er hatte sie in ein echtes Tutu gekleidet, hatte ihr eine Perücke aus Pferdehaar mit einer grünen Schleife auf den Wachskopf gesetzt, das Publikum hielt sie erst für einen Witz, dann für eine Zumutung. Die Kritik, sage ich, nannte sie eine Blüte frühreifer Verderbtheit, ein Gefäß aller künftigen Laster, einer schrieb, ihr Mund gleiche einer Tierschnauze. Dabei, fällt mir Jo ins Wort, war Marie bereits lasterhaft, bereits seit ihrem elften Jahr, bereits da hatte die Opéra von dem Mädchen verlangt, dass sie mit den viel älteren reichen Männern mitgeht, mit den Sponsoren, dass sie sich erniedrigen und missbrauchen lässt, ihre fetten Wohlstandsschwänze in den Kindermund nimmt und die dünnen Beine für sie im Spagat spreizt. Die Opéra unterschied sich darin nicht von einem Bordell, die Decke des Foyers hinter der Bühne war gar nach einem Bordell gestaltet, und im goldenen Zierrat fand sich eine geheime Galerie für gut situierte Voyeure, die unerkannt bleiben wollten, oft Herren aus dem Elysée, die dort anonym ihre Verlustierware aussuchten. Viele der jungen Tänzerinnen wurden einzig nach dem Grad ihrer erotischen Verwertbarkeit eingestellt, nicht, weil sie tanzen konnten, sagt Jo, und je besser das Bordell funktionierte, desto mehr Sponsorengelder erhielt die Opéra. Der Lohn der Mädchen stand in keiner Beziehung zu ihrem Einsatz, aber er war genug, dass das Gossenkind Marie ihre Familie miternähren konnte. Hast du Marie kennengelernt, frage ich, nein, sagt Jo, ich kam erst nach Paris, als sie schon verschwunden war, die Opéra hatte sie bald nach dem Skandal entlassen, niemand weiß, was aus ihr geworden ist, wahrscheinlich eine ganz gewöhnliche Prostituierte, wie ihre Schwester, wie ihre Mutter. Sie war so alt wie die javanischen Tänzerinnen an der Weltausstellung, denen du begegnet bist, so alt wie Taminah, Wakiem, Soekia und Sariem, sage ich. Ja, sagt Jo, einfach ein Mädchen, das Pech hatte, die kleine Marie Geneviève van Goethem, van Goethem wie von Goethe, wie Wolfgang von Goethe, den ich und Theo und Dries so gerne gelesen haben. Vielleicht war Marie seine entfernte Verwandte, sie hat es nie erfahren, weil sie Goethe nicht gekannt hat, wahrscheinlich konnte sie gar nicht lesen. Ich höre Jo zu und schäme mich ein bisschen, ich habe Goethe nie gerne gelesen, er hat mir nichts bedeutet, nicht einmal meinem Vater, der sich doch auch Dichter nennt, allerdings nicht Dichterfürst wie Goethe, so weit hätte sich Vater nie zu gehen getraut, zudem ist ihm das Wort Dichterfürst samt Goethe zu aristokratisch, und im Gegensatz zu Oma lehnt Vater jede Form von Aristokratie ab. Und dann kam Vincents Freund Gauguin, sagt Jo, und entdeckte seine exotischen Kindfrauen, die mit bloßen Brüsten am Strand saßen, und ganz Paris träumte von den geheimnisvollen Wesen. Auch Vincent, frage ich. Alle, auch Vincent. Und Theo, sagt Jo. Theo, der Syphilitiker, sage ich, ja, sagt Jo, so hängt immer alles zusammen, Angebot und Nachfrage, Ursache und Wirkung, Eros und Thanatos, zuweilen auf eine ganz banale Art.

Wir schweigen. Jo schaut aufs Meer. Ich schaue auf ihre Füße, ihre Nägel haben noch nie Lack gesehen, sie sind ganz zart, wie kleine Blütenblätter. Ich glaube, sage ich, du möchtest mir eine ganz andere Geschichte erzählen. Nicht die Geschichte von Frauen wie Marie, die gemalt wurden, sondern die Geschichte von Frauen, die nicht gemalt wurden. Kränkt es dich nicht, dass keiner dich erotisch gemalt hat? Wer sagt, dass das keiner getan hat, und wer sagt, dass ich nicht jede Sekunde davon genossen habe? Ich hatte einen Liebhaber, der Maler war, es war für ihn eine Form der Liebe, mich zu malen, es war für mich eine Form der Liebe, gemalt zu werden, die Leinwand wurde eins mit meiner Haut, ich glaubte jeden Pinselstrich zu spüren, und ich wurde mit jedem Pinselstrich jünger und schöner. Es gibt Bilder von mir, in die ich mich verliebte, aber wir haben sie nie freigegeben, nicht mit meinem Namen und nicht mit meinem Gesicht, zum Schluss hat er immer ein winziges Detail verändert, die Dichte meiner Brauen, die Krümmung meiner Nase, meine Haarfarbe, an seinen Vernissagen stand ich neben Bildern von mir und habe mit den Leuten geplaudert und das Modell bewundert, als würde ich es zum ersten Mal sehen, habe gerätselt, wer sie wohl sein könnte, eine Schauspielerin vielleicht oder eine junge Schriftstellerin, sie hatte etwas Weises, beinahe Intellektuelles, eine Aura, sie war nicht die langweilige brave Jo, die nach Theos Tod zur Geschäftsfrau wurde, diese Jo legte ich ab, wenn ich sein Atelier betrat, wenn er Holz im Ofen nachlegte, wenn wir warteten, dass der Raum warm würde und er die Vorhänge zog, wenn er mir einen Likör einschenkte und sich ein Bier und begann, mich auszuziehen und auf einer Chaiselongue zu drapieren, wenn er mein Bein anwinkelte und mein Knie küsste und die Innenseite meines Schenkels, wenn ich dabei seinen Schnurrbart spürte und lachen musste, wenn ich nach den anstrengenden einsamen Jahren, in denen mich nachts höchstens mein Kind gewärmt hatte, wieder weich wurde.

Ein Maler also, sage ich, und danach noch einer, sagt sie, und beide waren jünger als ich, mit dem einen war ich zusammen, weil ich ihn begehrte, den anderen machte ich zu meinem zweiten Ehemann, weil er gut war zu meinem Kind. Hätte es dir nicht gefallen, wenn die Leute an den Vernissagen über dich geredet hätten, frage ich. Haben sie ja, sagt Jo, ohne es zu wissen, gerade das gefiel mir, ich wollte nicht als mein Körper in den Gesprächen meiner Familie oder mir Fremder anwesend sein, das wäre mir unangenehm gewesen, ich wollte, dass alle über Bilder redeten, über Vincents Bilder vor allem, aber auch über die Bilder meines Liebhabers und meines zweiten Mannes. Ich selbst war kein Gesprächsgegenstand, ich war eine, die andere zum Gesprächsgegenstand machte. Nur einmal wurde ich beinahe enttarnt, es war ein kalter Sonntag nach Neujahr, ich ging mit meinem kleinen Bruder Willem durch Amsterdam, es war unmöglich, gemütlich die Grachten entlangzuspazieren, wir hasteten durch die Straßen, verbargen Mund und Nase in unseren Wollschals, der Wind trieb mir Tränen in die Augen, auf den Wangen wurden sie zu Eis. Plötzlich blieb Willem stehen, er war in dem Alter, in dem ein Junge zum Mann wird, er war ein hoch aufgeschossener Gymnasiast, er überragte mich und hatte den Stimmbruch bereits hinter sich, doch sein Gesicht war immer noch unschuldig, obwohl er so viel über die Schuldhaftigkeit der Menschen wusste. Er hatte begonnen, sozialistische Schriften zu lesen und war ein Verehrer von Marx, ich konnte kaum mithalten mit ihm, er hatte eine Art, eine Idee zu entwickeln, rasend schnell mit ihr voranzustürmen und daraus eine Theorie zu formen, es war klar, dass dieses Kind das weitaus klügste in unserer Familie war. Er hielt mir unter seinem Wollschal einen Vortrag über die kapitalistische Gefahr, wie er es nannte, darüber, dass der Reichtum der einen die Armut der anderen befördere und dass es innerhalb jeder Klasse weitere Abstufungen nach unten gab, und zuunterst war immer die Frau oder der Fremde oder die Frau des Fremden. Du hast Glück gehabt, sagte er zu mir, dass du dich und den kleinen Vincent selbst ernähren kannst, andere an deiner Stelle hätten nach dem nächsten Gatten gesucht oder wären zurück zu den Eltern gezogen, und angenommen, du wärst die Frau eines armen Arbeiters gewesen und wärst als junge Witwe mit einem Kind zurückgeblieben, dann wärst du vielleicht auf die Straße gegangen. Das wäre ich nicht, sagte ich, stell dir vor, dazu bin ich viel zu schamhaft. Gut, sagte er, dann wärst du vielleicht eine Verbrecherin geworden, das wäre das Letzte, was dir geblieben wäre, du hättest an die Türen wohlhabender Witwen geklopft, hättest sie um etwas Brot und eine Tasse warmer Milch für meinen Neffen gebeten, und während sich die Frauen in der Küche zu schaffen machten, hättest du nach ihrem Schmuck gesucht oder nach etwas Geld oder einer wertvollen Tabakdose, und wenn sie dich erwischt hätten, hättest du sie einfach niedergeschlagen, schließlich wärst du die Stärkere gewesen, auch, weil du dich schon öfter auf der Straße um die Essensreste eines Restaurants geprügelt hättest, fauliges Gemüse, verkochte Kartoffeln, ranzige Butter, Fleischreste, die zu sehnig waren, als dass man sie hätte auftischen können. So, hätte ich das, lachte ich und boxte Willem in die Seite.

Plötzlich blieb er stehen, brach mitten in seinem Vortrag ab, wir standen vor einer Galerie, und im Schaufenster hing das Bild einer Schlafenden, sie war nicht nackt, sie war halbwegs züchtig von einem Laken bedeckt, doch ihren Wangen und ihrer wollüstigen Hingegossenheit war anzusehen, dass sie geliebt worden war. Und ja, die Frau war ich, sagt Jo, ich erinnerte mich an den Nachmittag in seinem Atelier, der Tag war trüb, die Sonne grau verschleiert, das Licht änderte sich von den frühen fahlen Morgenstunden bis zum Einbruch der Dunkelheit nicht, es war ein etwas trauriges und sehr sanftes Licht, es nahm den Dingen und den Menschen ihre Schärfe, eines ging ins andere über, der Ruß aus den Kaminen hing schwerer in den Straßen als sonst, der Weiher im Park vor dem Atelier verschwamm mit der Wiese, der Graureiher, der auf Beute wartete, war nichts als ein paar silberne Striche auf einer Kohlezeichnung. Es war ein Tag, an dem man gar nicht anders konnte, als sich zu lieben, lange, hingebungsvoll, immer wieder, man hätte sich sonst allzu verloren gefühlt. Dazwischen schlief ich ein, und mein Liebhaber malte mich. Und weil ich die Augen geschlossen hielt, veränderte er nichts an meinem Gesicht, einzig mein Haar erhielt einen kastanienbraunen Schimmer. Ich erkannte mich sofort. Und ich sah, wie Willem etwas zu erkennen glaubte, doch zum Glück war er unfähig, die Verbindung zwischen der Schlafenden und seiner eingemummten, vor Kälte ganz steifen Schwester zu machen. Die ist schön, sagte er, richtig schön, ich glaube, sie hatte den Maler gern und er sie. Woher willst du das wissen, sagte ich, du Kind du, er wandte sich mir zu, mit seinem Knabengesicht und seiner Männerstimme und sagte, ich weiß das eben, ich bin jetzt schon lange genug auf der Welt, um etwas von der Liebe und den Frauen zu verstehen, du machst dir keine Vorstellung von der Zärtlichkeit der Frauen, vom Wunder, das sie sind, von … Doch, unterbrach ich ihn, ich bin schließlich selbst eine Frau, sag, ist dein älterer Bruder etwa schon mit dir in ein Bordell gegangen? Dries, fragte Willem zurück, und sein Erröten verriet mir, dass ich nicht falsch lag, Dries ist ein verheirateter Mann, der tut so was nicht, sagte er. Lüg mich nicht an, kleiner Bruder, dachte ich, sagte aber nichts, es war nun einmal so, eine feste Familientradition, Vater hatte vor vielen Jahren Dries in ein Bordell gebracht, hatte seine Entjungferung im Voraus bezahlt und ihn zwei Stunden später wieder abgeholt. Es hatte nicht die beabsichtigte Wirkung gezeigt, Dries war verstört nach Hause gekommen und hatte sich wenige Wochen später in die brave, blonde, strenge Annie verliebt und ein paar Ticks entwickelt, etwa den mit den Frisuren. Man könne einem Mann anhand seiner Haare ansehen, aus welchem Milieu er komme, sagte er, die Vertreter der Bohème sähen immer aus, als kämen sie direkt aus einem Liebesnest, ungekämmt, langhaarig, keinerlei Ordnung auf dem Haupt, dabei sei ein klar gesetzter, gerade gezogener Scheitel wichtig, so falle es auch den Gedanken leichter, klar und ordentlich zu sein. Es kann sich dabei nur um die Abwehr von allzu aufwühlenden Erfahrungen gehandelt haben, schließlich verehrte er die Bohème und war mit Annie nicht glücklich, aber er selbst schaffte es nicht, die Grenzen seiner Verklemmtheit, die er damals im Bordell hatte überschreiten müssen, erneut hinter sich zu lassen. Willem war empfänglicher, dachte ich, Willem ging in meine Richtung, ich riss ihm in einer Aufwallung von Geschwisterliebe seine verschneite

Mütze vom Kopf, drückte ihn an mich, fuhr mit meiner Hand durch sein volles, weiches Haar und brachte es in die größtmögliche Unordnung. Dann genieße die Liebe, sagte ich, die körperliche, die seelische, die naive und die verstörende, genieße sie mit deinem ganzen Wesen, aber bring dabei niemanden in Gefahr, nicht dich und nicht deine spätere Frau und deine Kinder, nicht so wie Theo, der in allem so vorsichtig war, nur mit seinem Körper nicht, und der riskierte, dass seine Frau und sein ungeborenes Kind sich ansteckten und selbst erkrankten, ich bitte dich, kleiner Bruder, gib acht. Genau dies hat mir Dries auch schon geraten, sagte Willem mit ernsten dunklen Kinderaugen, ich halte mich daran. Ich mich nicht, dachte ich, nicht mit meinem Liebhaber, dessen Bild von mir vor Willem im Schaufenster der Galerie hing. Meine einzige Vorsicht war, dass ich kein weiteres Kind mehr wollte. Wobei die Vorsicht nicht der Grund war, der Grund war die Liebe, der kleine Vincent war meine lebenslange Liebeserklärung an Theo, meine Liebesversicherung, denn Theo, das wusste ich und weiß ich immer noch, Theo sollte meine Lebensliebe bleiben, die größere, die größte Liebe.

Ich wundere mich, unterbreche ich Jo, ich wundere mich über deine Besessenheit mit den Prostituierten und ihren Bordellen, deine Erinnerungen sind voll davon. Versteht sich das nicht von selbst, fragt Jo zurück, die Prostituierte steht für vieles, für die Frau und die Lust, die Frau und das Kapital, die Frau und die Kunst, die Frau und die Krankheit. Sie ist Grundlage und Schicksal zugleich, vergöttert und verdammt. Einer Stadt wie Paris, einem Milieu wie jenem von Vincent und Theo hätte es ohne sie an vielem gefehlt, ich habe sie bewundert, bemitleidet und gehasst. Jos Gesicht ist durchsichtig geworden, die ganze Gestalt ist durchsichtig, ich strecke die Hand aus, versuche, sie zu berühren, doch meine Hand gleitet durch sie hindurch, durch ihr Kleid, durch ihren Oberschenkel, ich treffe auf den Stein unter ihr, schnell ziehe ich meine Hand zurück, ich will nicht, dass sie verschwindet.

Gut, jetzt du, sagt Jo, erzähle mir von dir und denen, die dir wichtig sind, sie lässt ihre Knie los und lässt sich zurückfallen, bis ihr Kopf auf dem Stein aufliegt, ein hartes Bett, es scheint sie nicht zu stören. Ich bin Gina, 24, sage ich, studiere Kunstgeschichte, bin Schwester, Enkelin, Tochter … Das weiß ich doch, sagt Jo, langweile mich nicht, obwohl die Reihenfolge interessant ist, du bist also von all deinen verwandtschaftlichen Verhältnissen am liebsten Schwester, das ging mir ähnlich, und jetzt erzähle mir etwas, das ich noch nicht weiß, deine Lieblingsgeschichte oder etwas über die Liebe. Ich kenne jeden deiner Schritte und Gedanken, seit du dich mit mir beschäftigst, seit du mich mit dir herumträgst, ich begleite und beobachte dich, aber ich habe noch nichts über dich und die Liebe erfahren, das ist doch seltsam. Ich bin eben anders, sage ich, mich interessiert die Liebe nicht, natürlich habe ich Sex, alleine, zu zweit, zu dritt, zu viert, ich mag Sex, mein Körper ist eine empfindsame Landschaft, ich liebe die Erregung, den totalen Selbstverlust, das Gefühl, als wäre ich ein schwebendes Etwas, entkernt, entbeint, mir selbst abhanden gekommen, ich liebe es, mich danach in einem Spiegel wiederzufinden, das Leuchten meiner Haut, der vergrößerte, entrückte Blick, die wunden Lippen, die Abschürfungen der Ekstase. Was darüber hinausgeht, ist mir fremd, die Verschmelzung mit einem anderen Menschen, seine Verklärung, überhaupt die Romantik, ich versuche, mich an die Stelle einer romantischen Heldin zu setzen und finde mich lächerlich, ich ziehe jede Freundschaft mit gelegentlichen Vorteilen einer Liebe vor. Was nicht heißt, dass ich die Liebe als kulturelles Konstrukt nicht interessant finde, in der Literatur, im Film, und ich liebe sie in den Nacherzählungen deines Lebens, in den Liebesbriefen von dir und Theo, wenn du ihn kokett fragst, ob du wirklich seine Sonne seist, das ist süß, in deinen Tagebüchern, wie sich deine Wahrnehmung von Theo verändert hat, wie unermesslich das Leid war, das sein Tod in dich hineingegossen hat. Selbst in deinen Haushaltsbüchern finde ich Spuren eurer Liebe, Geschenke, die ihr einander gemacht habt, Belege von gemeinsamen Restaurantbesuchen, deine Haushaltsbücher sind wie Gedichte eines Alltags, bis hin zur großen Erschütterung, Krankheit und Tod, erst Vincent, dann Theo, alles festgehalten in den Ausgaben für Ärzte, für Särge, Totengräber und Grabsteine, für die letzten Blumen, deine Trauerkleider. Und das, sage ich, finde ich ergreifend. An mir ist nichts ergreifend. Ich bin eine dekorative Banalität, und das ist gut so.

Dekorativ ja, banal nein, sagt Jo, du denkst, du weißt nicht, was die Liebe ist? Du bist noch sehr jung, mit 24 wusste ich das auch nicht. Aber mit 26, widerspreche ich, mit 26 wusstest du, dass du Theo über alles liebst, ich werde diese Gewissheit auch mit 26 noch nicht haben. Und was war eigentlich mit Eduard, dem angehenden Herrn Doktor, von dem du dachtest, dass er um deine Hand anhalten wird? Mit Eduard war gar nichts, sagt Jo, er war erst eine Illusion, dann eine Erschöpfung, er war nie auch nur die Möglichkeit einer Realität, ich war höchstens ein Ersatz für seine tote kleine Schwester, mehr nicht, eine kurze Sucht, vor der ich mich rechtzeitig retten konnte, was ich damals für ihn fühlte, war alles angelesen, war etwas, das ich nur aus Romanen kannte. Soll ich dir meine Eduard-Geschichte erzählen, frage ich Jo. Hast du denn eine? Ja, sage ich, eine Nebensache, die ich bereits vergessen hatte, aber du hast mich daran erinnert, von heute aus gesehen amüsant, damals ein kleiner Skandal. Ich war fünfzehn und verliebte mich in meinen Deutschlehrer. In den Autismus-Diagnostiker, fragt Jo, die alles weiß, woran ich in den letzten Tagen gedacht habe. Nein, sage ich, in seinen Nachfolger, er war alt, nicht nur doppelt so alt wie ich, sondern genau so alt wie mein Vater. Meine Mutter kannte ihn, sie fand ihn charismatisch, das sagte sie mir vor meiner ersten Deutschstunde bei ihm, sie sagte es mit einem verträumten Flackern im Blick. Eines Tages schaute ich ihn an und wusste, ich bin verliebt. Er hatte mich gelobt, hatte vor der ganzen Klasse gesagt, dass ich eine unvergleichliche und originelle Beobachtungsgabe besitze, Gina schreibt feuilletonistisch, sagte er, merkt euch das, es ist ein Vergnügen, sie zu lesen, ich trug die Worte mit nach Hause wie einen Schatz. Was hast du denn geschrieben, unterbricht mich Jo. Über meinen Vater, sage ich, bei jedem Deutschlehrer schrieb ich über meinen Vater, über die Zeit, als er noch zu Hause war und *Nebel* schrieb und ich ihn störte, weil ich sein Schreiben für eine unglücklich machende Angelegenheit hielt. Meine Deutschlehrer liebten diese Geschichte, natürlich hatten alle von ihnen *Nebel* gelesen, und je älter ich wurde, je öfter ich die Geschichte niederschrieb, desto besser wurde sie, desto teuflischer wurde das Kind und desto verzweifelter der Vater. Ich war selbst davon fasziniert, wie sich mit Sprache arbeiten ließ, ich verglich für mich Text mit einem Textil, denn während das Textil immer weniger und immer dünner wird, je öfter man es auftrennt und neu zusammennäht, desto reicher und konzentrierter wird der Text, diese Einsicht immerhin hatte mir mein Vater vermitteln können. Auch der charismatische Deutschlehrer war begeistert von meinem einigermaßen literarischen Aufsatz über einen Literaten und sein einziges Werk, es liest sich wie ein Atelierbesuch, sagte er, ein ungewöhnlich persönlicher Atelierbesuch. Ich fühlte mich ernst genommen, ich war ein schönes Mädchen, er war ein schöner Mann, und also machte ich ihm schöne Augen und Beine, doch er widerstand. Er war es gewohnt, dass Schülerinnen für ihn schwärmten, die Sprechstunden der Schulpsychologin waren zur Hälfte mit Mädchen belegt, die seinetwegen Liebeskummer und schlechte Noten hatten, er konnte sich damit nicht aufhalten, er hatte Familie und liebte seinen Beruf. Ich bemühte mich also um meinen besten feuilletonistischen Stil und schrieb ihm Liebesbriefe. Ich blieb nach der Deutschstunde im Klassenzimmer stehen und fragte ihn, ob er die Briefe nicht erhalten habe. Doch, sagte er, danke, hättest du gerne einen Termin bei der Schulpsychologin? Ich schrieb weiter. Ich klingelte an seiner Haustür, seine Frau öffnete, sie wusste Bescheid, sie sagte, mein Mann ist nicht zu Hause, dabei sah ich ihn in seinem Arbeitszimmer sitzen. Ich klingelte wieder, seine Tochter öffnete und sagte, lass Vater in Frieden. Immer mehr Leute wussten darüber Bescheid, sie sagten, das arme Kind, was eine Scheidung doch für Traumata auslösen kann, es sucht seinen Vater in ihm, nach all den Jahren, wie tragisch und zugleich pervers. Schließlich erzählte eine seiner Kolleginnen einem Kollegen aus dem Schulhaus meiner Mutter davon, und zum ersten Mal weinte Mutter meinetwegen und schämte sich und fragte, Gina, ist das alles, alles wahr? Ich konnte ihr nicht antworten. Meine Schwester stand daneben, schaute mich wissend an und sagte leise, der arme Mann, was du dir bloß eingebildet hast. Seither habe ich mich von alledem distanziert.

Und, fragt Jo, hast du tatsächlich deinen Vater in ihm gesucht? Vielleicht, sage ich, was weiß man schon über sein Unbewusstes, eine Nebensache, wie gesagt, eine Irrung, die ich aus heutiger Sicht niemals als Liebe bezeichnen würde, doch damals war es nicht nur ein Gefühl, es war eine Gewalt. Natürlich, sagt Jo, doch das ist nicht die Geschichte, die ich hören will. Erzähle mir eine Hauptsache.

Etwas an Jo hat sich verändert, ihr Kleid, es ist erwacht, es bewegt sich, das zurückhaltende, durchsichtige Blau ist lebendig geworden, die nur noch schwach glimmenden Punkte, die sich kaum vom Stein darunter abhoben, sind stärker geworden, sie leuchten jetzt in sattblauen Schattierungen und haben sich zu kleinen Strudeln gefunden. Allmählich geben sie ein Zentrum frei, es ist gelb, erst weißgelb, dann goldgelb, ich erkenne darin Vincents rasende Sterne am Nachthimmel über Arles. Es war im Februar, beginne ich leise und plötzlich heiser, meine kleine Schwester war am Tag zuvor elf geworden, wir hatten gefeiert, es war wie alle Geburtstage bei uns ein nervöses Fest gewesen. Einerseits fanden es Oma und Mama wichtig, dass möglichst viele Kinder kamen, schließlich sollte meine Schwester ein sozialeres Wesen werden als ich mit meinem Verdacht auf eine autistische Streifung, andererseits fürchtete Oma um jedes Möbelstück, jeden Polsterbezug, jede Glasvitrine, sie hatte einiges sogar mit alten Tischdecken und Strandtüchern abgedeckt, es war ein höchst neurotischer Anblick, als wäre dies nicht unsere Familien-, sondern unsere gespenstisch vor Licht und Staub verhüllte Stadtwohnung aus einem vergangenen Jahrhundert. Meine Schwester schämte sich, und die anderen Kinder waren derart gehemmt, dass sie einen Nachmittag lang nur flüsternd auf dem Boden nach Kuchenkrümeln suchten und sich unter dem Tisch und dem Flügel versteckten. Ihr seid doch keine Hündchen, sagte Oma tadelnd, und das versetzte der Unglücksparty den Rest, meine Schwester verzog sich weinend mit einem Buch über die hundert größten Zahlenrätsel für Menschen zwischen 9 und 99 in ihr Höhlenzimmer.

Oma und Mama waren auf die Idee gekommen, meiner Schwester Schlittschuhe zu schenken, sie waren beide gute Eisläuferinnen, besonders unsere Mutter. Vater hatte sie einst seine Winterlibelle getauft, das war an ihr hängen geblieben, es war die treffendste Beschreibung, die Vater jemals eingefallen war, denn Mutter legte sich immer einen langen glitzernden Schal um, wenn sie aufs Eis ging, sie ließ ihn wie schillernde Flügel hinter sich herflattern und hüllte sich bei den Pirouetten in eine Spirale aus Pailletten, sie war eine richtige Fee. Oma glich einem alten Filmstar mit ihrer Pelzmütze und dem Kaschmircape, sie war nicht so biegsam wie Mutter, aber sie war sicher, ihre Kurven waren wie mit dem Zirkel gezogen, ihre Drehungen elegant. Ich hätte gerne mit den beiden mitgehalten, aber meine latente Disziplinlosigkeit hinderte mich daran, ich hätte richtig üben müssen, doch es reichte, dass ich mich freute, wenn wir im Winter loszogen, zur Eisbahn oder zu einem der kleinen Seen außerhalb der Stadt. Am Tag nach dem Geburtstag meiner Schwester freute ich mich besonders, denn zum ersten Mal würde sie mitkommen, wir wären zu viert, ich würde mich um sie kümmern, sie würde endlich ihre Angst vor jeder Art von Sport verlieren, sie würde sich auch nicht mehr dick fühlen, sondern einer glücklichen Hummel gleich übers Eis gleiten, es wäre alles ganz einfach und das Unglück vom Vortag vergessen. Ich war so aufgeregt, dass ich beim Frühstück eine Toastscheibe verbrannte und den Rauchmelder auslöste. Oma klang fast erleichtert, als sie sagte, gut, von dir ist ja nichts anderes zu erwarten. Ich hab dich auch lieb, gab ich zur Antwort, umarmte sie und öffnete dabei geschickt wie ein Dieb das Schloss ihrer Perlenkette, was sie zum Lachen brachte. Oma und ich hatten schon immer ein entspannteres Verhältnis gehabt als Oma und meine Schwester.

Wir packten also alle unsere Schlittschuhe ein, dazu jede Menge bunter Wollstulpen, Mützen und Handschuhe, nur die von Oma waren von einem untadeligen Winterweiß. Wir rannten zur Straßenbahn, stiegen fünf Stationen später in den Bus um, fuhren zur Endstation, einem Parkplatz hinter dem letzten Schulhaus und dem letzten Industriegebäude der Stadt. Wir nahmen den kurzen Pfad zum See, er lag mitten in einem Waldstück, im Sommer war er ein beliebter Badesee, er war nicht tief und erwärmte sich schnell, im Winter war er der erste, dessen Eisschicht dick genug war, uns zu tragen, ein vollkommen harmloser See, der beste, um meiner Schwester die Angst zu nehmen, dachte ich. Doch schon, als wir ankamen, bemerkte ich, dass etwas anders war, das Eis ächzte und seufzte, gab einzelne klare klagende Klänge von sich, als wäre es ein lebendiges

Wesen, das hörbar darunter litt, sich über den ganzen See ausdehnen zu müssen. Hört ihr das, fragte ich die anderen, nein, lachte meine Mutter, das muss dein siebter Sinn sein, du kleines autistisches Sensibelchen du, kommunizierst nicht gerne mit anderen Kindern, aber mit dem Eis, wenn das deine Schulpsychologin wüsste. Zwei Familien hatten kleine Tore aufgestellt und spielten Hockey. Mutter war als Erste auf dem Eis, sie trug rosa und türkis geringelte Stulpen und hatte sich den Paillettenschal umgebunden, sie glitzerte mit den Eiskristallen auf den kahlen Büschen am Ufer um die Wette. Na, wer holt mich ein, rief sie uns zu, ich, sagte Oma und glitt ihr mit schönen Schwüngen entgegen. Ich nahm meine Schwester an beiden Händen, sie stellte sich zittrig auf ihre Kufen, ich glitt rückwärts, sie ruckelte vorwärts, eine halbe Stunde drehten wir zu zweit unsere vorsichtigen Runden, dann sagte meine Schwester, geh nur, ich probiere jetzt allein. Sicher, fragte ich, ja, sicher, sagte sie, es ist wirklich nicht schwierig, und ich zog los.

Muss ich überhaupt weitererzählen, du weißt, was jetzt kommt! Ich ahne es, sagt Jo, aber ja, erzähl weiter. Ich ging zu meiner Mutter, sie summte etwas und bewegte sich mit tragischer Grazie, Eistanz, sagte sie, Torvill und Dean, Sarajevo 1984, Ravels *Bolero*. Du erinnerst dich an 1984, fragte ich, Mama, du bist *so alt*! Na, na, entgegnete sie, damals war ich etwa so alt wie du heute, und Christopher Dean, der eislaufende Polizist aus Nottingham, war der erste Mann, der mein empfängliches Mädchenherz berührte. Ich hing vor dem Fernseher, fünf Minuten lang war ich im Himmel, der Blonde in der blauen Bluse verzückte mich, er glich den Helden auf den Covern verbotener Kioskromane, dann wars vorbei, es gab damals keine Möglichkeit, diese fünf Minuten zu wiederholen, ich konnte nur hoffen, dass abends in der *Tagesschau* ein Ausschnitt gezeigt wurde. Wenn ich es mir recht überlege, glich er eurem Vater, nur dass dieser viel mehr Haare hatte als Dean. Und dann, sagte Mutter, brachte ich mir zum Entsetzen aller Ravels *Bolero* selbst bei, auf dem Flügel der Anwaltswohnung, ich hämmerte tagelang die immer gleichen paar Takte in die Tasten, ich spielte sie wochenlang, nach dem Aufstehen, bevor ich zur Schule ging, sobald ich zu Hause war und wenn Besuch kam sowieso, ich glaube, es war Folter, doch natürlich konnten mir die Erwachsenen nicht verbieten, mich in diesen Klassiker zu verbeißen. Meine kleine verknallte Mutter, sagte ich, süß, sehr süß.

Da tat das singende, klingende Eis seinen mächtigsten Seufzer, ich spürte das Echo in meinen Knochen, mich schauderte bis ins Mark, ich hörte einen Schrei, einen Hilferuf, ich schaute um mich, doch die anderen tanzten und spielten weiter, als wären sie verzaubert. Da sah ich, wie meine Schwester im schwarzen kalten Wasser versank. Ich rannte zu ihr hin, uns trennten nur wenige Meter, hinlegen, befahl ich mir, du musst dich hinlegen und den Rest vom Weg kriechen, sonst brichst du auch ein, das Wasser konnte an dieser Stelle nicht mehr als eineinhalb Meter tief sein, doch es würde genügen, es würde über meiner Schwester zusammenschlagen, über meiner einzigen, lebenswichtigen Schwester. Gerade gestern hatten wir sie gemessen und einen neuen Bleistiftstrich diskret an die Innenseite einer Schranktüre gemacht, andere Familien vermerkten die Größe ihrer Kinder stolz und für alle sichtbar an einem Türrahmen, Oma erlaubte das nicht, 128 Zentimeter war sie jetzt groß. In meinem Kopf fielen die fürchterlichsten Bilder übereinander her, mein Herz setzte aus, für eine Millisekunde bloß, es war wie in einem Traum, der nur Momente dauert, aber eine Geschichte umfasst, mit der sich ein Film füllen ließe. Ich sah meine Schwester, wie sie auf dem Weg ins Krankenhaus verstirbt, wie sie vor Ort verstirbt mit einem letzten glasigen Blick zu mir, wie der See über ihr wieder zufriert und sie ein letztes Mal mit ihrem roten Handschuh gegen das Eis hämmert, bevor sie erstickt, und da war er auch schon, der rote Handschuh, die Wolle klebte am Eis fest, zum Glück, ihr letzter Halt, ich sah ihr stummes Gesicht, das Wasser war zu kalt, der Stimmbänderkrampf, der Ertrinkende am Schreien hindert, hatte eingesetzt, gleich würde sie jede Kraft verlassen, und sie würde abgleiten, ihre Lippen waren blau, ihre Augen starr vor Schreck. Halt durch, schrie ich, wir schaffen das, ich klammerte mich an ihr fest und spürte, wie meine Finger schnell jedes Gefühl verloren, ich wünschte mir, mein Herz würde meine Brust sprengen und zu einem riesigen Ballon anschwellen, der meine Schwester aus dem Wasser zöge, besser, ich wäre tot als ein Leben ohne mein kleines, einzigartiges Lieblingswesen. Atmen, schrie ich ihr zu, gleichmäßig atmen und ruhig bleiben, obwohl ich wusste, dass dies unmöglich war, die Kälte legte sich wie eine immer enger geschnürte Zwangsjacke um ihre Lunge, und ihr Mund war bereits im Wasser verschwunden. Ich wusste, dass sie keine Feder war, doch ich hatte das Gewicht ihrer langen Daunenjacke unterschätzt, die sich mit Wasser vollgesogen hatte und uns beide wie ein Zementsack in die Tiefe zog. Ich schrie so laut ich konnte, schrie um Hilfe, schluckte Wasser, wenigstens sterben wir jetzt zusammen, war mein letzter Gedanke, wenigstens das.

Aber ihr wurdet gerettet, sagt Jo. Ja, wir wurden gerettet, sage ich, das Nächste, woran ich mich erinnere, ist der Rücksitz eines überheizten Autos, meine Schwester und ich zusammen unter einer Decke, ihr Herz schlägt viel zu schnell, doch es schlägt, ich zerfließe vor Dankbarkeit, mein Kinn blutet, dann ein Krankenwagen und eine Nacht im Krankenhaus, zur Überwachung, hey, sage ich, dein erstes Winterschwimmen, Schwesterchen, Respekt, das hätte ich dir gar nicht zugetraut, andere fangen damit bei zwölf Grad an und gehen langsam runter, du hast den harten Einstieg gewählt. Sie lächelt und muss niesen, ja, genau das war mein Plan, verrate mich nicht. Mutter hat ihr das Buch mit den größten Zahlenrätseln ins Krankenhaus gebracht, ich lese vor, sie löst fünf Stück, schließlich schläft sie über den seltsamen Wahlverwandtschaften von Eisenbahnstrecken,

Flugzeiten, Steuersätzen, Milchkühen und der gesamten Kantenlänge aller beim Bau der Pyramiden verwendeten Steine selig ein. Ihre Schlittschuhe lässt sie im Keller verrosten. Keine von uns macht ihr deswegen Vorwürfe.

Eine kleine Geschichte, schließe ich, und doch eine Hauptsache. Jos Kleid hat sich wieder beruhigt, der Sternenhimmel ist nicht mehr im Zimmer, sondern nur noch draußen über dem Meer, die zarte Erscheinung droht endgültig zu verblassen. Nicht, sage ich, geh nicht, wohin soll ich denn gehen, fragt Jo, und ihre Stimme klingt, als käme sie aus einem anderen Universum, nicht aus einem fernen, aus einem ganz nahen. Hast du die Geschichte mit deiner Schwester aufgeschrieben? Nein, sage ich, das muss ich nicht, sie ist in mein Gedächtnis geätzt, in allen Einzelheiten. Schreib sie auf, sagt Jo, halte sie fest, die Geschichte und deine Schwester. Ich denke an meine alten Tagebücher, wie leicht es mir damals fiel, für meine Schwester, meine Oma, meine Mutter kleine Nester aus Witz und Liebe zu bauen, ich spüre, dass ein Riss mitten durch meine Schale geht und dass ich mich nicht mehr davor fürchte. Gut, sage ich, morgen stehe ich auf und schreibe, und du wirst Teil davon, du wirst zu meiner anderen Schwester, du und sie und alle, die wir lieben. Jo erhebt sich von ihrem Stein und kommt mir entgegen, ich richte mich im Bett auf, sie beugt sich zu mir, ich lege die Arme um sie, doch da ist die blaue Frau bereits verschwunden, und mich durchfährt ein stechender, schneidender, sirrender Schmerz, als würden meine Hände, die ich doch auf ihren Rücken legen wollte, in mich hinein und zwischen meine Rippen greifen.

MÄNNER, DIE IN SÄRGEN LIEGEN

Jo blickt ihrem Schwager in die leeren Augenhöhlen und erkennt ihn wieder. Erkennt seinen Schädel, der etwas breiter und insgesamt rustikaler ist als der seines Bruders, sie überzieht ihn in Gedanken mit seiner sonnenverbrannten Haut, dem roten Haar und Bart, den blauen Augen, hört ihn reden und lachen. Erinnert sich an den Brief, den Theo nach Vincents Tod erhalten hat, er war in der bemüht schönen Handschrift eines Kindes geschrieben, seine Verfasserin war die Tochter von Vincents Wirtsleuten in Auvers-sur-Oise. Das Mädchen schrieb, es habe viel weinen müssen, seine Eltern hätten noch nie einen so liebenswerten Gast wie Vincent beherbergt, einen so freundlichen Menschen, einen auch, der sein Essen immer gegessen und zudem gelobt habe, auch wenn es dem Koch so grauenhaft missraten sei, dass sie selbst ihren Teller regelmäßig den Schweinen verfüttert habe, überhaupt sei Vincent ihr und ihrer Familie niemals unangenehm aufgefallen, und sein Tod sei die traurigste Tragödie, die Auvers-sur-Oise jemals heimgesucht habe.

Jetzt ist es Freitag, der 9. Juni 1905, Jo steht mit ihrer Schwester Betsy an Vincents Grab in Auvers-sur-Oise und bringt ihn um seine Ruhe. Sie lässt ihn exhumieren, sie hat auf dem gleichen Friedhof eine neue Grabstätte gekauft, eine für zwei, eine für immer, ein teurer Kauf, 429 Francs, sie hat für Vincent einen neuen Eichensarg mit Bleiverkleidung anfertigen lassen, sie will, dass Vincent und Theo gemeinsam in die Ewigkeit eingehen, irgendwann jedenfalls. Sie hat es nicht über sich gebracht, mit Theos Gebeinen anzureisen, ihn seinem Grab in Utrecht zu entreißen, das wird noch ein paar Jahre dauern, neun, um genau zu sein. Bis dahin will sie ihn in ihrer Nähe wissen und mit ihrem Sohn sein Grab besuchen, will sich vorstellen können, dass sie nur wenige Meter von dem trennen, was von ihrer großen Liebe übrig geblieben ist, auch wenn sie genau weiß, dass es immer weniger sein wird, Knochen, ein paar Zähne, nichts Bedrohliches, nichts Ekelerregendes, ein kleiner weißer Trost, wenigstens das. Wenn sie an Theos Grab steht, flüstert sie seit Jahren die gleichen Worte, Liebling, mein Liebling, fürchte nicht, dass ich dich vergessen habe, niemals könnte ich das, und sie fragt sich, ob nicht vielleicht doch etwas von Theo weitergewachsen ist, ob etwas von ihm im Grund, auf dem sie steht, Wurzeln geschlagen hat und irgendwann zum Vorschein kommen und blühen wird, als Rosenstrauch, als Apfelbaum, als Schimmer, der sich über Jo verbreitet. Sie erinnert sich an ein Buch, das sie verschlungen hat, den einzigen Roman, mit dem Alexandre Dumas der Jüngere je zu Ruhm gekommen ist, *Die Kameliendame*: Ein junger Mann lässt seine Geliebte, die schönste und berühmteste Kurtisane von Paris, die an der Schwindsucht gestorben ist, nur wenige Wochen nach ihrer Bestattung ausgraben, um sie an einen besseren Ort auf dem Friedhof umzubetten, einen, den er selbst gekauft hat und an dem sie für immer bleiben darf. Doch zum Zweck der Umbettung muss er sie identifizieren, der Sarg wird aufgebrochen, der Gestank der Verwesung ist entsetzlich, und als das Leichentuch entfernt wird, blickt er in die wurmigen Augenhöhlen der Geliebten, sieht die auseinanderklaffenden Zahnreihen anstelle der weggefressenen Lippen, grünliche Hautreste, wo einst ihre weißrosige Wange war, an die stumpfen Schläfen geklebtes, verfilztes schwarzes Haar, ihr Körper, den die Krankheit schon zu Lebzeiten zerfraß und der sich nun im lebendigsten Stadium seiner Zersetzung befindet, verstört ihn für immer.

Vincent ruht neu an der Friedhofsmauer, ruht für immer an der Sonne, *Ici repose Vincent van Gogh*, steht auf seinem einfachen Stein, einem der einfachsten auf dem ganzen Friedhof, Vincent hat sich im Leben nicht über die anderen erhoben und soll es auch nach seinem Tod nicht tun, er ist einer von vielen und für viele, so will es Jo, so soll die Grabstätte verstanden werden. *Ici repose Théodore van Gogh* soll später auf einem Zwillingsstein daneben stehen, Jo will der Nachwelt dieses brüderliche Doppelgrab hinterlassen, aber auch den brüderlichen Briefwechsel, an dessen Übersetzung und Herausgabe sie arbeitet. Ohne Theo gäbe es keinen Vincent, sie will, dass die Welt dies weiß. Sie steht am Grab und vergisst für einen Augenblick die fünfzehn Jahre seit Vincents, die vierzehn Jahre seit Theos Tod, sie sieht sich zurückversetzt in die Zeit von Theos Werbung, sieht sich an tausend Tischen sitzen und ihrem Verlobten Briefe schreiben, mindestens einen jeden Tag, spürt noch einmal das zunehmende Glück in sich aufkeimen, das Gleißen, das Theo in ihr entfachte, mit seinen Worten, mit seinem Körper, mit seinem ganzen leuchtenden und schnell verglimmenden Leben, dass er ihr in den 22 Monaten ihrer Ehe widmete, so lange jedenfalls, wie er seinen Geist im Griff hatte. Was waren das am Ende gewesen, 20, 18 oder noch weniger Monate? Sie muss das in ihrem Tagebuch nachschlagen, dort hat sie alles notiert, wie lange die glücklichste Zeit ihres Lebens gedauert hat und was Theo sie in der Hochzeitsnacht fragte: Willst du ein Baby, ein Baby von mir?

Heute ist ihr Baby 15 Jahre alt und sie zum zweiten Mal verheiratet, und wie sie an Vincents Grab steht und sich an ihre Pariser Zeit erinnert, fühlt sie sich wie eine Verräterin, dabei hat sie doch, wenn sie ganz ehrlich ist, bloß einen Assistenten geheiratet, der ihr dabei hilft, Vincent und Theo unsterblich zu machen. Er heißt Johan. Gemeinsam sind sie Johanna und Johan. Jo und Jo. Sie trägt jetzt seinen Namen, er stößt ihr jeden Tag von Neuem auf, in ihrem Herzen heißt sie für immer van Gogh-Bonger, nicht Cohen-Gosschalk-Bonger. Johan ist elf Jahre jünger als sie, ein Jurist, der alle Sicherheiten aufgegeben hat und Künstler geworden ist, er macht saubere, stille, dekorative Kunst, die ihn dennoch übermäßig erschöpft. Jo und er kommen sich im Sommer 1900, im ersten Sommer des neuen Jahrhunderts, das in Paris so fiebrig erwartet wurde und das Jo in ihrem derzeitigen Leben zu feiern vergessen hat, näher. Mitten in Vincents Bildern. In Jos Pension, die sie jetzt betreibt. Zu Hause. In Holland. In Bussum. Jos Freundin Anna Veth aus Bussum hat ihr nach Theos Tod vorgeschlagen, in Bussum eine Pension zu eröffnen, und Jo gefiel die Idee. Vom Vermögen, das Theo ihr hinterlassen hat, hätte sie mit dem kleinen Vincent zwei Jahre lang leben können, dann wäre alles aufgezehrt gewesen, weshalb sie Annas Vorschlag angenommen hat. Bussum ist klein, ein Ort in der Nähe von Amsterdam, von Heidelandschaften eingefasst, ein paar Künstler leben da, zum Beispiel Annas Mann Jan Veth, ein Akademiekünstler, ein Staatskünstler, ein Kunstprofessor auch, der Vincent van Gogh verachtet, 1902 wird sein Porträt der mädchenhaften Königin Wilhelmina zur Briefmarke. Jo gefällt die Idee einer Pension, sie beherrscht genügend Fremdsprachen für eine internationale Gästeschar, Englisch, Französisch, Deutsch. Das Haus und damit den Kleinen muss sie nicht verlassen und kann die vielen Räume als ständige Galerie für Vincents Bilder nutzen, denn die sind die andere Hälfte von Theos Hinterlassenschaft, die wertlose, jedenfalls in Geld gerechnet. Außer den Menschen, denen Vincent nahestand, versteht niemand seine Kunst. Jo will das ändern, will das zu ihrer Mission machen, für Vincent und Theo und für ihren Sohn. Als sie zum ersten Mal in der Koningslaan vor der Villa

Helma steht, muss sie sich zusammenreißen, um nicht mitten auf dem Trottoir in Tränen auszubrechen, genau dieses Haus hätte sie sich für Theo und sich und ihre wachsende Familie gewünscht, dieses ruhige weiße Haus im Schatten großer Bäume, die aus der Koningslaan eine liebliche grüne Allee machen. Doch jetzt wird sie mit dem Kind allein unter wechselnden Fremden sein, und alles, woran sie sich festhalten kann, sind die Möbel aus Paris und Vincents Bilder. Sie schläft wieder in ihrem und Theos Bett, sie sucht darin mit jedem Atemzug nach dem Geruch ihrer Nächte und findet noch etwas davon, einen Hauch von Talg und Schweiß, einen Rest Parfum, eine Ahnung von warmer Haut, von den betäubenden Ausdünstungen, wenn sie sich liebten, von der Seife, mit der in Paris ihre Wäsche gewaschen wurde, von der Süße ihres neugeborenen Kindes. Die Matratze, die Kissen, die Decke werden zu einer Landkarte der körperlichen Erinnerung, und immer wieder ertrinkt Jo darin, schlagen harte Wellen aus Sehnsucht und Einsamkeit über ihr zusammen und verletzen sie Nacht für Nacht und Morgen für Morgen von Neuem, bis sie daliegt wie ein wundes, rohes, zuckendes Herz und glaubt, nie wieder aufstehen, nie wieder ein Wort reden oder einen Schritt gehen zu können. Doch sie muss. Für das Kind. Holland riecht insgesamt anders als Frankreich, und Bussum anders als Paris, es ist hier viel mehr Luft, mehr Grün, mehr Himmel, die Nähe zum Meer und seine Winde verhindern, dass sich ein Geruch zu lange einnisten, dass er sich niederlassen kann, als wäre er ein eigenständiges Wesen, dessen Körper sich ausweitet und reift. Nicht umsonst, denkt Jo, wird in Frankreich seit Jahrhunderten schwerer Wein angebaut, während Holland seit ein paar Jahren auf die Idee verfallen ist, Blumenzwiebeln zu züchten, ein rührendes, aber seltsam sinnlos scheinendes Unternehmen. Bussum riecht im Grunde nach nichts. Paris roch nach Steinen und den Menschen, die sie bewohnten.

Jo ist jetzt eine dieser Frauen, die sie während ihrer Ausbildung und ihrer Zeit als Lehrerin kennengelernt und etwas bemitleidet hat, Frauen wie Miss Gard, für die sie backfischhaft geschwärmt hatte, Jo ist eine Alleinstehende, eine Witwe, eine alleinerziehende Mutter noch dazu. Gelegentlich schwärmen jetzt ihre Gäste für sie, ein riesiger Schwede aus der Fischereibranche, eine kleine kurzhaarige Amerikanerin, mit der sie die neuen großen Frauenfragen diskutiert, ein deutscher Schriftsteller mit froschartig hervortretenden Augen, sie alle schworen ihr beim Abschied, dass sie wiederkommen würden, nicht wegen Holland, nicht wegen Bussum, wegen Jo, niemand von ihnen ist zurückgekehrt.

Doch im Sommer 1900 steht Johan, den sie schon früher als stillen Schüler von Jan Veth kennengelernt hat, plötzlich vor ihr und fragt höflich, ob sie nicht ein Zimmer für ihn habe. Er hat sich in der Zwischenzeit mit Vincent van Gogh beschäftigt und möchte gerne bei Jo logieren, in ihrem privaten Van-Gogh-Museum, wo gut zweihundert von Vincents Bildern hängen, es sei ein richtiges Freudenfeuer auf Jos Fluren und in ihren Zimmern, hat ihm Anna Veth erzählt, ein lautes, lebensfreudiges Lodern, ein ganz außergewöhnliches Haus, und er müsse sich beeilen, denn Jo sei dabei, ganz ohne Hilfe ein Netz aus Kritikern, Galeristen und damit zunehmend auch Käufern aufzubauen, sie sei eine geschickte Vermittlerin, und es sei gut möglich, dass bis in wenigen Jahren die besten Van Goghs auf einer Dauerreise von Ausstellung zu Ausstellung unterwegs oder an große Sammler und Museen verkauft seien.

Und so wird Johan Jos Gast, ein dunkelhaariger junger Mann, mit einer weichen, freundlichen Stimme, beeindruckbar und gewiss auch beeinflussbar, denkt sie, als sie ihm den Schlüssel zu seinem Zimmer aushändigt, als sie ihn am Frühstückstisch begrüßt. Er ist schmal, schwermütig und kränklich, wie sie bald erfährt, ein zarter Mann, weit zarter noch, als es Theo war, seine Lunge ist an so vielen Stellen entzündlich, sie hat gar nicht gewusst, was genau alles einen Husten auslösen kann, und bei jedem Husten hat er starke Schmerzen. Doch er versteht den großen toten Vincent und den kleinen lebendigen Vincent, und schon nach zwei Tagen muss Jo ihren Sohn davon abhalten, den Gast immerzu zu belagern, denn Johan kann ganze Geschichten zeichnen und sie mit seinen Erzählungen ausschmücken, Geschichten über fantastische Tiere, oder Maschinen, die sich noch kein Mensch außer ihm ausgedacht hat. Sieh mal das Klavier deiner Mutter, sagt Johan, sie spielt darauf die schönste Musik, aber ist es dafür nicht übertrieben groß? Ließe es sich nicht noch zu etwas anderem nutzen? Stell dir vor, sagt er, wenn bei jedem Tastenschlag nicht nur ein Ton erklingen, sondern auch noch eine Aufgabe erledigt würde? Wenn sich damit zum Beispiel während des Spiels Geschirr waschen ließe? Mit den hohen Tönen zerbrechliche Gläser, mit den mittleren Teller und mit den tiefen Töpfe und Besteck? Nein, nicht Geschirr waschen, ruft Vincent, das ist langweilig, aber ließe sich damit nicht eine Dampfmaschine betreiben? Genau, sagt Johan, und dann montieren wir Räder an das Klavier, und es wird zum dampfbetriebenen Automobil, und deine Mutter fährt damit musizierend nach Amsterdam, ganz einfach. Er bringt auch Jo zum Lachen, sie ist gerührt, nach wenigen Monaten sind die beiden verlobt.

Johan ist nicht der erste Mann seit Theo, zwei Jahre lang hatte sie ihren Geliebten in Amsterdam, Isaac Israëls, sie kannten sich noch aus der Pariser Zeit, auch er war jünger als sie, aber bloß drei Jahre, und sie liebten sich in seinem Atelier mit Blick auf den Park, den Weiher und den Graureiher, liebten sich zwischen seinen Bildern, auch zwischen den Bildern, die er von Jo gemalt hatte, sie sah sich selbst mit den Augen des Geliebten, und das gefiel ihr, manchmal war ihr, als würde sie mit sich und nicht mit ihm Liebe machen oder als wären sie zu dritt, sie fühlte sich in seinem Atelier vollkommen wohl, es war ein Ort außerhalb ihrer geschäftigen, pragmatischen Realität, außerhalb ihrer Arbeit und der Gäste in Bussum, außerhalb ihres Lebens als Mutter und weit weg von ihrer großen Familie, die in den Worten ihres Geliebten halb Amsterdam besetzte und ihre Besuche bei ihm oft schmerzlich beschnitt. Er war ein Lebemann. Wenn Jo keine Zeit hatte, suchte er sich eine Prostituierte, ihr Kind ging ihn nichts an, und an der Mission Vincent van Gogh wollte er sich nicht beteiligen. Isaac Israëls war kein Mann für eine Zukunft. Trotzdem war er eifersüchtig. Seine Geliebte gehörte ihm, auch wenn sie nicht die einzige war. Im Grunde war die Affäre mit Isaac nichts als das Aufschieben ihres Endes, und als Jo sich endlich dazu durchringen konnte, weinte sie tagelang.

Jetzt ist sie verlobt und weiß nicht, ob sie auch darüber weinen soll, denn kaum hat Johan um ihre Hand angehalten, ist er verschwunden, ist zur Erholung gefahren und schreibt ihr verquälte, niedergeschlagene Briefe. Er ist ein Mann ohne jedes Selbstbewusstsein, Vincents Kunst hat ihn begeistert, aber auch eingeschüchtert, seine eigenen filigranen Grafiken und bürgerlichen Porträts können Vincents avantgardistischem Sturm nicht standhalten, er kann sich einzig in dessen Dienst stellen, sich unterwerfen, ihm und Jo. Wenn er Jo heiratet, wird er als Künstler verblassen, wird seine Kunst der Schwindsucht anheimfallen, aber vielleicht, überlegt er, ist das nicht wirklich schlimm, denn Jo zu heiraten, bedeutet Schutz, sie wird ihm ein Heim geben und das Kind, das er selbst nie zeugen will, und sie wird ihn vor sich selbst beschützen, sie wird seine gesellschaftliche Fassade, hinter der er seine Trauer und seine Sehnsucht weiterhin leben kann, ohne aufzufallen. Und er will das Kind retten. Zweifellos ist die Bindung zwischen Jo und ihrem Sohn stark und liebevoll, doch die Mutter und mit ihr die Schatten der toten Brüder, des Vaters und des Onkels, sind erdrückend dominant, das Kind ist Teil eines Systems, ist eine Aufziehpuppe, die sich artig mit den Gästen unterhält und ihnen wieder und wieder die Geschichten hinter den Bildern erzählt, ein kleiner, todernster Fremdenführer. Je öfter er sie erzählt, desto heiliger wird das Genie des Onkels, desto unabdingbarer seine Selbstopferung für die Kunst, desto dramatischer werden die einzelnen Szenen, wie sich Vincent als Kunsthändler, als Lehrer, als Seelsorger versuchte und scheiterte, bevor er in der Kunst seine fatale Erfüllung fand, wie er hinter Klinikmauern litt, wie er sich selbst verstümmelte und schließlich erschoss. Johan sieht, wie Jo ihrem Kind dabei zuhört, wie sie zufrieden lächelt, wenn ihm wieder eine Steigerung, eine packendere Beschreibung gelungen ist, oder wie sie ihn sanft tadelnd beiseitenimmt und korrigiert. Am Ende seiner Touren, denn zu denen werden die Führungen des kleinen Vincents regelmäßig, bleibt er vor einem Gemälde stehen, das in seiner süßen Einfachheit, seiner Reinheit alle Erwachsenen ergreift, auch Johan. Es ist das Bild, das der Onkel im Februar 1890 für seinen neugeborenen Neffen gemalt hat, das Vincent für Vincent gemalt hat, es zeigt die in Blüten aufgehenden Äste eines Mandelbaums vor blauem Himmel, die Blütenblätter gleichen weißen Flügelchen, mit deren Hilfe der ganze Baum in den Himmel auffliegen könnte. Es ist ein heiteres, vergnügtes Bild, Vincent malte es mit einer eigenartigen Zufriedenheit und Geduld, wie er Theo schrieb, erst am Tag danach habe er sich wieder wie ein Unmensch gefühlt, falsch, schlecht, ungenügend, doch bei der Arbeit für das Neugeborene sei er ganz und gar glücklich gewesen. Zwei Jahre lang, sagt das Kind, habe der Onkel Mandelblüten studiert und gemalt, sie hätten ihm als Ersatz für die Kirschblüten auf den Bildern der von ihm so bewunderten Japaner gedient, doch erst, als Theo und Jo Eltern wurden, hätte er die vollendeten Mandelblüten malen können. Es wimmelt nur so von Jesusfiguren in diesen Anekdoten, der Künstler als Schmerzensmann, das kleine Kind als Wundergeburt, der eine Jesus ermächtigt den anderen. Johan nimmt sich vor, dies mit Jo, die doch eigentlich eine Atheistin ist, zu besprechen, sie darf ihren Sohn nicht zum Zirkustier machen, doch wenn das Kind den Gästen die Mandelblüten zeigt und vom Glücksfunkeln des Onkels erzählt und je nach Jahreszeit dazu noch selbstvergessen eine Sonnenblume in der Hand hält, nehmen es die Damen leise schluchzend in den Arm, und die Herren wenden sich ab und müssen ihre Brillen putzen. Jo ist noch schlimmer als ihr Sohn. Wenn sie über den Toten erzählt, werden die Schilderungen noch farbiger, dramatischer und persönlicher, und sie hat stets ein Zitat bereit, wie sagte mein Schwager so treffend, als ich mich mit ihm über meine Schwangerschaftsdiät unterhielt: Austern sind in Paris die Antwort auf alles, sagt sie, als sie ein junges Paar durchs Haus führt, das sein erstes Kind erwartet. Johans Künstlerfreunde beschweren sich bei ihm über Jos Überschwang, sie würde selbst Kitsch zu Kunst stilisieren, wenn sie ihn verkaufen müsste, sagen sie, niemals würden die Ergüsse der Witwe an die Expertisen ihres toten Gatten heranreichen. Selbst Jos Bruder Dries stimmt in den Chor der Skeptiker ein, die Geschwister haben schwierige Zeiten hinter sich, Dries hat sie nach Theos Tod eine dumme Gans genannt, weil sie nicht in einen Handel eingewilligt hat, der angebotene Preis für eines von Vincents Bildern war ihr zu tief, gut, was willst du als Frau auch von irgendeiner anderen Wirtschaft als der Hauswirtschaft verstehen, sagte er, gerade deshalb solltest du mir das Verhandeln überlassen und dich nicht einmischen, du dumme Gans. Jo, die Schwester, hängt weiterhin an ihrem Bruder. Jo, die Unternehmerin, hat keine Verwendung für ihn. Er denkt zu schwerfällig und zu kurzfristig und ist zu sehr in seiner kleinen Welt der Pariser Bohème gefangen, wo er täglich den Künstlern, die Theo früher vertreten hat, begegnet, all den Männern, die dringend Geld brauchen, für Miete, Farben, Alkohol, Essen, Frauen und Drogen. Einige von ihnen leben wie Bettler, dabei ist es gut möglich, dass sie in irgendeiner Zukunft, an der sie nicht mehr teilhaben werden, ihre Händler und Besitzer reich machen werden, jetzt können sie vom Verkauf eines Bildes ein paar Wochen lang leben, in fünfzig Jahren könnten sie sich davon eine Villa wie Émile Zola bauen, Jo hat solche Geschichten von Theo oft genug gehört. Es ist einfacher, mit einem toten Künstler zu arbeiten als mit einem lebendigen.

Es sind junge Menschen wie Johan, die sich für Vincent van Gogh begeistern, oder wie der deutsche Paul, Paul Cassirer, ein umtriebiger, redegewandter Berliner Kunsthändler und Verleger, der Deutschland von den Impressionisten überzeugen will. Männer wie er fühlen sich von Vincent van Gogh in eine Zukunft hineinkatapultiert, die sie sich selbst so radikal noch gar nicht ausgemalt haben. Cassirer ist ein Macher, ein Frauenheld, neun Jahre jünger als Jo, sie verstehen sich gut, der fast tierische Trieb, mit dem die Holländerin ihr Ziel verfolgt, beeindruckt ihn, er denkt wie sie, wenn es um seine Künstler geht, und er hat längst erkannt, dass van Goghs Visionen die aufregendsten sind, welche die Kunstszene seit vielen Jahren zu bieten hat. Die Holländerin selbst gefällt ihm gut, sie ist trotz ihres glatten Mädchengesichts nicht mehr jung, eine erfahrene, sinnliche Frau, eine blühende Matrone mit einem glühenden Geschäftssinn. Jo mag Cassirers Dandytum, er ist verspielt, selbstbewusst, großkotzig, fleischlich, doch der Hauptteil seiner Liebe gilt neben der Kunst einer Schauspielerin. Sie erinnert Jo an Sarah Bernhardt, ein herber, erotischer Vamp, Jo versteht, dass Cassirer süchtig ist nach ihr, schließlich heiraten die beiden, doch im Januar 1926, nur wenige Monate nach Jos Tod, wird Cassirer sich wegen der Schauspielerin das Leben nehmen, wird sich kurz vor der Unterzeichnung der Scheidungspapiere im Amtsgebäude erschießen und ihr zurufen, nun bleibst du aber bei mir!

Jo möchte gerne so über Vincents Kunst reden können wie Cassirer, etwas abgehoben und überheblich, als wüsste sie nicht nur über die persönlichen und emotionalen Umstände, unter denen ein Bild entstanden ist, Bescheid und über die Menschen, die davon betroffen waren, sondern über das große Ganze, über das Bild als Spiegel seiner Zeit, politisch, philosophisch, soziologisch. Doch so viel sie auch liest, sie kann das nicht, das große Ganze entzieht sich ihr, wenn es um Vincent geht, sein Leben war zu kurz, sie sieht immer nur ihn vor sich, sein Ringen um Selbstauflösung, um eine künstlerische Intensität, die seinem Empfinden für eine Landschaft, einen Blütenzweig, einen Himmel gerecht wird, sieht sein Leiden, sein Scheitern und seine kleinen Erlösungen, hat seine Worte ihm Ohr oder vor Augen, aus Gesprächen, aus seinen vielen Briefen, die sie liebt, weil sie sich wie Literatur lesen. Sie weiß, dass sie Männer wie Johan und Paul braucht, damit ihre eigene Arbeit für Vincent in den Augen der Kunstwelt eine höhere Wertigkeit hat. Denn erst die Männer mit ihrem Ansehen und ihrer Expertise machen Jo zu einer ernstzunehmenden Geschäftspartnerin.

Johan sieht sich höchstens zur Hälfte als Jos Mann. Während ihrer Verlobungszeit schreibt er ihr von seinem Empfinden, das zu großen Teilen ein weibliches sei, schreibt, dass er sich als Reinkarnation einer weiblichen Seele sehe, so wie er in Jos Entschlossenheit und Durchsetzungskraft einiges an männlichen Anteilen erkenne, aber dass der Mann in ihm natürlich ihre Weiblichkeit liebe. Jo ist erst verwirrt, dann todunglücklich, sie fragt sich, welche Anteile von Johan nun genau wie groß sind und was er damit in ihr sucht. Sie träumt davon, wie Johan vor ihrem Spiegel steht, in ihren Kleidern, wie er sich Bart und Schnurrbart abrasiert hat, auf sie zukommt, lächelnd, glücklich, und sie küsst, und seine Lippen fühlen sich genauso weich an wie jene von Miss Gard, wenn sie Jo vor dem Schlafengehen oder auf den Fluren ihrer Pension in London küsste, und seine Wange duftet wie die Wange von Miss Gard, und in Jo steigt ein Verlangen auf, wie sie es seit ihren ersten Tagen und Nächten mit Theo nicht mehr gespürt hat, es tut zugleich weh und wohl, es will sie mitten hindurch zerreißen, es schleudert sie im Traum zu Boden und biegt ihr Rückgrat so weit zurück, dass es zu brechen droht. Sie weiß nicht genau, wonach sie sich eigentlich mehr sehnt, nach dem männlichen Johan, nach dem weiblichen Johan oder einfach nach einem Menschen und seinem Körper. Sie kommt zu keiner Antwort, die sie beruhigt, und deshalb vertraut sie sich allen Frauen in ihrer Familie an und den Frauen ihrer erweiterten Familie, den Van Goghs. Die Antwort, die ihr schließlich Theos Lieblingstante schreibt, bestätigt ihre schlimmsten Befürchtungen. Die Tante rät ihr dringend davon ab, Johan zu heiraten, es sei denn, sie wolle sich erneut einen geisteskranken Gatten aufladen. Sie nennt Johan tatsächlich einen Geisteskranken, und im Wort *erneut* ist auch ihre Meinung über Theo enthalten, vielleicht aber auch über Vincent und Theo, denn die Familie Van Gogh ist sich darin einig, dass Jo im Grunde nicht nur den einen, sondern beide Brüder geheiratet hatte und jetzt auch die Witwe beider Brüder ist. Jo will ihr entgegenhalten, dass Theo nicht geisteskrank war, sondern nur krank, und dass die Krankheit schließlich sein Gehirn zerfraß, aber sie weiß schon, was die Tante meint, allein Theos jahrelanges Werben um Jo muss Außenstehenden unvernünftig, ja sogar unangenehm vorgekommen sein in ihrer absoluten Sturheit.

Im Sommer 1901 heiraten Jo und Johan, und sie ziehen in ein Haus, das ihnen ein befreundeter Architekt in Bussum gebaut hat. Der Architekt leidet unter schweren Depressionen, doch das sieht man dem Haus zum Glück nicht an, es ist ein heiteres, lichtes, ländliches Haus mit einem steilen Dach und klaren Fassaden und nach den Eichen im Garten *Eikenhof* getauft. Ihre Pension gibt Jo jetzt auf, endlich muss sie nicht mehr behaupten, dass die komplizierte Haushaltsführung eines Gästehauses ihre Leidenschaft sei, das war sie noch nie und wird sie auch nie sein. Jo braucht ihre Zeit für anderes, für die ganzen Korrespondenzen ihrer Mission Vincent van Gogh, für die Vertragsverhandlungen mit Museen, Galerien und Käufern und die Transporte der Bilder, die viel Zeit und Geld in Anspruch nehmen.

Die neue Ehe ist eine zärtliche Freundschaft, aber mehr als Küsse erhält Jo von Johan nicht. Sie will nach den Jahren, in denen sie an die Pension gefesselt war, endlich wieder ausgehen, in die Oper, in Museen, will gut essen und nächtelang tanzen, doch Johan will zu Hause bleiben und sich die Musik ab Grammophon anhören, unter Leute zu gehen ist ihm eine Qual. Sein

Architektenfreund baut ihm im Garten ein großzügiges Atelier, damit ist Johans Ankündigung, dass er den Garten dazu nutzen wolle, um mit dem Kind Fußball zu spielen, nichtig geworden. Und während Jo im großen Haus ihren Geschäften nachgeht, malt Johan im Gartenhaus seine unaufgeregten Bilder, er braucht unendlich viel Zeit dafür, monatelang sitzt er an einem Porträt, jedes Ohrläppchen, jede Wimper kostet ihn Kraft, und nichts fällt ihm so schwer wie der Mund, immerzu glaubt er einen Schwall von Worten zu hören, wenn er sich an den Schwung einer Lippe oder das Glitzern eines Zahnes setzt, immerzu ist da ein Flüstern, Kauen, Schmatzen, Singen, allzu lautes Lachen und irgendwann ein Schrei, und wenn ihm auch das zu viel wird, verschwindet er, läuft davon, hinterlässt keine Nachricht, kein Wort. Jo weiß nicht, ob er zu einem Menschen fährt oder sich in einem Wald verkriecht, nach ein paar Tagen steht er wieder vor ihr, sagt nicht, wo er gewesen ist, sagt nichts, Jo riecht an seinen Kleidern, sie riechen nie nach Stadt, nie nach Alkohol, Zigarrenrauch, Parfum oder einem billigen Wirtshaus, riechen nie, als wären sie zu lange getragen worden, riechen nach frischer Luft, nach Heu oder Moos. Sie weiß nicht, dass es ihn ins Nachbardorf Laren zieht, ein Ort noch kleiner als Bussum, noch ruhiger, Johan hat dort eine Abmachung mit einem Bauern getroffen, er darf gegen wenig Geld in einem Heuschober schlafen, der Bauer stellt ihm frische Milch vor die Tür, legt ein Brot dazu und ein paar Äpfel, und Johan tut den ganzen Tag lang nichts, als über die Heide zu wandern oder im Heu zu liegen, er zeichnet nichts, er liest nichts, es ist so das Beste für ihn. Nach einer seiner Auszeiten schafft er es sogar, Jo nach Amsterdam in die Oper zu begleiten, Wagner, ausgerechnet, die vielen Leute und der Bombast drücken ihn nieder, du willst bloß ausgehen um des Ausgehens willen, wirft er Jo vor, die Musik bedeutet dir nichts, die Musik könntest du zu Hause viel ungestörter und aufmerksamer hören, und wieso überhaupt Wagner, wieso dieser elitäre deutsche Heldenschund, bezeichnest du dich nicht als Sozialistin? Weil Wagner schön ist, sagt Jo, es gibt keine reine, keine rein gute Kunst, auch deine nicht. Johan verschwindet wütend für ein paar Tage. Jo steht am Fenster ihrer Villa und blickt in den Garten hinunter, blickt auf Johans Glashaus, wo er sich wohler fühlt als mit ihr im großen Haus. Einmal hat sie ihn dort zu stören gewagt, sie hatte Sehnsucht, sie hatte an Israëls Atelier in Amsterdam denken müssen, hatte sich gefragt, ob in Johans Lieblingsraum vielleicht nicht auch die Liebe möglich wäre, die sie so sehr vermisste, doch dann war es, als würde eine Katze einen Vogelkäfig betreten, aus Johans Augen schrie ihr die reine Angst entgegen. Das Beste an ihrer Ehe ist das Fahrrad, das Johan ihr schenkt, sie fahren oft zusammen aus, doch noch öfter fährt Jo allein los, am liebsten über möglichst unebene Wege, quer durch die Heide, durch den Wald oder auch einfach über das Kopfsteinpflaster von Bussum, der harte Sattel zwischen den Beinen gibt ihr ein wenig jene Befriedigung, jene Erschütterung, jene Erregung zurück, die Johan ihr verweigert.

Johan wird das Kind nicht retten. Immer wieder senkt sich sein Gemütszustand wie ein schwarzes Tuch über die kleine Familie, immer wieder fordert er Stille und Schweigen, die nur von seinem Husten unterbrochen werden. Das Kind wird später, als erwachsener Mann, in vielen Therapiestunden über Johan schimpfen und ihn einen verfluchten Neurotiker nennen, der ihm und seiner Mutter die schönsten Jahre stahl. Als Jo 1904 wegen Johan einem Nervenzusammenbruch nahe ist, als sie sein ständiges Husten und seine Empfindlichkeit nicht mehr erträgt und selbst mit einer nervösen Lunge reagiert, als ihre Kopfhaut zu prickeln und zu schmerzen beginnt, sobald ihr Mann einen Raum betritt, beschließt sie, mit ihrer Schwester Betsy und dem vierzehnjährigen Vincent zur Erholung in die Schweiz zu fahren. Sie will das schon seit vielen Jahren, seit sie ihrem Bruder Willem *Heidi* vorgelesen hat, das Kinderbuch einer Schweizerin über ein wundertätiges Waisenmädchen aus den Bergen, das seine gelähmte deutsche Freundin mit einer Kur aus Eigensinn, Alpenkräutern und frischer Ziegenmilch heilt. Jo hofft auf die stärkende Kraft von Kräutern, Milch, Bergluft und allerlei internationalen Heilquellen, doch was sie schließlich am meisten begeistert, sind die Berge an sich, sie, die Holländerin, sieht zum ersten Mal Berge, jetzt weiß sie, was das Erhabene bedeutet, das Sublime. Am Vierwaldstättersee wohnen sie in einer Pension, Vincents Zimmer blickt auf die Rigi, Jo und Betsy haben den Pilatus vor dem Fenster, die Berge sind viel schöner als gedacht, so feierlich und ernst, so immun gegenüber menschlichen Handlungen, schreibt sie an Johan. Sie liest Goethes Briefe aus der Schweiz und muss immerzu an Wagner denken, die Schweiz ist ein Land für Giganten und Götter, schreibt sie, in Locarno bewundern sie Palmen und den Klang des Italienischen, das Jo unbedingt noch lernen möchte, in Basel besucht sie das Kunstmuseum, sie will eine Lithographie von Holbeins meisterhaftem Christus im Grab für Johan kaufen, sie haben oft darüber geredet, Dostojewski lässt seine Figuren in seinem Roman *Der Idiot* darüber sprechen, es sei ein Bild, das einen vom Glauben abbringen könne, heißt es da. Dostojewskis Frau sagt, dass sie in Basel gefürchtet hatte, ihr Mann werde gleich einen epileptischen Anfall erleiden, derart habe ihn das Bild ergriffen und erregt, sie selbst habe es nicht aushalten können, das aufgedunsene Leichengesicht, die schwärenden Wunden, die schwarzen Schatten der Verwesung, sie habe sich in einen anderen Saal flüchten müssen. Und dann steht Jo selbst vor dem Bild und staunt, fühlt keinen Ekel angesichts des bis auf sein Lendentuch nackten Mannes im Grab. Das Bild ist gut zwei Meter lang und nur wenige Handbreit hoch, Jo kann den Blick nicht von der Leiche abwenden, sie sieht Theo im Sarg liegen und seinen Bruder und wird von einer Sehnsucht überwältigt, die alle Kraft aus ihr zieht und überall schmerzt, im Herzen, in den Schläfen, in jedem Atemzug. Sie setzt sich auf die Bank vor dem Bild, und als sie wieder zu dem ausgezehrten Leib, dem spitzen Kinn und der vom Kreuznagel durchbohrten, fauligen Hand aufsieht, muss sie unweigerlich auch an Johan denken, an die gequälte Kreatur an ihrer Seite. Sie spürt Mitleid, doch es schmerzt sie kaum. Sie sitzt da und fragt sich, ob das Bild auch sie vom Glauben abbringen könne, doch sie weiß, dass da keiner ist. Jede Religion ist ungerecht. Das hatte sie zusammen mit Theo entdeckt, und das wird ihr jetzt, als Unternehmerin, mit jedem Tag von Neuem vor Augen gehalten. Immer wieder muss sie sich als Frau gegen irgendeine göttliche Ordnung stellen und kämpfen, und nichts scheint ihr so sinnlos wie einen himmlisch entrückten Gott zu verehren. Jede Glaubensrichtung, der Jo im Laufe ihrer Jahre begegnet ist, hat sie mit Neugier und Interesse betrachtet, hat ihre Auswirkung auf die Lebenswelten der Männer und Frauen studiert, und immer waren die Männer im Vorteil. Doch Holbeins *Der Leichnam Christi im Grabe* ist ein rares, radikales Kunstwerk, das auch sie bewundert. Danach setzt sie sich in ein Café am Rhein, tunkt ein hartes Basler Honiggebäck, dessen Namen sie nicht aussprechen kann, in Milchkaffee, schaut einem Frachtschiff zu, das bis nach Rotterdam fährt, und hat Heimweh.

Ihr Sohn begeistert sich in der Schweiz weder für Landschaften noch für Kunst, sondern für die Dampfschiffe auf den Schweizer Seen und die unterschiedlichen Eisen- und Zahnradbahnen, für den Schweizer Tunnel- und Brückenbau, er kann gar nicht mehr damit aufhören, über die Lebensgefahr zu reden, in der sich die Arbeiter angesichts der Sprengungen und gefährlichen Felsschluchten befunden haben müssen. Kein Mensch in Holland käme auf die Idee, sich Derartiges auszudenken, das flache Land braucht bloß Straßen und Dämme, auch Jo ist davon beeindruckt, es erinnert sie an die aufregende Zeit, als in Paris der Eiffelturm errichtet wurde. Ab und zu schreibt Johan ihr von zu Hause, schreibt, was die Ärzte zu seiner Lunge sagen, es ist nie etwas Gutes, und Jo liest seine Zeilen und seufzt und sagt zu Betsy, dass er nie ein Autor wie Theo oder Vincent werden würde. Und auch nicht wie du, sagt Betsy, die sich in der Schweiz vor allem ein bisschen fürchtet. Während Jo sich überlegt, ob sie sich nicht einer Exkursion von Engländern und Norwegern auf den Pilatus anschließen soll, will Betsy einzig Kurgast spielen, will in Heilquellen baden oder auf der Terrasse ihres Hotels unter einer Decke im Liegestuhl liegen und mit einem müden Winken warme Milch bestellen. Die Natur, sagt Betsy, ist dazu da, sich an ihr zu ergötzen, nicht dazu, sich ihr auszusetzen. Vincent würde das anders sehen, sagt Jo, er würde mit Seilen und Pickeln so weit hinauf wollen, bis er den ewigen Schnee und das Gletschereis erreicht hätte, er würde dort Farben sehen, wie er sie noch nie gesehen hat, die Welt würde für ihn in Blau, Weiß, Silber, Türkis, Anthrazit und Violett aufgehen, in einem Leuchten und Glitzern und in Formen, die nichts mit den Sonnenblumen, den Zypressen, Mandel- und Olivenbäumen des Südens zu tun hätten, es gäbe dort nichts Organisches, nichts Gegenständliches, einzig Flächen und Zacken, es wäre die radikale Auflösung der Welt in Licht und Abstraktion, genau das, was ein feingliedriger Impressionist wie Monet macht, bloß überwältigender, brutaler, existenzieller. Gut möglich, sagt Betsy, aber Vincent ist tot.

In der Schweiz bittet Betsy Jo, wieder nach Amsterdam zu ziehen, und Jo will nichts lieber als genau das. Zu Hause gelingt es ihr, den widerstrebenden Johan zu überzeugen, er willigt unter der Bedingung ein, dass er sich am anderen Ende von Amsterdam ein Atelier suchen darf, nicht im gleichen Haus und nicht in der Nachbarschaft, Jo ist das einerlei. Sie behalten die Villa unter den Eichenbäumen in Bussum und vermieten sie, in Amsterdam beziehen sie eine moderne zweistöckige Wohnung, in der Jo bis zu ihrem Tod bleiben wird.

Jos zweite Ehe ist gescheitert. Jos Unternehmen klettert dagegen von Erfolg zu Erfolg, sie entwickelt als Geschäftsfrau eine Abgebrühtheit, die ohnegleichen ist. Wenn einem ihrer Händler ein Coup gelungen ist, erhöht sie eigenmächtig sämtliche Preise für alle übrigen Gemälde und Zeichnungen, die zum Verkauf stehen, viele sind es nie, Jo behält die ihr lieben und die besonders begehrten Bilder zurück und macht sie noch begehrenswerter. Es ist, als würde sie an der Börse handeln, es ist unheimlich und großartig in einem, die Männer, die sie früher verspottet haben, bewundern sie jetzt, Jo triumphiert. Prinzen streiten sich um van Gogh und reiche Russen, mehrere von ihnen bieten ungeheure Summen für sein Gesamtwerk, doch Jo will mehr als das, wenn sie jetzt schon alles an wenige Sammler verkaufen würde, wäre Vincent am Ende wieder so unsichtbar, wie er bei seinem Tod gewesen ist. Sie will, dass Vincents Werk weitherum gesehen wird, von Abertausenden von Augen, es soll Gespräche entfachen, in den Feuilletons und auf der Straße, schließlich ist es ein lautes Werk, kein stummes, und Männer wie Cassirer sind dabei Jos Marktschreier. Sie peitscht die Bilder von Ausstellung zu Ausstellung, 484 davon sind 1905 im Stedelijk Museum in Amsterdam zu sehen, eine Sensation, nie mehr werden so viele seiner Werke an einem Ort zu sehen sein. Wer kein Geld hat, muss kaum Eintritt bezahlen, das bestimmt Jo, es hätte Vincent gefallen, sie will nicht nur die Bürger ins Museum locken, die kommen eh, die suchen immerzu das Ereignis, den Skandal oder die Erleuchtung, für sie hat Vincent nicht gemalt, er ist keiner, der sich in seiner Kunst vom Gedanken an ein Publikum, dazu einem zahlkräftigen, überwältigen ließ, einzig die Kunst vermochte ihn zu überwältigen, und jetzt will Jo, dass diese Kunst ein Publikum zu überwältigen und erobern vermag, das sich einen Museumbesuch sonst nicht leisten kann. Vielleicht, denkt sie, bin ich jetzt auch das Opfer eines einfältigen Traums von einer besseren Gesellschaft, wie Theo und seine Freunde ihn tagein tagaus träumten, doch sie erinnert sich an einen Satz von Oscar Wilde, dem irren Iren, der in seiner Schrift *Die Seele des Menschen unter dem Sozialismus*, die Jo allen ans Herz legt, geschrieben hat: Eine Weltkarte, in der das Land Utopia nicht verzeichnet ist, verdient keinen Blick. Jo liebt diesen Satz. Eine Utopie ist etwas Gutes, eine größere Hoffnung. Wilde hat vieles geschrieben, was ihr gefällt, etwa, dass nur Künstler zu Lebzeiten in die Zukunft schauen und sich eine Vorstellung davon machen können und dass jeder Mensch einen Zugang zur Kunst haben müsse, weil sie ihm einen Moment der Selbstvergessenheit erlaube, der die Mauern seines Ichwahns niederreiße. Die Mauern seiner Überlegenheit, aber auch die seiner Armut und Unwissenheit. Jo will, dass die Bauern in Vincents Bildern die Äcker wiedererkennen, die sie bestellen, und die Bäume, deren Früchte sie verwerten. Dass sie sehen, wie Vincents Darstellung ihrer Lebenswelt eine klassische bürgerliche, großbürgerliche oder gar höfische Szenerie an Leidenschaft und Lebensnotwendigkeit um vieles übersteigt. Alles andere ist schon da gewesen, ist vertraut und kanonisiert. Vincents Bilder nicht. Ihre Schönheit besteht in ihrer Frische. Ihre Neuartigkeit verbreitet Hoffnung auf eine lebendige, freie, vibrierende Zukunft. Und Jo verrechnet sich nicht. Holland steht Schlange, noch nie sind derart viele Leute ins Museum gestürmt, und so viele unter ihnen haben Anrecht auf einen Preisnachlass, dass die Ausstellung trotz des Andrangs finanziell beinahe zum Desaster wird.

Jo interessiert sich nicht dafür, ob es den Bildern in ihren Kisten auf ihren Bahnfahrten gefällt, und die Bilder reagieren mit der Resignation geschundener Tiere, deren Fell stumpf wird und die sich blutig kratzen. 55 von ihnen reisen innerhalb von einem halben Jahr von Amsterdam nach München, nach Frankfurt, nach Köln, wieder nach Frankfurt, dann nach Dresden und schließlich nach Chemnitz, werden ein- und ausgepackt, auf- und abgehängt. Noch nie gingen die Rahmen durch so viele Hände und steckten die Holzkisten, in denen sie reisen müssen, so häufig mit anderen Waren in einem Waggon, neben Getreidesäcken, Hühnerkäfigen oder Möbeln, auf der Fahrt von Frankfurt nach Dresden zerspringen dreißig Weinflaschen und fluten den Waggon, und Vincents Bilder riechen bei der Vernissage wie Betrunkene. Immer mehr Aussteller beschweren sich bei Jo über den Zustand der Bilder, darüber, dass sie die Transportkisten nicht polstern lässt und das Blattgold an vielen Stellen von den Rahmen abblättert, darüber, dass die Leinwände selbst immer öfter kleine Risse und sogar Löcher aufweisen, Risse in den Himmeln und Gesichtern, Löcher in den Sonnenblumen und Kirschblüten und Ohren, die Kunst zeigt Ermüdungserscheinungen und ihre eigene Zerbrechlichkeit. Wenn Jo will, dass Vincent van Gogh ein so ewiger Wert wird wie Michelangelo oder Rembrandt, dann muss sie sich dringend um die Restaurierung und den Schutz der Bilder kümmern. Sie hasst die Verzögerung, die das für ihre Pläne bedeutet, doch sie kümmert sich darum. Ihre Ehe dagegen verkümmert.

·

Johan liegt am Boden. Als Ehemann hat er den Zweikampf gegen Theo verloren, als Künstler den gegen Vincent. Wie erwartet. Das Kind, das inzwischen studiert, will nichts mehr mit ihm zu tun haben, und seine

Freunde haben sich ebenfalls längst von ihm zurückgezogen, keiner mag sich mit ihm unter das schwarze Tuch seiner Schwermut legen. Am 18. Mai 1912 hustet er sich die Seele aus dem Leib und macht Jo erneut zur Witwe. Er ist achtundreißig, sie neunundvierzig. Sie fühlt sich alt und abgekämpft. Die Statistiken besagen, dass sie bei guter Gesundheit noch mit zwanzig Jahren rechnen kann. Es scheint ihr unvorstellbar viel. Eines weiß sie genau: Sie hat Theo aus Liebe geheiratet und Johan aus einem Irrtum heraus, einen dritten Mann will sie in diesem Leben nicht mehr heiraten. Wie an jedem anderen Tag trinkt sie auch nach Johans letztem Atemzug ihren Tee aus den blauen japanischen Tassen, die Theo und sie zur Hochzeit geschenkt bekommen hatten, trinkt ihn unter dem Bild, das Vincent für Vincent malte, weiße Mandelblüten vor einem strahlend blauen, beinah türkisfarbigen Himmel. Es ist, als habe sich der Himmel vor dem Fenster in den Raum hinein verschoben, als wolle sich das Zimmer mit aller Macht öffnen, weiten und die Frau in der Ecke unter dem Bild befreien. Jo holt tief Luft und muss gegen ihren Willen lächeln. Sie kann es nicht erwarten, sich endlich wieder Johanna van Gogh-Bonger zu nennen.

JETZT KOMMT DIE WELT

Meine Schwester will wissen, wie es läuft, ob noch immer alles stabil ist da unten in Italien, und ich antworte ihr, dass ich endlich schreibe. Gratuliere, auch wenn dein Professor traurig sein wird, deinen hübschen Hintern bald nicht mehr zu sehen, schreibt sie zurück. Ach, du findest bloß meinen Hintern hübsch, entgegne ich, hast du schon mal über den Rest nachgedacht, aber ich fürchte, was ich schreibe, wird die Anforderungen meines Professors nach Wissenschaftlichkeit derart dramatisch unterlaufen, dass sich unsere Wege wohl noch nicht trennen werden. Meine Schwester schickt ??? zurück. Ich sitze nicht an einer Uniarbeit. Warte, schreibt sie, ich ruf dich an! Also reden wir. Ich erzähle ihr, wie Jo von einem Interesse zur Besessenheit wurde, wie ich in Gedanken in ihr Leben schlüpfte und durch Paris streifte, wie ich die Stadt durch ihre Augen und aus ihrer Zeit heraus zu sehen begann, wie meine Schale bricht und meine Schutzhaut reißt, wie ich zerfließe und wie sehr ich das genieße, wie ich mich Empfindungen unterwerfe, die ich noch nie gespürt habe, wie Jo mich heimsucht, wie ich sie bewundere und wie leer und sinnfrei mir mein Leben im Vergleich zu ihrem scheint.

Na endlich, sagt meine Schwester, obwohl innere Leere bisher nicht dein Problem war, aber ich wusste schon immer, dass du Vaters Tochter bist. Und? Wie viel schreibst du so pro Tag, mehr oder weniger als Vater? Wie viel programmierst du so, möchte ich am liebsten zurückfragen, denn niemand in unserer Familie kann sich für eine Arbeit derart verausgaben wie meine Schwester, niemand sonst verwandelt sich innerhalb von wenigen Tagen in ein kleines ausgelaugtes Tier. Einmal, zweimal, dreimal im Jahr. Ich besuche sie dann jeweils in ihrem Häuschen am Stadtrand, ihr Mann arbeitet weiter, ganz leise und schier unsichtbar, er kann das, ich packe sie in ihr Bett, halte ihre Hand, die sich anfühlt wie die Hand einer Stoffpuppe, die ihre Füllung verloren hat, und lese ihr ein altes Lieblingsbuch vor, in dem ausnahmsweise keine mathematischen Gleichungen vorkommen. Es spielt im Mittelalter, ein Waisenjunge, ein mutiges Mädchen mit roten Haaren und ein Zauberschwein gehen gemeinsam auf Abenteuer, und zu den Mahlzeiten spielen wir unser altes Spiel, wir zerteilen unser Essen auf dem Teller in fünf gleich große Portionen, eine für sie, eine für mich, eine für den Jungen, eine für das Mädchen, eine für das Schwein, so viel Mathematik muss sein, ganz ohne schafft meine Schwester den Entzug von ihrer Arbeit nicht.

Ich schreibe viel, sage ich, mal schreibe ich, mal schreibt Jo, dazwischen lege ich mich auf dem Rücken ins ruhige Meer, schaue in die blaue Kuppel über mir und lasse mich vom Salzwasser und von der Sonne wiederbeleben. Es fällt mir ungeheuer leicht, es fällt mir zu, ich glaube, das ist es, wonach Vater seit zwanzig Jahren vergeblich sucht, diese Überwältigung. Was schreibst du denn eigentlich, fragt meine Schwester. Von ihr, von mir, von dir, von Oma, von Mutter und natürlich auch von Vater. Wieso denn von uns, will sie wissen. Weil alles zusammenhängt, sage ich, und weil ich nicht anders kann, für Jo und für uns war die Kunst doch das große Ungetüm, das in so viele Leben eingriff, das forderte und verschlang, aber auch beglückte, das Sehnsüchte erzeugte und sich darin austobte. Aber im Vergleich, sagt sie, stehen sich dann doch Genialität und Banalität gegenüber, und die Banalität, die gehört eindeutig zu Vater. Ja klar, ich weiß, darüber schreibe ich auch. Ist das nicht grausam, fragt sie. Ich habe versucht, mir die Frage nach meiner Grausamkeit zu stellen, sage ich, doch als ich noch auf eine Antwort wartete, hatte ich bereits weitergeschrieben, es gibt gerade keinen Ausweg, kein Innehalten, keine Rücksicht, bloß das Schreiben. Falls daraus jemals ein Buch werden sollte, werden die Leute Vater lieben, gerade Vater, weil er komisch ist und liebenswert und scheitert und dabei doch eigenartig glücklich bleibt. Darf ich dein Ding trotzdem *Projekt Vatermord* nennen, fragt meine Schwester, klar, darfst du, sage ich. Und was schreibst du über mich, fragt sie. Nur Schönes, du weißt doch, wie sehr ich dich liebe. Ich dich auch, sagt sie, und ihre Stimme klingt ganz weich, wie damals, als wir nebeneinander im Spital lagen. Schreibst du so über uns wie in deinen Tagebüchern? Ich bemühe mich darum.

Und dann stellt sie die Frage, die an Intimität schon fast an einen Heiratsantrag grenzt: Magst du mir etwas schicken? Ich zögere, ich erinnere sie daran, wie Vater nicht nur Mutter, sondern alle, die uns besuchten, immerzu mit seinen neuen Versuchen behelligte, wie er nach einem gemütlichen Essen zwanghaft kleine Wohnzimmer- und Balkonlesungen veranstaltete, wie peinlich das war und wie sehr es ihn kränkte, wenn mal jemand nicht applaudierte oder lobte, wie viele Freunde er deshalb verloren hatte. Ich erinnere mich nicht, sagt meine Schwester, ich war viel zu klein damals, ich habe das alles nicht verstanden, und ich freute mich, als mir Oma ein paar Exemplare von *Nebel* zusteckte, um sie als Malbücher zu verwenden. Siehst du, sagte sie, wie viel Platz da noch auf den Seiten ist, eine totale Verschwendung, ich ahnte nicht, dass sie das aus Boshaftigkeit tat. Hast du denn schon mit Vater darüber gesprochen? Nein, antworte ich, und ich lasse auch keine ausgedruckten Seiten herumliegen, damit er sie zufälligerweise liest, aber dir würde ich gerne was schicken, wenn du das wirklich willst. Ja, sagt sie, ja, ich will, unbedingt, aber möchtest du Vater nicht wenigstens einen Hinweis geben? Dass du so was wie einen Künstlerroman schreibst, in dem er der Verlierer ist? Es geht nicht um Vater, beharre ich. Es geht um die Frauen, einer wie Vater ist bloß eine Ursache. Früher war er das vielleicht, doch was ist er jetzt gerade für dich, etwa ein heimliches Vorbild? So wie viele Eltern irgendwann im Leben ihrer Kinder ein heimliches Vorbild sind, vielleicht gerade dann, wenn sich die Kinder am deutlichsten von ihnen zu distanzieren glauben? Was meinst du, ist es mit Familien nicht so wie mit der Kunst, immer will sich die neue Generation von der alten abheben und absondern und sie stürzen und baut gerade deshalb auf ihr auf? Besserwisserin, sage ich, das redest du dir bloß ein, weil du jetzt Mutter bist, Eltern müssen sich immer alles schönreden, ist es nicht so? Sprich mit Vater, befiehlt sie, oder willst du ihm mit einem fertigen Buch begegnen, möglicherweise gar als Konkurrentin? Ich glaube nicht, dass daraus jemals ein Buch wird, sage ich, ich gehorche nur diesem Gefühl, dass ein viel zu lebendiges Wesen in mir sitzt und mit aller Macht nach draußen drängt. Ja, sagt meine Schwester, so fühlte ich mich kurz vor der Geburt meines Sohnes. Ich sehe die Kaiserschnittnarbe auf ihrem schönen, runden, jungen Bauch vor mir. Dann schicke ich dir jetzt mal was, sage ich.

Ich kopiere alles, was ich schon geschrieben habe. Es sind Fragmente. Kleine Szenen. Wie sich Jo und Theo in Paris begegnen. Wie Vater rechnet und Willem seine Kriminalstatistik anlegt. Wie Rachel zu Vincents Ohr kommt. Und der Unfall auf dem Eis. Ich schreibe dazu, dass alles noch ganz roh ist, erst skizzenhaft, noch lange nicht ausgemalt, kein Plan, eher ein Bedürfnis, Versuche. Ich adressiere die Mail an meine Schwester. Ich sende. Und plötzlich weiß ich, wie Vater sich gefühlt haben muss, wenn er den anderen seine Texte aufdrängte, ängstlich, unsicher, bedürftig, nach einem Zuspruch lechzend, der den vielen selbstsüchtigen Tagen, die er schreibend verbracht hatte, wenigstens eine mündliche Berechtigung gab.

Vater ist nicht da, er ist mit Maria übers Wochenende nach Frankreich gefahren, Maria hat sich Marseille gewünscht, und Vater schien erleichtert, mich für ein paar Tage los zu sein, etwas zwischen uns hat sich verändert, hat sich verdichtet, zuerst hat er mir mit Neugier zugesehen, dann mit Argwohn, es hat ihn nervös gemacht, dass ich plötzlich schreibe, dass es schreibt, dass ich nicht mehr damit aufhören will, dass in seinem kleinen, mit Meerjungfrauen gefliesten Paradieshäuschen plötzlich eine das Schreiben übernommen hat, die nicht er ist, aber immerhin seine Tochter, was das Ganze für ihn noch schwieriger macht, denn welcher Vater darf sich schon in ein Neid- und Konkurrenzverhältnis zu seiner Tochter denken? Doch so, wie er mich angesehen hat, nämlich stolz und misstrauisch in einem, und so, wie ich zurückgeblickt habe, nämlich zufrieden und wissend, dürfte ihm klar sein, an welcher Art von Arbeit ich sitze. Er hätte mich auch einfach ansprechen können, mindestens einmal hat er es auch versucht, hat er einen anderen Ton angeschlagen als sonst, doch ich stellte mich taub, Vater ist in unserer Familie nicht der Einzige, der heiklen Gesprächen aus dem Weg gehen kann.

Jetzt ist er weg, ich muss nicht mit ihm reden und kann mich endlich wieder Jo zuwenden, die draußen auf der Terrasse sitzt und kleine grüne Papageien füttert. Heute trägt sie ein einfaches hellrotes Sommerkleid und einen Strohhut, sie ist einige Jahre älter als in der blauen Nacht, nichts an ihr ist mehr zart, sie ist eine rundliche, leicht untersetzte Matrone geworden, und ihr früher dunkelbraunes Haar ist von so vielen weißen Strähnen durchzogen, dass es unter dem Strohhut von Weitem beinahe blond wirkt. Ihr Gesicht ist von den Jahren ausgeblichen, die Fältchen um Augen und Mund mehren sich, die Lippen sind schmaler, doch die Energie, von der die ganze Frau durchpulst wird, ist gewachsen, sie hat so viel mehr erreicht, als sie sich vorgenommen hat, und es hat sie nicht erschöpft, es hat sie belebt. Ich weiß, dass wir uns in den letzten Jahren vor Jos Tod befinden, und mein Herz zieht sich zusammen, ihre Besuche werden seltener und werden schließlich ausbleiben, denn ihre Geschichte ist bald zu Ende erzählt. Jetzt komm ich noch einmal und dann nimmermehr, es ist eine Zeile aus einem alten Märchen, kennst du sie, frage ich Jo, natürlich, sagt sie, Gebrüder Grimm, *Brüderchen und Schwesterchen*, oder? Jo kennt alles, was alt ist. Ihre Stimme hat sich verändert, ist silbrig geworden und flüchtig, klingt wie Regen auf heißem Asphalt, mit einem kaum hörbaren Nachklang, einem kurzen Hängenbleiben der Silben, bevor sie verdunsten. Sie will wissen, was es mit den kleinen, plumpen grünen Papageien auf sich hat, vier von ihnen picken die Sonnenblumenkerne, die sie in einem Täschchen mit sich trägt. Ich kenne Papageien nur aus dem Zoo oder von Gauguin, sagt sie, und Gauguin hat sie am liebsten tot gemalt, auf einem Tisch, als Stillleben aus blauen, gelben, roten, grünen Federn, dazwischen Blumen, dahinter eine kleine goldene Gottheit, die Vögel als Opfergaben, so kenne ich Papageien, aber nicht in der Freiheit und schon gar nicht in Europa. Sie staunt über ihre blaugrünen Flügelinnenseiten und über den Lärm, den sie veranstalten, wie eine schreiende Schulklasse. Die Papageien, sage ich, haben gesucht, was wir alle suchen, die Freiheit, sie kamen einst aus Südamerika als exotische Importware, sie waren ein Handelsgut, doch sie waren klug, und einige von ihnen schafften es, sich zu befreien und zu vermehren. Seit einem halben Jahrhundert leben sie wild und bauen sich riesige Nester und darin wieder kleinere Nestwaben, die von Pärchen bewohnt werden, und zur Brutzeit sitzen sie gemeinsam nebeneinander auf ihren Eiern und füttern und unterhalten sich. Wir furchtbar, lacht Jo, ich könnte mir nichts Schlimmeres vorstellen, als mit anderen Schwangeren in einem Haus zu wohnen und Babys auszubrüten. Und, bist du glücklich, frage ich. Ich war nie glücklicher, sagt Jo. Ehrlich? Du vermisst die Jugend nicht, die Liebe, die Sexualität, den Aufruhr deiner Träume, das Drama? Überhaupt nicht, kleine Gina, aber das wirst du lernen, die Vergänglichkeit und du, ihr werdet euch einander annähern, mit etwas Glück wird der Übergang sanft, frag deine Großmutter, sie weiß das, es kommt der Tag, da hast du dich zu oft im Spiegel gesehen und weißt, dass du vergeblich nach deinem jungen Gesicht darin suchst. Dafür wirst du all die Gesichter darin wiedererkennen, die dir immer schon alt vorkamen, das Gesicht deiner Mutter, das deiner Großmutter, du wirst in eine

Ahnengalerie mit den Frauen deiner Familie schauen, und es wird der Tag der Resignation, aber auch der Freiheit sein. Du wirst die Idee, dass dich jemand begehren könnte, begraben, wirst dich davon verabschieden, und es wird dich nicht unglücklich machen, glaub mir, du wirst lernen, die Schönheit außerhalb von dir zu suchen, du wirst dir einen Garten anlegen oder Windhunde halten, und alles ist gut. Das Leben geht vorwärts, bis es nicht mehr geht.

Dann erzähle mir heute vom Ende, sage ich. Vom Ende, fragt Jo, es gibt nicht *das* Ende, du kannst den Tod eines kaum geborenen Kindes nicht mit dem eines Erwachsenen, der sein Leben selbst beendet hat, oder mit dem einer Frau, die exekutiert wurde, oder mit einem, der vorzeitig einer Krankheit erlegen ist, oder mit einer, die nach einer zufriedenstellenden Anzahl von Jahren und einem reichen Leben eingeschlafen ist, vergleichen. Der Tod ist genauso momenthaft und zufällig wie das Leben. Und genauso lebendig. Der Tod von Vincent und Theo hatte mein Leben in seine Hände genommen und es geformt, hatte es zuerst gelähmt, gestaucht, gebrochen und dann aufgebläht und abheben lassen wie einen Heißluftballon. Aber gut, ich werde dir ein wenig vom Tod erzählen. Ich hatte mich nach vielen Jahren endlich überwunden, hatte Theos Gebeine in Utrecht ausgraben lassen, die Krankheit war ihnen nicht anzusehen, sie bildeten das Skelett eines schmalen jungen Mannes, er hätte ein Tänzer sein können, doch das sah ich nur für einen kurzen Augenblick, als Theo von Erde und morschen Brettern freigeschaufelt war und mich mit diesem überraschten Ausdruck, der allen Totenschädeln zu eigen ist, anschaute. Der Totengräber bettete Theo in einen neuen Sarg aus Eiche und Blei, und ich steckte ihm einen Abschiedsbrief zwischen die Rippen, ein paar Zeilen von mir an ihn und das Vorwort, das ich für den ersten Band mit Briefen von Vincent und Theo geschrieben hatte. Ich hatte Jahre mit den Briefen verbracht, mit der Auswahl, der Abschrift, der Korrektur der Übersetzungen, bald sollten sie erscheinen, doch zuvor wollte ich die Brüder endlich miteinander vereinen, wollte das Brudergrab in Auvers-sur-Oise vollenden und Sonnenblumenkerne für die Vögel auf die Mauer hinter dem Grab streuen, sie würden für Vincent und Theo singen, wenn alle den Friedhof verlassen hatten, so stellte ich mir das vor. Der Sarg und ich setzten uns in den Zug nach Paris, nicht nebeneinander natürlich, der Sarg war im Güterwaggon, ich hatte ihn selbst gepolstert, hatte eine alte Decke aus der Pariser Wohnung über die Knochen gelegt, am liebsten hätte ich alle für mich behalten, hätte sie wie Elfenbein in meinem Wohnzimmer auf dem Kaminsims ausgestellt, doch ich hatte nicht gewagt, mehr als einen kleinen Fingerknochen zu stehlen. Ich musste an Theos letzte Zugfahrt in die umgekehrte Richtung denken, sie lag bald fünfundzwanzig Jahre zurück, da war er ein zuckendes, schreiendes, in eine Zwangsjacke geschnürtes Stück Leben gewesen. Ich weiß nicht, ob die Vögel kamen, ob sie über dem Grab kreisten, ob sie sangen oder kreischten, ich habe mich nicht mehr umgedreht, als ich vom Friedhof ging, nicht mehr nach dem Grab, nicht mehr nach meiner großen Liebe, ich ließ die beiden Brüder miteinander allein. Ich ging davon und plauderte mit ein paar Einheimischen, die Ähren, Kornblumen und Mohn gepflückt und damit das Grab geschmückt hatten, sie erzählten mir von Vincent, ich erzählte ihnen von Theo, und unsere Geschichten flochten und verschränkten sich derart ineinander wie die beiden Efeustöcke, die auf meinen Wunsch vor die beiden Grabsteine gepflanzt werden sollten. Es war ein heißer Tag, die Sonne machte all die knochenhellen Steine noch bleicher, wir setzten uns vor die Gaststube, über der Vincent gewohnt hatte, tranken zu viel kühlen Wein, und meine Seele weinte so sehr, dass ihre Tränen fruchtbares Ackerland wegschwemmten, Bäume entwurzelten und eine überflutete Welt zurückließen.

Ich fuhr nach Hause und bemühte mich um meinen alten Liebhaber Isaac Israëls. Ich hatte viele Freundinnen und Freunde, und obwohl die Alten starben, wurde meine Familie nicht kleiner. Mein Sohn Vincent hatte sich verliebt, in eine Juristin und Sozialistin, die ich sehr mochte, sie hieß Josina, Vincent nannte uns seine beiden Jos, und auch mein kleiner Bruder Willem hatte in Amsterdam geheiratet. So ging alles immer weiter, doch zum ersten Mal in meinem Leben war ich für niemanden mehr verantwortlich. Ich hatte Zeit. Und erinnerte mich daran, wie sich Isaac früher darüber beschwert hatte, dass meine Familie zu groß war und er zu kurz kam. Ich musste daran denken, wie schön ich mich mit ihm gefühlt hatte, schöner noch als mit Theo. Ich ließ ihm die ersten beiden Bände vom Briefwechsel der Brüder nach London schicken, er lebte dort, er lebte immer irgendwo, doch so weit wie der große Traum, den damals alle hatten, war er noch nicht gekommen, auch sein Traum war Java, die Kindfrauen von Java. Ich schickte ihm also die Bücher, er schrieb zurück, beeindruckt, begeistert, und wenige Wochen später stand er vor mir, stand in meiner Wohnung und sagte zur Begrüßung, noch nie habe ich vor einer Frau so viel Respekt gehabt wie vor dir, eine wie dich bräuchte ich, eine, die meine Kunst und mich versteht und uns beide einschleust in dieses gigantische, aber für einen Künstler erdrückend uninspirierende, ja erstickende internationale Geflecht aus Museen, Händlern und Verlagen, eine, die meine Kunst und mich multipliziert. Allein deine Idee, von Vincent van Goghs Bildern Postkarten drucken zu lassen, war genial, aus Holland, Belgien, Deutschland, Frankreich erreichen mich fast nur noch Ansichtskarten mit seinen Motiven, auch Menschen, die sich Museumsbesuche und Gemälde nicht leisten können, kennen ihn. Ja, sagte ich, die Idee kam mir in der Schweiz, da gibt es so viele Ansichtskarten von Bergen, Seen und Burgen, kolorierte Idylle voller Edelweiß und Alpenrosen, auf deren Rückseiten die Menschen ganz vergessen, dass manche ihrer Nachrichten aus dem Paradies besser unter das Briefgeheimnis fallen sollten, und ich dachte plötzlich, wieso machen wir das nicht auch mit unseren Bildern? Die einen brauchen Java und Tahiti, um auf neue Ideen zu kommen, den anderen reicht die Schweiz. Aber du brauchst mich nicht, sagte ich und dachte an seine eleganten, dezent impressionistischen und stets erotisch gemeinten Damenporträts und schlief bei der Idee, mich für sie einsetzen zu müssen, beinahe ein, du bist bekannt genug. Ja, ich bin bekannt, sagte Isaac, etabliert, arriviert, ich kann gut von meiner Kunst leben, doch dein Vincent steht kurz davor, weltberühmt zu werden, das ist was anderes. Das ist es, sagte ich, und das ist so, weil mein Vincent ein radikaler Künstler ist, du dagegen bist ein gefälliger, ich denke, darin stimmst du mir zu, und daran wird sich auch nichts ändern. Und an uns, fragte Isaac und schien mir beizupflichten, doch vielleicht hatte er die Beleidigung auch gar nicht richtig verstanden, wird sich an uns etwas ändern? Ich schaute ihn genauer an, ein schlanker, großer Mann, so groß, dass ich den Kopf in den Nacken legen musste, um zu ihm hochzuschauen, ein schmales, spöttisches Gesicht, kein Melancholiker wie Theo und Johan. Inzwischen war er kahl, doch auch das stand ihm, Bart, Schnurrbart, die dichten Brauen, alles sehr gepflegt, noch immer ein Mann, nach dem sich Frauen gerne umdrehten, wenn auch nicht mehr die jungen, die schlossen den verblühenden Körper mit einem verblühenden Geist kurz, für die war Isaac bereits unsichtbar. Kurz spürte ich, wie sich zwischen uns das alte Verlangen aufbäumen und entladen wollte, kurz fühlte ich mich neben ihm ein wenig beschwipst, wie ein Mädchen oder wie die bedürftige junge Witwe im Atelier mit Blick auf Weiher und Graureiher. Ich stellte mich auf die Zehenspitzen, schlang die Arme um seinen Hals, küsste ihn auf seine teuer duftende Wange und sagte, lass uns genau dies bleiben, du würdest meinen Körper jetzt nicht mehr malen wollen, ich tauge nicht mehr zur Künstlergeliebten, glaub mir, und du wirst Frauen nie altern sehen wollen, im Gegenteil, auch du willst jetzt nach Java, obwohl du den minderjährigen Mädchen dort wie ein scheintoter Greis vorkommen musst, sei einfach mein Freund, ich brauche einen. Der Greis steht dir als Freund zu Diensten, antwortete Isaac, kniff seine Augen zusammen und betrachtete mich, als würde er eine Lupe auf ein besonders interessantes Insekt richten, auch wenn ich in dir noch immer eine ganz passable Künstlergeliebte sehe, und malen werde ich dich trotzdem. Ich griff in meine Rocktasche, wo ich immer Theos Fingerknochen mit mir trug und drückte ihn, und mir schien, dass mich der Knochen zu diesem abgeklärten Arrangement mit dem alten Liebhaber beglückwünschte. Als das Dienstmädchen eintrat und sagte, dass das Essen auf dem Tisch stände, stutzte sie in der Tür. Vor ihr standen zwei, die wirkten wie ein vertrautes altes Paar, dabei hatte sie den Mann noch nie gesehen. Und, fragte mich Isaac, musstest du dich in all den Jahren mal wieder an den Herd zwingen, ich erinnere mich gut, wie sehr du die Küche gehasst hast. Hast du dich jemals an den Herd gestellt, fragte ich zurück, nein, wozu, sagte er, eben, gab ich zurück, ich auch nicht, eine Geschäftsfrau kann sich nicht mit möglicherweise aussichtslosen Eintöpfen, Kuchen und feindlich gesinntem Geflügel aufhalten, das wäre die reinste Verschwendung. Gina, wieso unterbrichst du mich eigentlich nicht?

Weil ich dir heute nichts zu erzählen habe, sage ich, heute bin ich bloß da, um alles von dir aufzuzeichnen. Das glaube ich nicht, sagt Jo, ich glaube eher, du hältst etwas zurück, das dir unangenehm ist, nämlich die Frage, wie du mit deinem Vater als Figur und als Mensch umgehen sollst. Ich kann sie dir auch nicht beantworten, ich kann dir nur versichern, dass kein einziger Künstler, den ich gekannt habe, sich angesichts seiner weiblichen Modelle oder Musen jemals diese Frage gestellt hat, keiner. Sie haben sie ausgezogen und ausgestellt, haben unschuldige Kinder in die Prostitution getrieben und junge Frauen in den Selbstmord, haben Ehen und Familien zerstört und den Frauen keine Sicherheit dafür gegeben, und je tragischer die Geschichte hinter den Bildern war, desto größer wurde der Ruhm. Alle haben darüber geredet und geschrieben, und auch dein Vater hat sich keine Fragen gestellt, als er auszog und seine junge Familie verließ, um am Ende nichts als ein Gebrauchsliterat zu werden. Glaub mir, ich verstehe viel von Kunst und den Biografien, die sie hervorbringt, ich bin die Frau, die Vincent van Gogh berühmt gemacht hat. Weltberühmt, ergänze ich. Genau, sagt Jo, zu einem Jahrhundertkünstler. Vielleicht gar zu einem Jahrtausendkünstler, sage ich, van Gogh ist heute viel mehr wert als Rembrandt und die meisten seiner Zeitgenossen, Gauguin, Monet, Cézanne, hast du dir das jemals träumen lassen? Ja, sagt Jo,

Vincents Bilder sind feuerspeiende Wurfsterne, die in den Menschen steckenbleiben und dort etwas anrichten. Einzig der Anfang war hart, das Betteln, das Überzeugen, das Vernetzen, bis aus kleinen Galerien wichtige Museen wurden und aus aufgeregten Kritiken junger Männer in apokryphen Blättern besonnene Texte großer Männer in einflussreichen Zeitungen. Doch als das geschafft war, wusste ich, jetzt kommt die Welt, und sie kam und wundersamerweise nicht mehr nur durch meine, sondern auch durch die Arbeit meines Sohnes. Er wurde Ingenieur, er baute jetzt die Brücken und Tunnel, die er in der Schweiz so sehr bewundert hatte, selbst. Bald wurde er von den Engländern engagiert, wo er einen in den Krieg eingezogenen Kollegen ersetzen musste, dann wurde er mit Josina nach Amerika gerufen, wo er sich um Elektrizität und den Bau riesiger Maschinen kümmerte, und da, in Newark und New York war er es, der bei den Galeristen mit den Bildern und dem Leben seines Onkels vorstellig wurde. Wir hätten viel verkaufen können, die Amerikaner waren begeistert, van Gogh war frisch und tollkühn, das entsprach ihnen, doch es war zu gefährlich, die kostbaren Bilder während des Krieges auf Schiffen zu transportieren. Ich selbst hatte keine Angst vor einer Schifffahrt nach Amerika, ich hielt mich nicht für kostbar und war für keine Form von Ewigkeit bestimmt, ich war dreiundfünfzig und fürchtete nichts mehr. Doch ich fürchtete um meine Schwiegertochter Josina, sie war an Krebs erkrankt und hatte eine ihrer Brüste amputieren lassen müssen, sie war jetzt eine vernarbte Frau und eine gefährdete dazu, sie blieb gelassen, besser als eine Hand, scherzte sie, oder ein Ohr, das ist doch in eurer Familie eher die Tradition. Ich lebte zwei Jahre lang mit ihnen in New York, ich liebte die Stadt, die sich vorgenommen hatte, den Himmel zu stürmen, ich liebte die Metropolitan Opera und die Public Library, ich liebte die Sprache. Nur die tosend mit Menschen und Fahrzeugen gefüllten Straßenschluchten ermüdeten mich, New York war eine junge Stadt für junge Menschen, und ich merkte, wie meine Anwesenheit das Paar ermüdete, wie sich Josina nur noch widerstrebend neben mich ans Klavier setzte, um vierhändig Schumann und Beethoven zu spielen, und wie Vincent am Feierabend nach anderen Gesprächsthemen als dem großen Onkel suchte.

Ich denke daran, wie Jo den kleinen Vincent zum Botschafter des großen Vincent abgerichtet hatte und wie ihr Matriarchat die Rebellion des Sohnes nie zuließ, haben dir eigentlich immer alle gehorcht, frage ich sie, selbstverständlich, sagt Jo, bis auf die Familie van Gogh, die widersetzte sich. Ausgerechnet Lies, sagt sie, die Schwester von Vincent und Theo und meine große Brieffreundin von früher, sah, wie ich aus Vincent einen Erfolg machte, und plötzlich erinnerte sie sich daran, dass sich noch einige Bilder und Zeichnungen im Familienbesitz befanden, die meisten davon lieblos weggesperrt auf Dachböden und in Kellern und in einem stinkenden alten Hühnerstall, wo Vincent sie vor vielen Jahren untergestellt und vergessen hatte. Lies beschloss, die zweite Jo zu werden, die andere, die bessere, die echtere Jo. Sie schrieb ein Buch, die Erinnerungen einer Schwester, es war sentimental, es war dumm, Lies verstand etwas von Familie, aber nichts von Kunst, es war, als schriebe sie über Kinderzeichnungen, ihr Buch war ein enthirntes Küken neben meinem Kranich, dem Briefwechsel, und wir überwarfen uns für immer. Was ich bedauerte. Schließlich kannte mich Lies lange, bevor ich mich in ihren Bruder verliebte, sie kannte die junge, die verheiratete, die verwitwete Jo und den ganzen Rest von ihr dazu, und gerade im Alter verzichtest du nicht gerne auf derartige Freundschaften. Zum Glück blieb Isaac für immer mein Freund. Er blieb wegen des Kriegs in Holland und wurde zu meinem letzten Rückgrat. Hat er dich tatsächlich wieder gemalt, frage ich. Ja, sagt Jo, nicht ohne Stolz, er meinte, gut, dann male ich dich jetzt nur noch respektvoll, hochgeschlossen und mit grauem Haar, doch die Erinnerungen an unsere Liebe kannst du mir nicht verbieten, möglicherweise findest du, dass ich dich zu schön male. Ich hörte ihm zu und hatte nichts dagegen einzuwenden, und die neuen Bilder waren mir sonderbar nah und eigentümlich fern, er nannte mich sein liebes, leuchtendes Gespenst, alles war immer dunkel bis auf mein Gesicht und das zunehmend heller werdende Haar. Er malte mich und die Mata Hari. Er malte sie im Jahr vor ihrem Tod und mich im Jahr vor meinem. Unsere letzten Porträts sind von ihm. Frauen der Geschichte. Ein Zufall natürlich, nicht absehbar, Isaac war kein Todesengel.

Du und Mata Hari also, heute machst du dich wirklich gerne wichtig, sage ich. Nein, wieso, sagt Jo, das war Holland, die Bohème war überschaubar, man kannte sich, mir war sie auch schon bei der Schneiderin begegnet und beim Fotografen, sie war ganz außergewöhnlich, größer als die meisten Männer, die Haut weder hell noch dunkel, die Augen tatsächlich so mandelförmig, wie sie immer beschrieben wurden. Ihren Körper kannten wir alle, niemand ließ sich so gerne freizügig fotografieren wie sie, doch die Feinheiten, das Interessante, die wirkliche Tönung der Haut, die sinnliche Sprache ihres Gesichts, die kräftige, tiefe Stimme, wurden dabei immer überblendet. Sie besuchte Isaac in seinem neuen Atelier in Den Haag, er hatte sie darum gebeten und bezahlte sie dafür, sie brauchte Geld, er malte sie wie irgendeine Frau, wie eine Passantin, die durch seinen Bilderwald streift. Er malte sie so schnell er konnte, kaum eine Stunde sei sie bei ihm gewesen, unkonzentriert sei sie gewesen, abgelenkt, ihre schmalen Füße hätten immerzu kleine Tanzschritte gemacht, ihre rechte Hand habe sie gar nicht aus ihrem schwarzen Pelzmuff nehmen wollen und den Mantel und den Hut mit dem Pfauenauge auch nicht abgelegt. Dabei hätte er sich doch so gerne mit ihr unterhalten, über Java, wo die Vorfahren ihrer Mutter herkamen und wo es uralte Bäume geben musste, die explodierenden Pilzen glichen, und über ihre Tänze, die indischen, die javanischen, die sie auf den Bühnen von Paris vollführt hatte, mit nichts als ein paar Schleiern und falschen Juwelen am Leib.

Mata Hari hatte sich den perfekten Mythos geschaffen, sie erfand ihre eigene Geschichte jeden Tag neu, sie fabulierte, sie, die Hutmacher- und Hochstaplertochter aus Holland, wurde zur exotischen Prinzessin, zur Tochter eines Sultans, niemand überprüfte dies, denn sie war einzig dazu da, uns zu unterhalten, mit ihrem Körper, ihrem Tanz, ihrem Leben, sie war eine Meisterin des Ver- und Enthüllens, bis ihr genau dies zum Verhängnis wurde, bis sie von den Franzosen als Kriegsspionin im Dienste Deutschlands verhaftet wurde, übrigens im gleichen Mantel, in dem Isaac sie gemalt hatte. Es heißt, Margaretha Geertruida Zelle, wie ihr Name vor der Erfindung der Mata Hari gelautet hatte, sei in ihrer Todeszelle von einem Dämon überwältigt worden, der verlangt habe, dass sie sich ausziehe, nackt vor ihm tanze und sich ihm hingebe. Es heißt, dass die Nonnen, die den Sterbenden im Pariser Gefängnis Saint-Lazare das letzte Geleit gaben, vor ihrer Hinrichtung noch einen Exorzismus hätten durchführen müssen und dass es den kleinen Nonnen fast nicht gelungen sei, den Teufel aus dem großen, tobenden Leib der Mata Hari auszutreiben, doch das glaube ich alles nicht, der Tanz der Besessenen ist nichts als eine Legende. Fest steht, dass sie gehofft hatte, das Gefängnis zu ihrer letzten Bühne zu machen, sie wartete ein letztes Mal auf Liebesbriefe und Blumen, doch es kamen keine, sie war einundvierzig Jahre alt, Jüngere hatten unterdessen ihre exotischen Entkleidungstänze übernommen, Sechzehn-, Neunzehn-, Einundzwanzigjährige, niemand wollte sich die ungeschickte Spionin Mata Hari noch nackt vorstellen, und ihre ehemaligen Liebhaber in hohen politischen Ämtern wollten nicht mit ihr in Verbindung gebracht werden. Sie hatte sich ausgemalt, dass sie als Todgeweihte noch einmal eine Aura hätte, doch keiner sah beim Gedanken an ihre Hinrichtung eine schöne Leiche vor sich, bloß eine Leiche. Zwölf Männer richteten am 15. Oktober 1917 im Morgengrauen ihre Gewehre auf die Frau, die sich weigerte, bei ihrer Erschießung eine Augenbinde zu tragen, ein Schuss zerschmetterte ihr das Knie, einer traf sie ins Herz, zehn gingen daneben, ein Unteroffizier gab der halb Verendeten mit seiner Pistole den Gnadenschuss in die Stirn. Sie hatte ihr Ende aufrecht stehend und sehend empfangen, und das beeindruckte mich, schließt Jo.

Ich habe ein deutliches Bild vor Augen von der blutüberströmten Frau, die an jenem Oktobermorgen vom Hof geschleppt wurde, vom roten Rinnsal, das hinter ihr im Staub zurückblieb, und ich muss Jo etwas zeigen, ein ganz anderes rotes Rinnsal, eines von heute, warte, sage ich, gebe ein paar Suchbegriffe in meinen Rechner ein und zeige ihr das Bild, das ich meine. Was ist das, fragt sie, Sonnenblumen, sage ich, Sonnenblumen von Vincent. Das sehe ich, sagt sie, aber was ist das Rote? Tomatensuppe, sage ich. Tomatensuppe, sagt Jo vergnügt, ich habe ein einziges Mal versucht, für Theo eine zuzubereiten, da fiel mir eine Zwiebel in den Topf, die Suppe spritzte bis zur Decke, und die Küche sah aus wie das Bild, aber was macht die Tomatensuppe auf

Vincents Sonnenblumen? Ein Protest, sage ich, ein paar junge Leute haben sie auf das Bild geworfen, sie wollten Aufmerksamkeit. Und, fragt Jo, war ihr Anliegen richtig, haben sie Aufmerksamkeit erhalten? Ich finde ihr Anliegen richtig, sage ich, sie kämpfen aus Angst und gegen die Verantwortungslosigkeit der Gesellschaft, der Fortschritt, der deiner Zeit entsprungen ist, wurde zu lange gegen die Welt verwendet, die Beschädigungen sind nicht mehr aufzuhalten, und ja, sie haben große Aufmerksamkeit erhalten, weltweite Aufmerksamkeit. Jo lächelt selbstzufrieden, ich hoffe, es hat ihrer Sache geholfen, sagt sie. Nein, entgegne ich, die große Masse teilt ihre Angst nicht, die große Masse hatte in diesem Fall bloß Angst um die Sonnenblumen. So ein Unsinn, sagt Jo und beugt sich über meinen Rechner, erstens ist Glas davor, zweitens sind sie mit Ölfarbe gemalt, keine Suppe dieser Welt kann Vincents Bilder zerstören, ihm hätte das gefallen, Protest ist immer nötig, es gibt keine verantwortungsvolle Gesellschaft. Ich habe selbst so viel gekämpft, mit meinem Bruder Willem, mit meinem Sohn, mit all den Frauen aus der sozialistischen Partei, ich habe im Krieg mein Sommerhaus in Laren Flüchtlingen überlassen, ich habe an einer illegalen Frauentagung für den Frieden in der Schweiz Klara Zetkin gehört und ihre Worte für die englischen und französischen Tagungs-Teilnehmerinnen übersetzt, ich bin in New York mit Vincent und Josina zu Vorträgen von Leo Trotzki gepilgert, wir alle wollten die Klassen- und Geschlechterschranken niederreißen, und erst zuletzt habe ich den Glauben verloren, erst zuletzt dachte ich, Glaube ist etwas für Leichtgläubige.

Ich weiß, was Jo meint, am gründlichsten hat Willem seinen Glauben verloren, ausgerechnet der kluge Willem, der die Schadstellen seiner Zeit so genau analysiert hatte, der zum bedeutendsten Kriminologen seines Landes und vielleicht sogar Europas und zu einem weitherum respektierten Soziologen wurde, Willem, der marxistische Professor, dessen Bücher auch heute noch erhältlich sind und der die Schuld nie bei den Schuldigen suchte, sondern immer im großen Gefüge einer ganzen Gesellschaft. Er war der Radikalste in seiner Familie, er hasste den Kapitalismus und die Religionen, er forderte, dass jede Frau über ihren Körper bestimmen und jeder Mensch jeden Menschen ohne Furcht vor Strafe lieben dürfe, und hätten seine Studierenden aus Protest Suppe auf einen Rembrandt oder Rubens geworfen, er hätte sie unterstützt. Als die deutschen Nationalsozialisten im Mai 1940 in Holland einmarschierten, wusste er, dass seine Stunde nicht mehr kommen würde. Er war dreiundsechzig Jahre alt, zu alt für den Widerstand, er nützte nichts mehr, er fürchtete, dass seine Schriften konfisziert und er von der Universität entlassen würde. Und so blieb nur der Revolver, den gekauft hatte, um im Ernstfall seine Idee einer Demokratie auch mit einer Waffe zu verteidigen, es war ein belgischer Nagant-Revolver mit einem Griff aus geriffeltem Holz, eine der Waffen, mit der in Russland die Oktoberrevolution entschieden worden war und der danach zum Revolver der Roten

Armee wurde, die Idee gefiel ihm. Dann rief er seine Frau Maria in sein Arbeitszimmer, setzte sich mit ihr zusammen vor den Kamin, legte den Revolver in ihren Schoß, erklärte ihr in aller Ruhe die Lage, sagte, dass er keine Zukunft mehr sehe und sich dem Abschaum, der jetzt herrschen werde, nicht beugen könne. Er fragte sie, ob auch sie bereit sei. Maria nahm seine Hand in ihre Hände und sagte, was denkst du denn, die beiden waren eine Lebensliebe, sie hatten jung geheiratet, sich nach wenigen Jahren wieder voneinander geschieden, sich augenblicklich wieder ineinander verliebt, in wilder Ehe zwei Söhne geboren und endlich wieder geheiratet. Sie konnten nicht mehr ohne einander sein. Willem prüfte, wie viele Patronen im Magazin steckten, alle sieben, es würde keinen leeren Schuss geben, keinen, der ein Zögern, gar ein Umbesinnen auslösen könnte, sie küssten sich ein letztes Mal, schließlich setzte er den Revolver erst an Marias Schläfe und drückte ab, dann an seine.

Fünf Jahre später und ein halbes Jahr vor Kriegsende exekutierten die Deutschen 263 Männer und Frauen aus dem holländischen Widerstand, 140 von ihnen erschießen sie an einem einzigen Tag in einem alten, gerodeten Rosengarten mitten in Amsterdam. Einer ist erst vierundzwanzig Jahre alt, ein Wirtschaftsstudent mit rotblonden Locken und blauen Augen, Sommersprossen haben eine Brücke über seine Nase gebaut. Er hat schon zweimal im Gefängnis gesessen, weil er verfolgten Juden hilft, in der Stadt Verstecke zu finden, in Kellern, auf

Dachböden, in lichtlosen Vorratskammern, und sie mit Nahrung, Kleidern und Büchern versorgt. Willem Bonger ist immer sein Vorbild gewesen, neben seinem Bett liegt ein Stapel mit den Schriften des Professors. Seine Eltern lassen *tapfer und furchtlos für die Freiheit* auf seinen Grabstein setzen. Seine Eltern heißen Vincent und Josina van Gogh. Sein Name ist Theo van Gogh. Unter Josinas Narbe schlägt jetzt ein zerschmettertes Herz, und es schlägt nur noch wenige Jahre.

Ich weiß, dass Jo in meinem Kopf sitzt und herumstöbert und mit mir an Willem und den jungen Theo denkt und um den Bruder und den Enkel trauert, doch sie will nicht darüber reden, lieber sucht sie nach einer heiteren Anekdote. Weißt du, was das Lustigste an den Sonnenblumen mit der Suppe ist, fragt sie, ja, sage ich, sie gehörten einst Isaac Israëls. Genau, sagt Jo, ich hatte ihm das Bild ein paar Jahre lang geliehen, es hing in seinem Atelier, und er zeigte mir immer wieder, wie sehr er sich meine Forderung, mich nicht allzu ernst zu nehmen, zu Herzen genommen hatte. Die fünfzehn gelben Blüten in einer gelben Vase vor gelbem Hintergrund gehörten zu meinen Lieblingsbildern, Vincent hatte zwei Fassungen gemalt, einmal strahlten die Farben in herzlicher Zurückhaltung vor sich hin, einmal waren sie grell verfremdet. Isaac wollte die gedämpfte Komposition, er machte sie zu seiner Atelier-Tapete und hatte seinen Spaß, immer wieder neue Frauen vor den Sonnenblumen zu malen, mit Vorliebe nackte junge Frauen mit aufgeworfenen Lippen und geschwollenen

Brustwarzen, wer weiß, sagte er dazu, vielleicht musste ich da gerade an dich denken. Isaac nahm das Leben bis zuletzt leicht. Er belastete sich weder mit einer Familie noch mit einem Parteiprogramm oder einem Bedürfnis zum Widerstand, er reiste schließlich nach Java, Bali und Indien, fand dort genau den Zauber und die Frauen, die er gesucht hatte, malte sie und kehrte als zufriedener Mann zurück. Das Leben hatte ihn verwöhnt, hatte ihm, dem Sohn eines angesehenen Malers, früh beigebracht, dass sein Talent überragend sei, bereits als Zwölfjähriger wurde er zur Kunstakademie zugelassen, und bald verkaufte er die ersten Bilder. Er war arriviert, bevor er überhaupt einen kreativen Ehrgeiz entwickeln musste, und genau dies machte ihn im Nachhinein zu einem mittelmäßigen, doch glücklichen Künstler. Isaac war im angenehmsten Sinne selbstzufrieden, und ich denke, das war auch sein Gemütszustand, als er an einem Abend im Oktober 1934 eine seiner eigenen Ausstellungen in Den Haag verließ. Es hatte geregnet, die Straßen rochen nach nassem Laub, das Licht der Laternen taumelte durch die Pfützen und traf dort auf das Leuchten von Autoscheinwerfern, und vielleicht hatte Isaac, den ich mir betrunken und äußerst heiter vorstelle, über genau diesem Zusammenfall der Lichter gezögert, hatte sich staunend über eine Pfütze gebeugt, sich gedacht, dass dies auf einem Bild viel zu konstruiert aussehen müsse, viel zu künstlich, und da war es geschehen, ein Wagen hatte ihn erwischt, Isaac fiel, stieß sich den Kopf an einer Bordsteinkante, es floss kein Blut, doch er schaffte es nicht mehr, alleine aufzustehen. Drei Tage lag er im Spital, dann war er tot. Ich musste es nicht miterleben, es war nach meiner Zeit, er überlebte mich, so wie mich auch meine Brüder Willem und Dries überlebten.

Habt ihr euch denn wieder versöhnt, du und Dries, frage ich Jo, schließlich war er dein Lieblingsbruder, schließlich hat er dich mit Theo verkuppelt. Nein, sagt Jo, Dries kehrte nach Holland zurück und wurde reich und dick, er hat seine Meinung über mich als Unternehmerin nicht geändert, ich blieb die dumme Gans, so wie viele Frauen für ihn dumme Gänse waren, und wer den konservativen Versicherungs-Agenten kennenlernte, hielt seine Pariser Jahre inmitten der Bohème für einen Irrtum oder eine Erfindung.

Ich denke an meine Schwester und hoffe inständig, dass sie mich keine dumme Gans nennt, wenn sie liest, was ich ihr geschickt habe, wahrscheinlich liest sie es gerade jetzt, in einem Liegestuhl im Garten, wahrscheinlich fragt sie sich, welche Störung ihre sonst so sorglose und frivole Schwester heimgesucht hat, wahrscheinlich verflucht sie mich gerade, wahrscheinlich hat sie recht, und ich sollte mit Vater reden. Sollte ihm erzählen wie ich Jo gesucht habe und ihren Spuren gefolgt bin, wie ich mir ihr Leben hinter der Geschichte vorgestellt und ausgemalt habe und ihr begegnet bin und mir und endlich auch ihm. Doch vielleicht rede ich lieber nicht, vielleicht drucke ich vor meiner Abreise in einer Woche alles aus und lege es zu seinen Versuchen, ein Versuch mehr, jetzt ein Tochter-Versuch, kein Vater-Versuch, eine Versuchs-Familie. Dann ist es an ihm, mit mir zu reden. Oder auch nicht.

Erzähle mir von deinem Ende, verlange ich von Jo. Wieso, sagt sie, du weißt doch schon alles, du hast es doch schon gelesen, dass ich neben meinen zweiten Mann Johan zu liegen kam, dass mein Grab mit weißen Astern und Traurigen Nachtviolen geschmückt war, dass sich die Tränen der Trauernden mit dem Regen mischten, dass mein Geburtsjahr falsch auf meinem Grabstein steht, weil mich mein Sohn irrtümlicherweise um ein Jahr verjüngt hatte. Meine Vision von Jo wirkt ermattet, sie hat sich den Hut vom Kopf genommen, hat ihre Jacke ausgezogen, ihre bloßen Arme gleichen welken Blumenstilen, die Hände sind knotig und fleckig, das Haar schütter, die Kopfhaut schimmert durch und macht sie noch verletzlicher, die Augen sind immer noch dunkel und glänzend wie früher. Willst du dich nicht in den Schatten setzen, sage ich, du hast diese Hitze doch nie gemocht, nein sagt sie, ich habe den Süden gehasst, ich hätte niemals an einem Ort wie hier Urlaub gemacht, mir reichte das kleine Italien in der Schweiz vollkommen, aber du, du gehörst an diesen Strand, du bist wie ein goldenes Ornament, die Sonne liebt dich. Jo bleibt dennoch sitzen, verharrt ohne jeden Schutz mitten im gleißenden Licht, ich fürchte, dass sie verdorrt, dass sie erblindet, schließlich ist sie keine Sonnenblume, deren Blüte sich im Lauf des Tages immer begeistert neu nach der Sonne ausrichtet. Wieso sollte ich verdorren und erblinden, sagt sie, ich bin doch gar nicht mehr, ich bin bloß dein leuchtendes, leidendes Gespenst.

In meinen Gedanken ist Jo jetzt zweiundsechzig Jahre alt und wartet seit drei Jahren auf den Tod, denn seit drei Jahren verweigert sich der Körper ihrem Geist, behindert sie, macht sie zu einer schlechten Großmutter. Wenn sie den dreijährigen Theo und den acht Monate alten Johan in die Arme nimmt, besteht immer die Gefahr, dass das große Zittern sie wieder überfällt und sie die Kinder schüttelt. Wenn sie mit ihnen spielt, fallen ihr oft die Bälle oder kleinen Holztiere aus der Hand, als wäre sie selbst ein Baby, manchmal zerreißt ihr ein ungewolltes Grinsen das Gesicht, vor dem sich die Kinder fürchten. Bei Tisch muss sie aufpassen, dass sie nichts verschüttet, vom blauen Hochzeits-Tee-Porzellan sind nur noch drei Tassen übrig, drei sind zu Boden gefallen, zwei hat sie mit bloßen Händen zerdrückt, denn oft überfallen sie jetzt Krämpfe, so schmerzhaft, dass sie nur noch schreien kann und danach eine Stunde lang wie eine Ertrinkende keuchend im Bett liegt. Ihren aufrechten Gang hat sie verloren, die Krankheit hat sie verkrümmt, sie schreibt auf die Rückseite eines Fotos, das sie als gebückte Alte im Garten zeigt, *so hässlich.* Und *hässlich* bezieht sich nicht nur auf ihre Gestalt, sondern spiegelt sich zugleich auch in ihrer Handschrift, die einst so schön war, mit der sie Theo zur Verlobungszeit täglich Briefe schrieb, mindestens einen, und weitere an ihre und seine Geschwister.

Zuerst denkt Jo, das große Zittern und die Krämpfe

seien Rheuma, doch die Ärzte diagnostizierten Parkinson, die Nerven, denkt sie resigniert, nicht auch bei mir noch die Nerven, sie hat zu viele gekannt, deren Nerven der Gegenwart nicht standgehalten haben. Die Ärzte haben ihr vorgeschlagen, die verknoteten Hände mit einer leichten Elektrotherapie zu lösen, mit Stromstößen, es sei eine gute Wirkung zu erwarten, allerdings nur für kurze Zeit, sie versucht es trotzdem, sitzt da und staunt über die wiederkehrende Ungerechtigkeit der Natur, erträgt den Schmerz, der in schnellen Wellen in sie hineinfährt, ein Gummiknebel zwischen ihren Zähnen hindert sie daran, auf die Zunge zu beißen. Der Mensch ist ein Tier ohne Zukunft und der Glaube etwas für Leichtgläubige, denkt sie. Sie starrt auf das Blatt Papier vor sich, auf die hässlichen Krakel, die sich darüber spreizen wie tote Insekten, sie hat die Korrespondenzen für über hundert Vincent-van-Gogh-Ausstellungen mühelos und von Hand geführt, jetzt ist ihre Schrift niemandem mehr zumutbar, erst recht nicht den Ausstellern in London und in Basel, mit denen sie gerade Kontakt hat. Sie beschäftigt jetzt eine Assistentin, eine blutjunge Frau, die später als Englischlehrerin arbeiten möchte und eine perfekte Fremdsprachensekretärin ist. Jo muss an ihre eigenen Jahre als Lehrerin denken, daran, wie wenig sie damals wusste und für wie weise sie sich bereits hielt. Der Vater der Assistentin führt ein Bestattungsinstitut, wie praktisch, denkt Jo, wenn ich sterbe, werden sich Vater und Tochter mit höchster Professionalität um das Totengeschäft kümmern. Und dann schläft sie einfach ein. Entschläft. Entgleitet der Welt an einem milden 2. September im Jahr 1925, nicht in Amsterdam, in ihrem Landhaus in Laren mit dem großen Garten, die Fenster sind weit offen, die Vorhänge blähen sich im Luftzug, neben ihrem Bett stehen eine Schale mit frühen Äpfeln und ein Strauß violetter Sommerastern, über dem kleinen Foto von Theo liegt seit Tagen ein Taschentuch, er soll seiner Frau nicht beim Sterben zusehen müssen. Kühle Schatten kriechen ins Zimmer und legen sich wie zögernde Hände auf das Bett, eine Uhr schlägt halb sieben.

Stimmt das so, frage ich Jo, erkennst du dich in meinem Porträt wieder, oder findest du, dass ich dich nicht getroffen habe, dass ich lüge, doch Jo antwortet nicht. Ich richte mich auf, in meinem Schatten sitzen die vier kleinen grünen Papageien und schauen vorwurfsvoll zu mir hoch, auf meinem Schoß liegt eine offene Plastiktüte mit Sonnenblumenkernen, liegt da schon seit Stunden, die wenigen Kerne, die von meinem Kleid zu Boden gerieselt sind, haben die Vögel längst aufgebrochen und gefressen, der Wind hat die Spreu auf den Sand getragen. Ich denke an die vielen Tode, an all die Abschiede um Jo, ich frage mich, wie das bei uns sein wird, ob ich oder meine Schwester oder das Kind meiner Schwester vor den Eltern geht, wie alt und gebrechlich Oma werden wird, ob unsere Mutter mit ihrem Weinbauern noch viele glückliche Jahre verbringen darf oder nicht, ob Vater hier, in seinem Gezeiten-Häuschen inmitten seiner Meerjungfrauen stirbt, oder ob er vielleicht doch wieder zurückkommt und in der Nähe seiner Kinder und Enkel älter wird. Und ich frage mich, wie sich Verlust anfühlt, wie leer mich die Tode der anderen zurücklassen werden, wo ich Halt finden soll, wenn Oma eines Tages nicht mehr mit durchgestrecktem Rücken am Flügel sitzt und ich mich nicht mehr an den immer runden Bauch meiner Schwester kuscheln kann. Und wie es ist, wenn die schwarzen Raben die Seele aus einem Menschen picken und wegtragen. Ich weiß es nicht. Ich weiß nicht, wie Weiterleben geht. Jo wusste dies in meinem Alter auch nicht. Vier Jahre später wurde sie dazu gezwungen.

Ich schaue auf die Uhr, es ist halb sieben, es ist gut acht Stunden her, seit ich mit meiner Schwester gesprochen habe, ich suche auf meinem Handy nach der Anrufliste, ich muss überprüfen, ob das Telefonat wirklich stattgefunden hat, ja, hat es. Seither habe ich mit den Kernen im Schoß auf der Terrasse gesessen und alles vergessen außer Jo, ich habe nichts gegessen und getrunken, und als ich versuche, aufzustehen, wird mir schwindlig, feine Klingen zermalmen meine Schläfen, vor meinen Augen flimmern schwarze Würmer.

Mein Vater steht in der Tür und sieht mich torkeln, er stürzt herbei und fängt mich auf, nicht mit seinen Armen, dafür ist er zu langsam, sondern mit seinem ausgestreckten Bein, irgendwie schafft er es, mich wie einen Fußball zu bremsen, sein Fuß stützt meinen Nacken, mein Kopf fällt gegen sein Schienbein. Fröschchen, sagt er erschrocken, was tust du denn, du bist ja ganz heiß und ausgetrocknet. Können Frösche eigentlich im Meer leben, will ich ihn fragen, du weißt das doch, du weißt doch alles über Amphibien und über Nebel, du weißt doch so viel. Dann tauche ich ab.

DER ABSCHIED

Er hat alles getan, was man mit seinem Kind tun muss. Er hat mich ins Häuschen geschleppt, mich gezwungen, Wasser zu trinken, mich ausgezogen, mich kühl abgeduscht, eine halbe Tube Wundsalbe auf meinem Körper verschmiert und mich ins Bett gelegt. Mein Kopf glüht, gelegentlich überfällt mich Schüttelfrost, meine Haut spannt und brennt, wird sich schälen und mein Sommergold in eine fleckige Landschaft verwandeln. Ich versuche, mich nicht vor meinem Vater zu schämen, für meine Unvernunft, dafür, dass er mich nackt gesehen hat, ich entschuldige mich. Wofür denn, sagt er, ich habe vier Jahre lang ganz alleine für alle deine körperlichen Bedürfnisse gesorgt, und die wenigsten davon waren appetitlich, so ist nun mal das Leben, vielleicht wirst du mich pflegen müssen, wenn ich alt, hässlich und halb verwest bin, wenn ich keine Haare mehr und dafür offene Beine und einen künstlichen Darmausgang habe, wer weiß das schon. Du kannst gar nie richtig hässlich werden, sage ich, schau dich doch an, sage ich, ebenfalls, sagt er, und jetzt schlaf. Erzählst du mir noch eine Gutenachtgeschichte, frage ich. Lass mich nachdenken, sagt Vater, ich habe schon so lange keine mehr erzählt. Ach ja, deine Schwester hat angerufen, sie lässt ausrichten, du hättest ihr etwas Wundervolles, Verrücktes und unerwartet Leidenschaftliches geschickt. Sie sagt, endlich hat Gina etwas geschaffen, jetzt darf sie es bloß nicht hergeben, und dass ich dafür sorgen solle, dass du es vollendest, ich sei dafür der Richtige, Papa, Gina braucht jetzt deine Hilfe, hat sie gesagt, und dass ich dir nicht böse sein solle, und das war alles, was sie gesagt hat. Bist du dir sicher, dass das alles war, frage ich. Na ja, beinahe. Und was hast du ihr geantwortet? Dass ich das längst weiß. Dass ich für dich da bin. Und dass ich mich fürchte, sagt er. Vor mir, frage ich. Nein, vor mir, sagt er. Ich weiß nicht, ob ich meine Schwester für diese Einmischung lieben oder hassen soll. Morgen, sage ich zu Vater, morgen zeige ich dir alles, versprochen.

Mein Schlaf ist flimmernd und fiebrig, und immer wieder falle ich in Traumlöcher. Die einen befinden sich nur knapp unter der Oberfläche meines Bewusstseins, in andere stürze ich tief. Im ersten Traum bin ich wieder in der Schule und soll einen Vortrag über meinen Vater halten, doch als ich beginnen will, realisiere ich, dass ich meinen Vater schon lange nicht mehr kenne und auch gar keinen Vortrag geschrieben habe, und meine Lippen bewegen sich, doch aus meinem Mund kommt kein Ton, und der Deutschlehrer, dem ich einst so wortgewandte Liebesbriefe geschrieben hatte, lacht mich aus. Im zweiten Traum sitzen Oma, Mutter, meine Schwester, Jo und ich in Omas Salon, sie hat ihr schönstes Porzellan aufgetischt, steife Streublümchen und Goldränder, meine

Schwester und ich haben es nie gemocht, für uns ging immer schon ein leichter Modergeruch von den Tellern und Tassen aus. Wie schön, sagt Jo, als Theo und ich geheiratet haben, war das ganz neu, alle in Paris wollten dieses Service, weder wir noch unsere Freunde konnten es uns leisten. Oma ist begeistert und will aufstehen. Bleib sitzen, sagen meine Schwester und ich im Chor, wir wissen, was sonst kommt, sie würde sonst eine Führung durch die Geschirrsammlung ihres verstorbenen Anwalts machen.

Im dritten Traum besucht mich Jo in Vaters Häuschen, es ist eine junge, vergnügte Jo, sie sieht aus, als ginge sie tanzen, alles an ihr glänzt, die feinen Satinschuhe, das Kleid, der Schmuck, sie trägt Perlen um den Hals, Perlen im Ohr und Perlen im Haar, Perlen bedeuten Tränen, denke ich, das habe ich irgendwo gelesen, noch in der Schule, beim schönen Deutschlehrer, ein altes Drama, *Emilia Galotti* am ehesten, Lessing, Jo kennt Lessing, ich fragte mich damals, wieso Perlen mit Tränen verglichen werden, doch jetzt macht alles Sinn, wenn Menschen und Tiere Flüssiges weinen, so muss das Meer doch Festes weinen, ich muss das Meer besser beobachten, denke ich, muss seine Traurigkeit kennenlernen. Jo wirkt aufgeregt und ungeduldig, komm mit, sagt sie und zerrt mich von meinem Rechner weg, du hast genug gearbeitet, und so stehe ich auf und folge ihr. Sie nimmt mich an der Hand und zieht mich weg vom Strand und in Richtung der Altstadt, ihre Schritte sind so leicht, dass sie den Boden kaum berührt, im

Sonnenlicht gleicht sie einer dieser glitzrigen Feen aus Zeichentrickfilmen, wir eilen enge Gassen und Treppen hoch, der Säulengang eines alten Klosters lässt einen Blick auf das blaue Meer frei, hinter mittelalterlichen Torbögen liegen dicke, geheimnisvolle Türen. Unser Weg windet sich und weitet sich dann auf einen Platz mit einer Kirche, und ich ahne, wo Jo hinwill, zuoberst auf den Hügel, dorthin, wo man die kunstvoll ineinander verkeilte Altstadt, das Meer und das grüne Hinterland im Blick hat, dorthin, wo man nachts die Sterne vom Himmel zu pflücken können glaubt. Hier, frage ich, ja, hier, sagt Jo und stößt eine Tür auf, sie führt in einen Raum, den ich aus ihrem Leben zu kennen glaube. Bilder lehnen an den Wänden und auf Staffeleien, es riecht nach frischer Farbe und ein wenig nach Terpentin, auf einem Tisch stehen hohe Gläser mit Pinseln, daneben liegen volle und ausgedrückte Farbtuben. Auf den Bildern sehe ich das Meer, tausend Schattierungen von Blau, die Trennung zwischen Wasser und Himmel nichts als eine leise Ahnung, beides zusammen ergibt die Unendlichkeit. Vielleicht ist alles aber auch eine reine Abstraktion, die etwas anderes bedeutet, schmelzende Gletscherlandschaften zum Beispiel oder Einsamkeit. Ist das nicht schön, fragt Jo, ja, sage ich, das gefällt mir gut. Danke, sagt eine Frau, die zwischen den Staffeleien hervortritt, eine Frau in einem schwarzen Kleid mit einer blau gefleckten Schürze, Maria, natürlich Maria, die Herrin dieser Bilder, die Herrin über dieses Atelier. An der Wand steht ein altes Sofa, jetzt male ich dein

Porträt, sagt Maria, ja, sagt Jo und zieht mich auf das Sofa, zupft an meinen Haaren und löst einen Träger von meiner Schulter, mustert mich, sagt, ohne Kleid wäre es schöner, kannst du nicht die Arme vor deiner Brust verschränken oder dich auf deinen Bauch legen. Oder Akt spielen, frage ich, ja, sagt Jo, das wäre mir am liebsten, und natürlich gehorche ich, so wie fast alle Jo gehorchten.

Maria deutet auf ein Meerbild, dessen Blau besonders fliehend, besonders flehend wirkt, es ist dunkler als die anderen und matter. Das ist das Porträt deines Vaters. Oh, sage ich, wie gut du ihn getroffen hast, und jetzt du, sagt Maria, und betrachtet meinen langen, schmalen Körper auf dem Sofa, und ich weiß, dass sie mich mit meinem Vater vergleicht, dass sie unsere Körper übereinanderlegt und nach einer Verwandtschaft der Linien sucht. Was du nicht verstehst, sagt sie, ist, wie wichtig dein Vater und seine Arbeit hier sind, er hat schon so vielen für vieles seine Sprache geschenkt, ein ganz und gar selbstloser Mensch, wir schätzen ihn sehr. Unsere Alten haben jetzt weniger Angst vor dem Tod, weil sie wissen, dass ihr Leben in seinen Nachrufen einen Sinn bekommt, den sie selbst gar nicht sehen, und dass sie so erinnert werden, wie er sie beschreiben wird, und unseren Jungen hat er schon oft geholfen, Worte für ihre Liebe, ihre Wut, ihre Unsicherheit zu finden. Und ich, will ich fragen, was ist mein Verdienst, doch ich weiß, dass ich noch keinen vorzuweisen habe und dass es mein Verdienst werden muss, die Geschichte von Jo zu erzählen, wie noch niemand sie erzählt hat. Du kannst das, flüstert Jo, die wie immer meine Gedanken begleitet, du kannst das, und dein Vater wird dir dabei helfen, du bist gut darin, Dinge und Menschen festzuhalten, auch wenn für einen Moment alles aussichtslos scheint, denk an deine Schwester und das Eis. Und jetzt lass dich endlich gehen. Maria malt und schaut mich dabei gar nicht an, sie braucht mich nicht länger zu sehen, sie hat ihre Meerfarben für mich schon gefunden, sie sind eine leicht lila getönte, schwerelosere Variation der Farben meines Vaters.

Jo beugt sich über mich, der Glanz ihres Kleids, ihres Haars, ihrer Perlen hat sich wieder in ein Flimmern verwandelt, ich strecke meine Arme nach ihr aus, ich greife in sie hinein, greife durch sie hindurch. Wo finde ich dich denn, wenn ich dich suche, frage ich, auf dem Grab natürlich, sagt Jo, dort, wo die Erinnerung einen Halt findet, dort, wo noch immer alles so ist, wie ich das wollte, ich bin das Immergrün, das die beiden Brüder zudeckt, bin die von der Sonne bleich getrockneten Blütenblätter, die wie winzige Flügelchen auf den Steinen liegen und auf den Wind warten, bin der Schatten der Eidechse. Das Flimmern senkt sich als großes, euphorisches Schaudern auf mich, und für einen letzten gemeinsamen Moment glaube ich ihren Mund auf meinem ganzen Körper zu spüren, ihre Lippen, die Theo einst auf kindliche Art unfertig fand. Ich könnte diese Unfertigkeit nicht bezeugen.

QUELLENNACHWEIS

Hans Luijten: *Jo van Gogh-Bonger: The Woman Who Made Vincent Famous*. Bloomsbury Visual Arts, London, New York 2022 (Holländische Originalausgabe 2019).

Hans Luijten (Hg.): *The Bonger Diaries*. Van Gogh Museum, Amsterdam, online.

Leo Jansen und Jan Robert (Hg.): *Brief Happiness. The Correspondence of Theo van Gogh and Jo Bonger*. Introduction and Commentary: Han van Crimpen. Cahier Vincent Nr. 7. Van Gogh Museum, Amsterdam 1999.

W. A. Bonger: *An Introduction to Criminology*. Routledge, New York 2015. Erstmals erschienen 1936.

Beat Wyss: *Bilder von der Globalisierung. Die Weltausstellung von Paris 1889*. Insel Verlag, Berlin 2010.

Chris Stolwijk und Hans Veenenbos (Hg.): *The Account Book of Theo van Gogh and Jo van Gogh-Bonger*. Cahier Vincent Nr. 8. Van Gogh Museum, Amsterdam 2002.

Willem-Jan Verlinden: *The Van Gogh Sisters*. Thames & Hudson Ltd., London 2021.

Elfreda Powel (Hg.): *The Letters of Vincent van Gogh*. With an introduction by his sister-in-law Johanna van Gogh-Bonger. Constable, London 2003.

Camilo Sánchez: *Die Witwe der Brüder van Gogh*. Unionsverlag, Zürich 2014 (Spanische Originalausgabe 2012).

Irving Stone: *Lust for Life*. Pocket Books, New York 1945. Erstmals erschienen 1934.

Oscar Wilde: *Der Sozialismus und die Seele des Menschen*. Herausgegeben von Karl-Maria Guth. Hofenberg digital, Berlin 2016. Erstmals erschienen als: *The Soul of Man Under Socialism*. The Fortnightly Review 1891.

Ich danke wie immer und am meisten meiner großen Liebe Daniela Janser, sie musste sich vieles anhören, etwa meine Recherche-Ergebnisse über Syphilis, und reiste mit mir zum Grab der Brüder, was nicht ohne Hindernisse war. Ich danke Josiane Imhasly, die am Abend der initialen Ideenfindung mit dabei war. Ich danke meiner Lieblingslektorin Sara Schindler, ohne die auch dieses Buch nicht denkbar gewesen wäre, Brida von Castelberg für das Ermöglichen einer schönen und fruchtbaren Schreibklausur in Sitges sowie dem stets verständnisvollen Team von *watson*.

SIMONE MEIER BEI KEIN & ABER

Reiz

»Ein sehr schönes, leise erzähltes Buch mit sehr viel Witz.«
Elke Heidenreich

Roman
Broschiert, 240 Seiten
ISBN 978-3-0369-6151-4

Kuss

»Das Lesen macht Spaß, Simone Meier spielt mit Worten und Vorstellungen, schickt die Gedanken auf die Achterbahn und schafft eine Atmosphäre, die schon von Beginn an gewaltig knistert.«
Spiegel Online

Roman
Broschiert, 256 Seiten
ISBN 978-3-0369-6104-0

Fleisch

»Simone Meier schreibt pointiert, bitterbös-ironisch und erfrischend offen.«
Wiener Zeitung

Roman
Broschiert, 256 Seiten
ISBN 978-3-0369-5973-3